허드슨강이 말하는
강변 이야기

제4막

허드슨강이 말하는 강변 이야기 / 제4막

초판 1쇄 인쇄 _ 2019년 3월 25일
초판 1쇄 발행 _ 2019년 4월 5일

지은이 _ 이병주

엮은이 _ 이병주기념사업회
책임편집 _ 김종회

펴낸곳 _ 바이북스
펴낸이 _ 윤옥초
편집 _ 김태윤
디자인 _ 이민영

ISBN _ 979-11-5877-088-4 03810

등록 _ 2005. 7. 12 | 제 313-2005-000148호

서울시 영등포구 선유로49길 23 아이에스비즈타워2차 1005호
편집 02)333-0812 | **마케팅** 02)333-9918 | **팩스** 02)333-9960
이메일 postmaster@bybooks.co.kr
홈페이지 www.bybooks.co.kr

책값은 뒤표지에 있습니다.

책으로 아름다운 세상을 만듭니다. — 바이북스

이병주 뉴욕 소설

허드슨강이 말하는
강변 이야기

제4막

이병주기념사업회 엮음

바이북스
ByBooks

허드슨강이 말하는 강변 이야기 _ 008

제4막 _ 346

독자를 위하여 _ 367

작가 연보 _ 378

허드슨강이 말하는
강변 이야기

1

'결국 나는 뉴욕에서 죽을 것이다. 죽기 위해 뉴욕에 오는 사람이 나 말고도 달리 있을까?'

196×년 5월 16일, 뉴욕 공항에 내린 신상일申相一은 뉴욕을 향해 달리는 택시 안에서 이런 생각을 하고 있었다.

아내와 딸을 죽이고 신상일 자신을 자살 직전까지 몰아넣은 사기꾼을 추적해서 이곳까지 오게 된 것이지만 그에겐 그 사기꾼을 찾아낼 자신도 없었고, 설혹 찾아낸다고 해도 호전好轉되는 일이 있을 것 같지 않다는 마음으로 이미 시들고 있었다.

그가 미국에 머물 수 있는 비자의 기한은 한 달을 남기고 있었다. 돌아갈 비행기표는 있었지만 그의 호주머니엔 1주일 이상 뉴욕에 머물 수 있는 돈도 없었다. 78달러. 택시 값을 제하면 68달러? 50달러? 세계에서 가장 큰 도시에 처음으로 들어가는 사람의 호주머니가 이처럼 빈약하다는 것은 말이 안 된다. 그러나 신상일은 그런 계산을 해보면서도 새삼스럽게 절망하진 않았다. 절망은 이미 할 만큼 하고 있었던 터였고, 어느 때 어느 곳에서건 죽을 수 있다는 결심은 캡슐에 들어 있는 청산가리로 구체적으로 다져져 있었다.

이러한 사람의 눈에 비쳐지는 뉴욕의 장관壯觀이 어떠한 것인지를 상상할 필요는 없다. 크고 긴 철교를 반쯤 건너는 지점에서 흑인 운전사가 턱으로 전방을 가리키며

"맨해튼."

이라고 했다.

네가 가자는 맨해튼이 다가오고 있는데 맨해튼 어느 곳으로 갈 것이냐는 질문일 것이었다.

"싸구려 호텔이 있는 지역으로 데려다주시오."

하는 뜻의 말을 겨우 꾸몄다.

운전사는 어깨를 으쓱해 보일 뿐 말이 없었다.

택시는 임립林立한 빌딩 사이를 한참을 달렸다. 빌딩의 정글이란 말이 신상일의 머릿속에 떠올랐다. 그러나 그것뿐이었다. 그 이상의 감상이란 없는 것이다. 도마 위에 오른 물고기가 아직 생명과 시력視力이 남아 있다고 해서 무엇을 보며 무엇을 느낄 것인가 말이다. 다만, 어떻게 일이 잘만 돌아갔다면 아내 향숙과 딸 영미를 데리고 뉴욕 구경을 할 수 있었지 않았을까 하는 생각에 가슴이 뭉클해지는 것을 느꼈을 뿐이다.

돌연 거리의 풍경이 바뀌었다. 길 위에 휴지조각이 나뒹굴고, 집들

의 모습이 어수선했다. 자동차의 왕래도 한산한데 보도 위엔 흑인들이 이곳저곳 모여 검은 얼굴에 하얀 이빨을 드러내며 웃고 있는 모습이 보였다.

택시가 멈췄다. 운전사가 손가락으로 앞쪽을 가리켰다. '파라다이스 호텔'이란 간판이었다. 택시 요금은 9달러 50센트. 미국의 풍습으론 얼마간의 팁을 주어야 한다기에 10달러짜리를 주고 그냥 내렸더니 운전사는 굳이 50센트의 거스름돈을 내주었다. 그리고는 신상일의 몰골에 동정 어린 시선을 보내는 듯하더니 운전사는 차를 몰고 떠났다.

파라다이스 호텔! 즉 천국天國호텔이란 말이다. 엉성하고 복잡한 거리의 일각에 걸려 있는 파라다이스란 간판은 신상일의 운명을 예시하는 것과 다를 바가 없었다. 주위의 풍경 속에서 볼 때, 파라다이스는 천국을 의미하는 것이 아니라 바로 죽음과 통해 있는 말이었다.

가방을 들고 현관에 들어섰다. 밝은 바깥에서 들어선 까닭으로 전등이 켜져 있지 않은 호텔의 로비는 캄캄한 밤과 다름이 없었다. 그가 어리둥절해하며 서 있는데 어디선가 말소리가 들려왔다.

"숙박하실 거요?"

목소리만 들리고 사람은 없었다.

"예!"

하고 신상일은 두리번거렸다.

조금 어둠에 익숙해지자 3미터쯤 왼편에 프런트를 닮은 칸막이가 있고, 그 칸막이 저편에 흑인 여자가 서 있는 것이 보였다.

"숙박료는 하루 3달러, 체크아웃 시간은 오후 한 시, 숙박료는 선불이라야 해요."

신상일은 동전을 합쳐 9달러를 내밀었다. 우선 3일간의 숙박료를 지불하고 보자는 뜻이었다.

"내일 아침, 돈 도로 달라고 해도 그땐 안 돼요."

하고 흑인 여자는 돈을 움켜쥐며 말했다.

"계속 묵을 작정이니 그런 걱정일랑 마시오."

했더니 흑인 여자는 묘하게 웃었다.

그 묘한 웃음의 의미를 신상일은 곧 알게 되었다. 3층의 일실로 안내된 신상일은 침대를 비롯한 방 안의 가구가 너무나 불결하고 초라한데 놀랐다. 시트는 수십 년 물구경을 하지 않은 듯 거의 녹청색綠靑色으로 되어 있었고, 누렇게 바랜 벽지에는 군데군데 검은 자국이 있는 것이 빈대를 죽인 흔적임에 틀림없어 보였다.

"화장실과 샤워는 저기."

하며 흑인 여자는 신상일을 우중충한 골마루로 끌어내더니 한쪽 끝을 가리켰다.

그러나 저러나 그런 것에 관심을 둘 마음의 여유라곤 그에게 없었다. 생전 처음으로 뉴욕에 온 그였지만, 3달러를 받고 하룻밤을 재워주는 곳은 아마 이곳밖에 없으리란 짐작이 갔다. 파라다이스란 말뜻을 이해할 것만 같았다. 가난하다 못해 궁해빠진 놈들의 천국, 또는 낙원이란 뜻과 통하기도 할 것이기 때문이다.

오줌 냄새, 지릿한 냄새, 매캐한 냄새, 비린내, 아무튼 세계에서 가장 저급한 냄새는 모두 모아놓은 것 같은 방 안이었다. 수십 아니 수백의 잡다한 인종의 체취와 기름과 땀과 정액이 쌓여 있는 것 같은 침대 위에 신상일은 벌렁 드러누웠다.

세계 최대의 호사스러움 속에 놓인 세계 최내의 추잡한 곳이란 상념 쯤 가져볼 만했지만, 신상일은 그저 이렇게 팔다리를 펴고 몸을 누일수 있다는 것만으로도 고마웠다. 나는 이 침대에서 어쩌면 나의 힘, 나의 의지로선 일어나지 못할 가능성이 있을지도 모른다는 생각으로 처량한 감상을 느끼기조차 했다.

"내일은 그 자를 찾아 나서야지."

가느다란 눈을 금테안경으로 둘러친 사기꾼 K의 얼굴을 그려보며, 신상일은 그래도 일말의 희망을 포기하지 않고 있는 스스로를 가련하게 여겼다.

어느덧 잠에 빠져 들었던가 보다. 눈을 떴을 땐 전등이 켜져 있었다. 갑자기 거리의 소음이 몰려들었다.

신상일은 비행기에서 남겨 온 빵을 꺼내 요기를 하고 물을 마셨다. 물맛은 제맛인 것이 반가웠다. 불투명하게 칠한 유리창을 열어보려 했으나 고정시켜 놓았는지 열리지 않았다.

방 한가운데 놓인 탁자 앞, 찌그덕거리는 의자에 앉았다. 갖가지 상념이 들끓을 참이었다. 신상일은 그 상념의 폭발을 막을 양으로 한국을 떠날 때 가지고 온 유일한 책 L씨의 기행문을 가방에서 꺼냈다.

목차를 살폈더니 〈조물주造物主를 놀라게 한 창의와 패기覇氣〉란 것이 있었다. 그것을 폈다.

"뉴욕! 이 기막힌 도시. 공항에서 대서양을 건널 비행기를 기다리면서 이 기막힌 도시에 일주일도 머물지 못하고 떠나는 것에 진심으로 애석함을 느꼈다.

'메이시를 보지 못하면 뉴욕을 보지 못한 것이다.'

이 메이시 백화점의 광고를 공항으로 오는 도중 나는 무심코 보아 넘겼던 것인데, 공항의 대합실에 앉아 있으니 그 광고의 글귀가 또렷또렷 시각적으로 내 가슴팍에 새겨지는 것 같았다. 그러고 보니 나는 메이시 백화점에 가볼 생각조차 하지 않았던 것이다.

그러나 메이시에 가보지 않은 것이 안타까운 것이 아니다. 나는 뉴욕이라고 하는 초절적超絶的인 도시에 내 스스로 절망할 시기까지 머물러 있고 싶었다. 인간이란 그렇게 간단하게 절망하는 것은 아니다. 그리고 호락호락 절망해버려서도 안 된다. 그런데 뉴욕에서 절망했다고 했을 때는 장소의 부족을 탓할 아무것도 없다.

장 폴 사르트르는 뉴욕의 인상을 개인의 우월優越과 대중의 획일화劃一化의 기묘한 대조와 혼합이라고 평한 적이 있는데, 그것을 읽었을 당시 나는 무조건 공명했었다. 그림엽서를 통해서 본 뉴욕의 경치와, 그러려니 하고 추측한 미국의 생활양식에 관한 나의 짐작과 우연히도 일치했던 까닭이었다.

하지만 내가 직접 뉴욕에 와 본 결과, 그러한 의견을 낸 사르트르도 결국은 코끼리를 더듬은 군맹群盲 가운데의 하나였을 뿐이라고 단정짓게 했다. 뉴욕은 그처럼 간명簡明한 추상抽象으로 파악될 수 있는 곳이 아니며, 어떠한 분석도 용납하지 않는 곳이란 걸 알았다. 어떠한 지성이 어떠한 해석을 해보아도 뉴욕은 뉴욕의 괴기怪奇함을 그냥 지닌 채 한 치의 개념화概念化나 분석分析을 허락하지 않는 부분을 남기고 있다.

나는 41번가에서 본 강렬한 섹스 영화를 상기했다. 어쩐지 뉴욕 한복판에선 그런 영화가 지극히 건강한 것으로 느껴졌다. 마천루摩天樓를 비롯해서, 조물주가 깜짝 놀랄 만한 대도시를 만들 수 있는 창의와 패기와 정력을 가린 사람들에겐 어떤 일이건 용납될 수 있는 것이다. 이렇듯 선발된 힘으로 만들어진 도시에서 절망하지 않고 살려면 스스로의 힘과 예술과 자의恣意를 확인할 수 있는 섹스에 있어서의 주체성을 자각해야 하며, 인간으로서의 스스로를 회복시키는 방법을 강구해야만 하리라. 그런 뜻으로 그처럼 강렬한 섹스의 향연도 필요하리라고 느꼈다. 말하자면 뉴욕은 인간에 관한 것이면 뭐든 허용하지 않곤 배겨내지 못하는 곳으로 보였다.

'테마니 홀'이니, '마피아'니 하는 얘기를 나는 범죄와 연관시켜서만 들었다. 그러나 수일 동안을 뉴욕에서 살고 생각하니 그러한 조직이 뉴욕의 생리에 따른 병리가 될 수밖에 없다는 것을 알았다. 그것은 미국이란 나라를 손상시키는 것이 아니라 미국이 아직도 신천지란 의미를 표현하는 것이라는 생각이 들었다.

청교도淸敎徒와 '갱'의 양극兩極으로부터 미국은 오늘날의 번영과 뉴욕을 만들었다. 그렇게 볼 때 한창 치열한 흑백 인종 간의 알력도 미국의 흠이 아니라 미국을 전진시키는 힘, 일종의 변증법적辨證法的인 작용인 것이다. 거대한 자원과 거대한 정력을 가진 나라가 모순도 갖지 않았더라면 병적인 비대증肥大症으로 질식을 했든지, 발전을 정지하고 퇴폐의 일로를 걷든지, '먼로주의'적인 방향으로 스스로를 폐쇄하든지, 레닌의 도식圖式 그대로 인빈시블한 제국주의 세력으로서 완전노정完全露呈을 했든지 했을 것이다. 미국 내에 있는 여러 모순이 바로 미국의 약점이 아니고 장점으로 통한다는 것, 이보다 더한 축복이 어디에 있을까……

'L씨는 행복한 사람이다, 행복한 사람이 쓴 행복의 문서가 내게 무슨 필요가 있을까?'

생각했지만 신상일은,

"뉴욕에서 절망했다고 해서 장소의 부족은 탓할 수가 없다."

는 말엔 솔깃하지 않을 수가 없었다,

"그렇다, 나는 뉴욕에 절망을 확인하기 위해서 왔다. 내가 여기서 죽는다고 해서 불평하진 않으리다. 그렇다고 해서 뭔가 한이 없어질 까닭이야 없지만……"

신상일은 서울 교외 어느 공동묘지에 조그만한 흙덩어리가 되어 있는 아내의 무덤을 일순 뇌리에 떠올렸다. 그 무덤과 나란히 있어야 할 자기의 무덤을 생각했다.

'그러나 그런 가능성은 전연 없다.'

신상일은 자기가 죽었을 경우의 시체 처리가 어떻게 될 것인지를 상상해보려 했으나 상상의 단서가 잡히질 않았다. 쓰레기와 더불어 어디론가 버려지겠지. 그 순간

'나의 영혼은 고국으로 날아가서 아내와 딸의 무덤가를 헤매리라.'

하고 영혼을 믿고 있는 스스로의 마음에 눈물지었다.

어머니 아버지의 생각이 잇달았다.

'타국의 이 누추한 방에서 영혼의 존재만을 믿고 눈물짓도록 나를 낳고 키우진 않았을 것을!'

고향의 두메에 나란히 한 쌍으로 봉우리 짓고 있는 어머니와 아버지의 무덤이 선하게 시야에 떠올랐다.

거리의 소음은 여전히 강렬했다.

5월의 밤을 저편에 가두어 놓고 신상일은 고국의 5월을 그렸다.

조국엔 이 시각쯤 5월의 아침이 밝아오고 있을 것이었다. 남산·북악산·삼각산에 이윽고 5월의 훈풍이 감돌 것이었다.

2

다시 침대에 드러누워 잠을 청했다. 그러나 잠이 들려고 하다가도 다시 깨고, 깨었다 하면 잠 길에 드는 토끼잠 같은 것이 되풀이됐다. 한 잔쯤 술이 있었으면 싶었지만 인간의 욕망도 돈에 복종해야만 했다.

상당히 밤이 깊었을 것이라고 짐작이 되는 시각이었다.

노크 소리가 들렸다.

다른 방을 노크하는 소리가 아닌가 하고 잠자코 있었다.

보다 강한 노크 소리가 들려왔다.

신상일은 침대 위에 누운 채 물었다.

"누구야!"

"나예요!"

가냘픈 고양이를 닮은 여자의 목소리였다.

"나가 누구요?"

"문을 열어 보면 알 거예요."

신상일은 혹시 프런트의 흑인 여자가 아닌가 했다. 그런데 말소리가 다른 것 같았다. 호텔의 종업원일까 싶어 도어를 열었다.

다람쥐처럼 검은 물체가 문틈으로 해서 방안으로 뛰어들었다.

"누구야, 당신은?"

신상일은 엉겁결에 소리를 쳤다.

"빨리 도어를 닫아요."

새까만 얼굴에 이빨만 하얗게 드러났다. 별로 위험한 일도 없을 것 같아 문을 닫고 돌아와 침대에 걸터앉았다.

"내 이름은 헬렌이에요, 헬렌."

"그래서요?"

신상일은 무뚝뚝하게 이렇게 말하고 그 검은 여자를 관찰하기 시작했다. 그러나 도무지 나이를 짐작할 수가 없었다. 젊었는지 늙었는지조차도 분간할 수가 없었다. 이상한 냄새가 났다. 원래 이취異臭로 가득 차 있는 방에서 새삼스럽게 느껴야 하는 냄새이고 보니 꽤나 강렬한 것이었다.

"날 필요로 하지 않으세요?"

하고 여자가 눈동자를 굴렸다. 흰자위가 반짝했다.

"그것은 무슨 뜻이지?"

"내가 열심히 서비스할게요."

그때야 신상일은 여자가 무슨 소릴 하고 있는지를 깨달았다.

"필요 없어!"

"나하고 퍼킹한 사람들은 모두들 나이스라고 해요."

"필요 없다니까!"

"남자가 혼자 잔다는 건 말이 안 돼요."

"하여간 필요 없어!"

"모두들 날 검은 고양이라고 해요."

"고양이도 소용없어!"

"모두들 날 검은 클레오파트라라고 해요."

"클레오파트라도 소용없어!"

"모두들 날 검은 오드리 헵번이라고 해요."

"헵번도 소용없어!"

여자는 어깨를 으쓱하며 양팔을 펴 보이더니 입술을 쑥 내밀었다. 영락없이 원숭이상이 되었다.

"나가요!"

신상일이 조용히 말했다.

"이렇게 검은 천사가 자기 발로 날아 들어왔는데 싫어요?"

"싫어!"

"싫어? 당신 숙녀를 보고 싫다고 했지? 그런 실례 용서 못해요!"

여자는 이젠 위협적으로 팔을 내둘렀다.

"당신 정 이러면 호텔의 지배인을 부르겠어!"

"흥!"

그 여자는 콧방귀를 뀌었다.

신상일은 도어 쪽으로 갔다.

"부를 테면 불러 봐, 이 호텔엔 지배인이라곤 없어요. 주인 여자도 어느 방에 들어갔어요. 지금쯤 퍼킹 중일 거예요."

신상일은 어이가 없어 도로 침대로 돌아와서 걸터앉았다.

"당신 동양인이지?"

여자가 물었다.

대꾸하기도 싫었다.

"당신 날 모욕했지요?"

"언제 내가 모욕했나?"

"방금 날 보고 싫다고 했잖아!"

"그게 모욕인가?"

"숙녀를 보고 싫다고 한 게 모욕 아니고 뭐야!"

신상일은 정중하게 사과를 했다. 그리고 다시 나가달라고 빌 듯 말했다.

"10달러만 쓰면 기막힌 밤을 만들 수 있을 텐데 당신은 바보야."

하고 여자는 움직이려고도 하지 않았다.

"내겐 그런 돈이 없어."

"그럼 5달러로 해주지."

"5달러도 없어."

"5달러로 클레오파트라를 안을 수 있는데, 당신은 바보야."

"그래 난 바보다. 그러니 어디 딴 곳으로 가보도록 해요."

"그럼 3달러, 3달러면 어때요?"

하고 여자는 오른쪽 발꿈치를 세워 횡 한 바퀴 돌았다.

신상일은 기가 질렸다. 그런 가운데서도

'저런 것을 케이퍼링Capering이라 하는 것이겠지.'

하는 생각을 가졌다.

"어때, 3달러면. 단 3달러로 나 같은 기막힌 미녀를 안을 수 있는 거야. 후회하지 말도록 해요."

여자도 탁자 앞 의자에 털썩 주저앉더니 턱을 괴고 신상일을 쳐다봤다.

어이가 없었다.

여자는 계속 지껄였다.

"아마 내가 당신에게 반했는가 봐. 당신은 멋이 있어. 동양의 신비를 안고 있는 것 같애. 내 뭐든 다 해줄게. 아무러스 바이팅, 팰라치오, 틱글링 택클링, 식스 나인, 오 엑스, 쥬니터 메스, 트라비스 온 에트세트라, 플라네트 쟈니, 써크링 그로브, 그리고 헬렌 스페셜……."

신상일은 무슨 말인지 알 수가 없었다. 그것이 모두 성기性技에 속하는 단어인 줄 알지만 구체적으로 무엇을 의미하는 것인진 모른다. 알고 모르고를 고사하고 신상일에겐 이미 그런 유혹이 무슨 자극일 수가 없었다.

그는 솔직할 수밖에 없다고 생각했다.

"검은 클레오파트라, 내 호주머니 사정은 참으로 딱하오. 그래서 부탁을 하는 것이니 딴 곳으로 가보도록 하시오."

그래도 아무런 효과가 없었다. 여자는

"그런 것쯤 나는 알고 있어요. 돈이 있는 사람이 파라다이스에 오겠어요? 지옥에나 가지. 그러니까 3달러만 내라는 얘기야."

"그 3달러도 내 사정으로선 어림없다는 얘기야. 나는 내일부터 굶어야 할 처지에 있어."

"그럼 1달러면 어때요?"

"1달러도 안 돼!"

"치사한 인간이군! 도대체 숙녀를 이렇게 장시간 머물게 해두고는 1달러만 내라는 제안을 거절해?"

여자는 다시 위협적인 제스처를 했다.

신상일은 이런 여자와는 시비를 해서 될 일이 아니라고 생각했다. 지쳤다.

"정말 나는 그럴 사정이 못돼."

"1달러도 가지고 있지 않단 말이야?"

"1달러를 가지고 있고 않고가 문제가 아니라니까. 나는 조만간 굶어 죽을 사정에 있다는 얘기야. 그런 처지의 사나이가 클레오파트라를 안을 기분이 나겠어? 금강산도 식후경이란 말이 우리나라에 있어. 당신 나라 말로 고치면 나이아가라도 빵을 배불리 먹고 난 후에야 볼 만하다 정도일 거야."

"정 그렇다면 내 공짜로 자주지. 그 대신 다이렉트 스매싱만으로."

"호의는 고마워. 하지만 지금의 내 컨디션이 용서하지 않아."

"쳇!"

하고 여자는 두리번거리다가 소파를 가리키며 말했다.

"그럼 날 여기서라도 자게 해줘."

신상일은 여자의 사정도 여간 딱한 것이 아니라고 짐작했다. 그것까지 거절할 순 없었다.

"하는 수 없지. 거기라도 좋다면 그렇게 해."

신상일은 물병의 물로 목을 축이곤 침대 위에 벌렁 드러누웠다. 거리의 소음은 현저하게 줄어들고 있었다. 시계를 보았다. 오전 세 시였다. 그 순간

"이 시계를 팔면 얼마간 연명할 수 있겠구나."

하는 생각으로 약간 밝은 기분이 되었다,

눈을 감았다.

여자의 목소리가 들려왔다.

"숙녀를 이렇게 대접해선 안 된다는 것쯤은 알아둬요."

세상이 귀찮아진 신상일은

"어차피 죽어야 할 처지에 뒤늦게 그런 건 배워 뭐하겠소?"

하고 벽 쪽으로 돌아누웠다.

"담요 한 장쯤은 줘야 할 것 아냐?"

"아아, 그렇군."

하고 담요 하나를 빼어 여자에게 던져주었다. 그는 담요를 덮을 생각이 아예 없었던 것이다. 입은 옷 그대로 누워 있어도 5월의 밤은 견딜 수 있는 것이다.

"옷을 벗고 자요. 내 그런 것 탐하지 않을 테니까!"

여자의 말이었다. 대꾸를 하지 않았다.

여자는 계속했다.

"누군가의 동정이 필요할 지경이면 옷을 소중하게 해요. 옷만은 반

듯해야 한다 이 말이에요."

신상일은 그 말은 들어둘 만하다고 생각했다. 동시에 자기의 트렁크에 세 벌의 옷이 들어 있다는 사실을 상기했다. 입고 빗고 하기 위해 한 벌을 남겨둔다고 해도 두 벌은 팔 수가 있을 것이었다. 생명을 부지할 시간이 그만큼 늘었다는 생각이 들었다.

어느덧 신상일은 잠에 빠져들었다.

그런데 어떻게 된 까닭인지 꿈길에선 사고思考가 정상적으로 움직이고 있는 것 같았다……. 아프리카의 정글을 수천 년 거슬러 올라가면 헬렌의 선조를 만날 수 있을지 모른다. 신상일 자신의 선조도 수천 년을 거슬러 올라가면 만날 수 있을 것이다. 그 수천 년의 시간 저편으로부터 시작해서 기구한 운명이 태평양 이쪽저쪽에서 우여곡절을 겪은 나머지, 그 시간의 첨단에 이 밤 파라다이스에서 운명적인 만남을 가졌다. 슬픈 하나의 운명은 새까만 덩어리가 되어 저 소파에 웅크리고 있고, 슬픈 또 하나의 운명은 침대 위에 역시 한심스러운 몰골을 누이고 있는 것인데…… 뉴욕에서의 첫날밤에 황색인종을 대표하는 사나이가 흑색인종을 대표하는 여성으로부터 끈덕진 구애求愛를 받았다고 하면? 이것은 다루기에 따라 멋진 기사記事가 될 수도 있을 것이 아닌가…….

흔드는 손길에 신상일은 잠을 깼다. 유리창이 훤히 밝아있었다. 흑인 여자의 얼굴이 내려다 보고 있었다.

"일어나요, 빨리 가야 해요. 오늘 하루를 굶지 않으려면 지금 일어나서 가야 해요."

무슨 얘긴지 알아들을 순 없지만 신상일은 일어나 앉았다. 그리고 물었다.

"당신 무슨 말을 하고 있는 거야?"

여자의 설명은 다음과 같았다.

중앙역 근처에 가면 80센트에 아침식사를 파는 데가 있다. 그런데 여덟시가 넘으면 그 80센트짜리를 1달러 50센트 주어야 먹을 수가 있다, 8시까지 가면 1달러 50센트에 10센트를 보태 두 사람 분을 살 수 있으니 하루의 끼니는 된다는 것이다.

뉴욕에서 연명을 하려면 갖가지를 배워둬야 한다고 생각한 신상일은 그 흑인 여자를 따라 나서기로 했다.

"나를 위해 1달러쯤 사시겠죠? 80센트의 식사와 거기까지 왔다 갔다 할 수 있는 지하철 요금 20센트."

계단을 내려가며 여자는 속삭이듯 말했다. 그것까진 싫다고 할 수는 없었다.

"OK, OK."

하며 신상일이 고개를 끄덕였다.

시간은 일곱 시.

거리는 이제야 깨어난 듯 드문드문 사람들이 걷고 있었다.

자동차도 띄엄띄엄 달리고 있었다. 파라다이스에서 2백 미터쯤 되는 곳에 지하철 정거장이 있었다. 서너 개의 역을 지나자 여자는 내릴 곳이라고 했다. 지하철의 계단을 한 층 걸어 올라가니까 대합실처럼 보이는 장소의 한구석에 사람들이 모여 있었다.

"저기."

하고 여자가 손가락질 했다.

"아침 식사 80센트. 커피, 밀크, 에그샌드위치 또는 햄샌드위치"라고 써 붙여놓은 벽을 등에 하고, 하얀 모자와 하얀 가운을 입은 남녀가 바쁘게 움직이고 있었다. 신상일은 4달러를 여자에게 쥐어주며 네 개를 사라고 일렀다.

샌드위치와 종이 박스에 든 밀크는 종이 주머니에 담고 종이컵에 든 네 잔의 커피는 그냥 손에 들 수밖에 없었다. 그들은 저편의 비어 있는 벤치에 가서 먹기 시작했다.

따끈한 커피의 향내가 그처럼 고마울 수가 없었다. 차가운 우유와 커피를 교대로 마시며 사이사이 샌드위치를 씹었다. 그러면서 물었다.

"어떻게 이처럼 값이 싼 식사가 있을 수 있지?"

"일하는 사람, 가난한 사람들을 위한 뉴욕 주정부의 서비스예요."
하며 여자는 웃었다.

그때 신상일은 여자를 똑똑히 보았다. 피부색이 너무 검기 때문에 잘은 알 수가 없었지만 병색病色이란 것만은 알 수가 있었다. 나이는 20대를 넘지 않았을 테고, 어찌 보면 그런대로 귀염성이 있는 것 같았으나, 어찌 보면 아주 사나운 동물 같은 데가 있었다.

"여기가 어디지?"

"그랜드 스테이션."
하고 여자는 신상일을 자세히 들여다보는 표정이 되더니 물었다.

"당신은 뉴욕엘 처음으로 왔어?"

"어제 도착했지. 난생처음으로."

"그럼 파라다이스는 어떻게 알았지?"

"택시 운전사가 데려다주더군."

"뭐라고 하면서?"

"내가 부탁을 했지. 싸구려 호텔로 데려다달라고."

"그렇다면 당신은 럭키야."

"뭘 럭키란 말인가?"

"그래서 나 같은 여자를 만난 것 아냐? 그래서 이처럼 값싸고 맛있는 아침을 먹을 수도 있구. 기후가 이런 정도일 땐 세 개쯤 사두었다가 하루 종일 먹을 수가 있지. 그러나 우리 처지로선 하루 두 끼면 충분하지 않아? 나는 한 끼만 먹어도 되지만."

"한 끼 갖곤 건강을 지탱하기 힘들 텐데?"

"살이 찌지 않으니까 좋아. 그리고 난 아는 가게, 아는 사람이 많으니까 아무데나 가서 피넛 몇 개쯤은 얻어먹을 수 있으니까. 남은 두 개는 당신이 먹어요. 하나는 점심에, 하나는 저녁 식사로 하고."

"아냐, 한 개는 당신이 가지고 가구려."

"난 필요 없어. 그런데 당신, 당신 하지 말고 날 헬렌이라고 불러요. 당신 이름은 뭐지?"

"신."

"신? 그뿐?"

"성이 신이야."

"이름은?"

"상일."

"상일 신?"

"그렇지."

"그럼 미스터 신이군."

"그렇지."

"좋아. 간단해서 참 좋아."

"미스 헬렌이란 이름도 좋은데."

"나도 그렇게 생각해."

"아버지와 어머닌?"

"남부에 살고 있어."

"혼자 뉴욕에 나왔나?"

"친구하고 둘이 나왔는데…… 그 친구는 교통사고로 죽었어. 그래
난 고향으로 돌아갈 수 없게 됐어."

"교통사고가 뭐 헬렌의 책임인가?"

"내가 그 친구를 꼬셔서 뉴욕에 왔거든."

"언제 뉴욕엘 왔지?"

"7년 전에."

"그 동안 뭘 했지?"

"안 해본 것이 없어. 그러나 친구가 죽고 난 후로 아무것도 하기가
싫어."

"친구가 죽은 지는?"

"3년 됐어."

"집은?"

"할렘. 파라다이스에서 가까워. 그러나 한 방에 셋이 살아. 그 가운데 하나가 남자를 데리고 오면 잘 곳이 없어지는 거야. 어젯밤처럼."

이 여자가 어젯밤 그처럼 애를 먹이던 여자일까 싶을 정도로 헬렌은 수줍어했다.

"자, 우리 가볼까?"

신상일은 일어서다가

"참!"

하고 포켓에서 종이를 꺼냈다.

"여기 가보고 싶은데 어떻게 찾아 갈까?"

헬렌은 쪽지를 들여다보더니

"여기서 얼마 되지 않아. 제3에비뉴 53스트리트니까, 몇 블록만 걸으면 돼."

하고 앞장을 섰다.

거리는 붐비기 시작했고 활기를 띄고 있었다. 빌딩의 유리 창문이 아침 햇빛에 빛나고 있었다.

'5월은 여기에도 있구나!'

하는 감회가 고였다.

헬렌과 신상일은 도시락을 싸들고 소풍가는 사람처럼 군중을 누비며 걸었다. 황인종의 사나이와 흑인종의 여자와의 아베크는 이상한 풍경일 테지만, 누구 한 사람 관심을 갖고 보는 것 같지 않았다.

'53ST'라고 쓴 푯말이 있는 근처에 헬레이 섰다. 그리고 동쪽을 가리켰다.

"저기쯤이야. 거기 가서 다시 물어봐. 내가 같이 그 앞까지 가도 좋지만 내가 따라가면 미스터 신이 만날 사람이 이상하게 생각할지 몰라. 갔다 와요. 내 이 도시락 파라다이스에 갔다 둘게. 아 참, 10센트만 줘요."

신상일은 10센트 대신 1달러짜리를 꺼내주었다.

"그렇게 많이 필요 없어."

"아냐 갖고 가."

"헬렌은 수줍은 표정으로 돈을 슬랙스의 뒤 포켓에 깊게 넣더니 지하철을 탈 장소와 내릴 장소를 가르쳐주곤 걸어갔다.

신상일은 그 뒷모습을 잠깐 바라보고 서 있었다. 5미터쯤 걸어간 헬렌이 뒤돌아보았다. 그리고는 손을 흔들었다. 신상일도 손을 흔들어 보이고 아까 헬렌이 가리킨 방향을 향해 걸음을 옮기기 시작했다.

3

제3번가 53스트리트. 건물번호 4호 앞에 신상일은 섰다. 그 건물의 307호실이 그가 찾는 어드레스였다.

현관에 들어서려고 하자 왼편쪽 방에서 노인이 불러 세웠다.

"어딜 가려는 거요?"

"307호실? 누구를 찾소?"

신상일이 쪽지를 보이며

"김계택. K. T. KIM."

"K. T. 킴?"

노인은 장부 같은 것을 뒤적였다. 그리고 하는 말이

"케이 티 김이란 사람은 이 아파트에 없소."

"여러 번 이리로 편지를 보내고, 편지를 받기도 했는데요."

"언제의 일이요?"

"일 년 전이오."

"가끔 동양인이 드나들긴 했지만 이곳에 살진 않았는데, 잠깐 기다리시오."

노인은 전화를 걸었다. 전화의 내용은 못 들었으나 "미스터 맥킨터"라는 말은 똑똑히 들었다. 신상일은 얼른 말했다.

"맥킨터란 사람과 같이 있는 사람입니다. K·T·킴은."

"미스터 맥킨터가 내려온답니다."

노인의 말이었다.

신상일은 '드디어' 하는 기분으로 되었다. 드디어 찾아냈다는 마음이었다. K는 언제나 "맥킨터 앤드 킴 컴퍼니 LTD."란 이름으로 신상일과 통신했다. 신상일은 "K·T·KIM. 맥킨터 앤드 킴 컴퍼니 LTD."라고 적고 "제3번가 53스트리트"란 주소를 썼던 것이다.

덩치가 큰 불그스레한 사나이가 털 재킷을 걸친 모습으로 나타나더니 문지기 영감에게

"이 사람?"

하는 시늉으로 눈짓을 했다.

"그렇다."

고 노인은 말했다. 그러나 그잔 대뜸

"K·T·킴은 지금 어디 있소?"

하고 신상일에게 사납게 물었다.

신상일은 기가 질렸다. 그러나 가까스로 정신을 차리고

"내가 지금 K. T. 킴을 찾아왔는데 찾아온 사람을 보고 그렇게 묻다니 그게 무슨 소리요?"

하고 맞섰다.

"난 그 자를 찾아내야 해!"

하며 그 자는 씩씩거렸다.

"당신이 맥킨터요?"

신상일이 물었다.

"그렇다."

는 대답이어서 신상일이

"맥킨터 앤드 킴 컴퍼니라고 되어 있으니 당신이 K. T. 킴이 한 짓에 대해 책임을 져야 할 것 아니오?"

하고 쏘아주었다.

"내가 책임을 져? 그 자가 한 짓에 대해서?"

맥킨터는 풀쩍 뛰었다.

"책임을 져야죠. 맥킨터 앤드 킴 컴퍼니니까."

"웃기지 말아요. 그런 컴퍼니는 없소."

"그럼 어째서 우편이 그대로 통했죠? 당신은 그 이름으로 내 편지를 받았죠? 바로 이 주소로요. 나는 상일 신이오. 미스터 신!"

신상일의 태도가 심상치 않다고 느꼈던지 기가 꺾이는 듯 말했다.

"나도 K. T. 킴의 피해자요. 조용히 이야기 합시다."

"나도 조용히 이야기하고 싶소."

신상일이 강하게 말했다.

맥킨터는 두리번거리더니

"내 방으로 갑시다."

하고 앞장을 섰다.

　맥킨터는 독신인 모양으로 방이 난잡하기 짝이 없었다. 빈 술병이 마루에 구르고 있었다. 신문이 아무 데나 팽개쳐져 있고 옷도 아무 데나 흐트러져 있었다. 그 사이를 부벼 의자를 놓고 앉으라고 하고, 자기는 침대에 걸터앉았다.

　"이게 맥킨터 앤드 킴 컴퍼니의 오피스인가?"

싶으니 어이가 없었다. 사기의 현장이 너무나 노골적이지 않은가. 한국인의 해외여행이 보통 사람일 경우 거의 불가능하다는 사실을 전제로, 오피스답게 가장하는 수작도 취할 필요가 없다고 생각한 탓일 거라고 짐작할 수가 있었다.

　신상일이 물었다.

　"K. T. 킴은 어디에 있소?"

　"그건 내가 알고 싶은 거요."

　"당신은 킴과 한 뱃속이 아니었소?"

　"한 뱃속이라니 그게 무슨 소리요?

　"아니란 말요?"

　"아니요."

　"그럼 MK 전열기란 것은 어떻게 된 거요?"

　"MK 전열기?"

　맥킨터는 무슨 소릴 하는지 모르겠다는 시늉을 했다.

　"이 능구렁이!"

싫었지만 신상일은 차근차근 설명을 했다.

　재작년이다. 김계택이란 사람이 서울에 나타났다. 그때 신상일은 실직한 상태에 있었던 터라 뭣이건 해야겠다고 초조한 마음으로 있었다. 집을 팔면 1천만 원 상당의 돈을 만들 수 있었고, 처가로부터 5백만 원쯤, 고향의 형으로부터 3백만 원쯤, 그밖에 조금 무리를 하면 2백만 원쯤 보탤 수 있어서, 사업 자금으로 2천만 원은 마련할 형편에 있었다.

　신상일은 그 범위 내의 업종業種을 찾고 있었는데 김계택이 나타난 것이다. 김계택은 세 종류의 히터電熱器 샘플을 가지고 있었다.

　"부사장이지만 사실은 하프 앤드 하프의 동업이죠. 맥킨터를 사장으로 한 건 미국에서 사업을 하자니까 그렇게 하는 것이 편리한 때문입니다. 그러나 전권은 나에게 있다고 해도 과언이 아닙니다."
하는 말도 있었다.

　뿐만 아니라 공장의 전경을 찍은 사진, 내부를 찍은 사진에 곁들어 각종 전기용품의 카탈로그까지를 보였다. '맥킨터 앤드 킴 컴퍼니 LTD.'의 이름으로 된 꽤 호화로운 팸플릿이었다.

　그가 샘플로 가지고 온 전열기를 써본 결과 웨스팅하우스의 제품보다 조금도 손색이 없다는 것을 알았다. 그러면서 가격은 그 절반이었다.

　첫째 특허계약을 하고, 한국에선 도저히 구할 수 없는 부품 구입에 관한 계약도 성립되었다. 전열기의 대蓋는 국내 주물공장에서도 주형鑄型만 있으면 만들 수 있는 것이어서 코드와 코일, 스위치 등속을 들여와서 조립만 하면 되었다.

　번거로운 설명은 생략하고 결과만을 말하면 공장 부지를 매입한 돈까지를 합쳐서 7천만 원을 소요했고, 그 가운데 4천만 원이 '맥킨터 앤드 킴 컴퍼니'로 들어갔다.

주물공장을 차려 대틀를 만들어 미국에서 견본으로 가지고 온 코일까지 코드, 스위치를 조립해서 겨우 신제품을 만들기까지 반년이 걸렸다. 신제품을 완성하고 양산量産에 들어갈 단계에 와서야 사기에 걸렸다는 것을 알았다. 기다려도 기다려도 부품이 도착하질 않아 몇 번이나 독촉 전화를 한 결과 이 구실 저 구실 대고만 있었는데, 어느 때부터인가 그 전화는 불통이 되고 보낸 편지엔 회신이 없었다. 도리가 없어서 뉴욕의 영사관원에게 알아보아 달라고 부탁을 했다. 그러나 그런 회사가 존재하지 않는다는 회보를 받은 것이 한 달 후였다.

그나마 건강이 나빴던 아내는 친정과 친구들로부터 빚을 끌어댔던 본인이었던 만큼 결정적인 충격을 받고, 결국 그것이 원인이 되어 죽었다. 심장이 견디질 못했던 것이다. 그런데도 임종 때 아내 향숙은 달려온 오빠와 어머니에게

"신 서방을 잘 돌봐달라."

고 눈물로서 호소하고 있었다.

폐렴으로 그들 사이의 유일한 딸아이 영미가 죽은 것은 그 해의 겨울.

신상일은 몇 번인가 자살할 생각을 했다. 실행 직전에까지 간 적도 있었다. 그러나 자기를 이런 곤경으로 몰아붙인 K란 놈을 그냥 두고 죽을 순 없었다. 상일의 이런 심정을 이해한 선배와 친구들, 그 대부분이 상일로부터 피해를 입었는데도 K를 찾아볼 필요가 있다면서 힘을 합

해 여권旅券을 발급 받을 수 있도록 주선해준 것이다.

김포를 떠날 때 K를 찾지 못하는 한 다시 돌아올 수 없을 것이란 마음으로 산하를 둘러보았다. 아닌 게 아니라 5천만 원이란, 갚을 수 없는 빚을 지고 고국 땅에서 살아가기란 무망한 노릇이기도 했다.

사정 얘기를 듣자 맥킨터는 눈을 껌벅껌벅했다. 딴으론 동정을 표시하는 시늉이었다.

"나도 그놈에게 속았소. 그놈에게 오는 편지를 받아주고 가끔 전화가 걸려오면 이렇게 말해달라는 부탁대로 하면 한 달에 3백 달러씩 주겠다기에, 그놈이 시키는 대로 충실히 해주었는데 1년 전에 연락을 끊어버렸단 말이오. 연락을 끊은 그 당시만 해도 내가 놈에게서 받기로 한 돈은 1,200달러가 남아 있었소. 그런데 미스터 신의 얘기를 듣고 보니 내 손해는 아무것도 아니구먼. 15만 달러 상당의 손해를 보았다니 오죽하겠소."

하며 맥킨터는 계속 눈을 껌벅거렸다.

"그건 그렇고 K를 찾을 수 없을까요?"

하고 신상일이 물었다.

맥킨터는 방 한구석에 있는 테이블로 가더니 서랍을 뒤지기 시작했다. 그리고 몇 개의 주소와 전화번호를 써서 신상일에게 내밀었다.

"그 자와 나 사이에 연락이 있었던 시절의 것인데 아무리 전화를 해도 그잔 없었소. 그러나 이것을 근거로 찾을 수밖엔 달리 도리가 없을 거요. 두루 찾아가보시오. 무슨 단서가 있긴 할 거요. 허긴 놈이 그런 사기꾼이라면 쉽게 꼬리를 잡히긴 안 할 거요만······."

신상일은 맥킨터가 K의, 어느 정도의 공범인가를 분간할 수 없었다.
설혹 분간했다고 해도 그를 상대론 어떻게 할 도리가 없었다. 그 쪽지
만을 받아들고 일어섰다.

"혹시 내가 도움이 되는 일이 있거든 연락하시오."
하고 맥킨터는 주었던 메모지를 도로 받아 거기에 자기의 전화번호를
적었다. 그리고는 신상일이 묵고 있는 곳의 전화번호를 물었다.

"호텔 전화번호를 알지 못하고 왔소. 이따가 연락을 하겠소."

"연락하시오. 나도 알 수 있는 데까지 알아보고 연락을 하리다."

그 집에서 거리로 나와 신상일은 멍청히 서버렸다.

5월의 태양으로 화려하게 빛나고 있는 거리인데도 현실감이 없었다.
옛날 어느 때 꿈 속에서 본 거리가 아니었던지 싶었다.

K를 쉽게 찾을 수 있으리란 생각을 안 했던 것이지만 시작이 이렇게
되고 보니 허탈한 기분으로 될 밖에 없었다.

가까스로 헬렌이 가르쳐준 지하철이 있는 방향으로 어슬렁어슬렁
걸었다. 머릿속에선 K를 만났을 때 하기 위해 준비해둔 말이 빙빙 돌고
있었다.

"김 선생, 김 선생이 내게 한 짓에 관해선 두말하지 않겠소. 당신이
내게로부터 가지고 간 돈 반만 돌려주시구려. 그걸 갖고 내가 빚진 사
람들을 고루 찾아다니며 사과를 드려야 하겠소. 그렇게만 하고 나면 나
는 다시 인생을 시작할 수가 있을 거요. 그렇지 못하면 나는 죽어야 하
오. 나는 고국으로 돌아갈 수가 없소."

이렇게 말하곤 신상일은 돈을 빌린 사람들의 명단을 내보일 작정으

로 있었던 것이다.

헬렌이 시킨 대로 했더니 아침에 탔던 그 지하철역에서 내릴 수가 있었다. 꼭 같은 뉴욕인데도 제3번가의 그곳과 이곳과는 어떻게 이처럼 다를 수가 있을까?

백인이라곤 찾아볼 수 없는 거리를 천천히 걸으면서 신상일은 중얼거렸다.

"여기가 소문에 듣던 할렘이란 곳이다. 내 누추가 눈에 뜨이지 않을 곳, 가난이 또 하나의 표현을 가진 곳, 부끄럼 없이 죽을 수 있는 곳, 사람이 살기 위해선 얼마든지 추악할 수 있다는 철학이 있는 곳……."

몽유병환자처럼 중얼거리고 있을 때 파라다이스의 간판이 눈앞에 있었다.

"오오, 파라다이스!"

컴컴한 현관에 들어섰다.

눈이 어둠에 익숙하길 기다리며 계단을 올라가려고 하는데

"할로, 헬렌이 이걸 갖다 놨어요."

하고 어제의 프런트 흑인녀가 종이 뭉치를 내밀었다. 도시락이 둘, 우유가 둘 그냥 있었다.

"하나는 가지고 가라고 했는데……."

두 개 다 남겨놓은 헬렌의 마음씨가 가슴에 짜릿한 음향을 남겼다.

돌아서는 신상일의 뒤통수에 대고 프런트의 여자가 말했다.

"헬렌 같은 여자 상대도 말아요. 그 애는 거지요. 여자가 필요하면

내 좋은 여자 소개해줄게."

　신상일은 묵묵히 계단을 걸어 올라갔다.

4

그 이튿날 아침 노크 소리를 듣고 신상일은 잠을 깼다. 노크한 사람은 헬렌이었다.

"아침 식사하러 가요."

헬렌은 상냥하게 말하며 웃었다. 옷매무새는 어제와 마찬가지였지만 얼굴과 머리에 변화가 있었다. 훨씬 깨끗해진 느낌이었다. 매캐한 냄새도 가셔지고 없었다.

신기하듯 쳐다보는 상일의 눈치를 알아챘던지 헬렌은

"나 오래간만에 샤워했어요. 머리도 빗고요."

하고 자기의 머리칼을 만지작거렸다.

헬렌의 머리칼은 흔히 흑인 여자들에게서 볼 수 있는 꼬스랑 머리가 아니고, 순순하게 흘러내린 부드럽고 가는 머리칼이었다.

"음, 그래 놓으니 몰라볼 만큼 예뻐진 것 같은데,"

헬렌은 흡족한 모양으로 내 팔을 끌었다.

"빨리 가요, 아침 식사하러. 오늘은 내가 살게요."

거리에 나가선 애인처럼 팔을 끼고 걸었다. 아무도 관심을 갖고 보는 것 같지도 않은데

"모두들 놀랄 거예요. 헬렌에게 애인이 생겼다고요."

하며 댄스의 스텝을 밟아보기도 했다.

지하철 안에서도 헬렌은 상일의 팔을 꼭 끼고 있었다.

어제 그 장소에 갔다.

"어젠 햄 샌드위치를 먹었으니까 오늘은 에그 샌드위치를 먹어요. 음식은 골고루 먹어야 하는 거예요. 편식하면 못써요."

편식偏食이라고 할 때 헬렌은 "언밸런스드 다이어트"란 표현을 썼다.

"제법 유식한 말을 쓰는데?"

했을 때 신상일은 "하이브로"란 말을 썼다.

"이래 뵈도 고향에서 학교 다닐 땐 전 과목이 올 A였으니까요. 그러나 아무도 믿으려고 하질 않아요."

에그 샌드위치와 밀크커피를 사들고 벤치로 왔다. 어제 그 자리였다. 스탠드에 서서 먹고 있는 사람들을 가리키며 헬렌이

"식사쯤은 앉아서 해야지."

하고 익살스럽게 웃었다.

식사를 끝내고 센트럴파크로 갔다.

뉴욕의 시 한복판에 그렇게 큰 공원이 있다는 것은 참으로 놀라운 사실이었다. 헬렌은 상일을 한적한 곳으로 끌고 가서 벤치에 앉으며

"이게 내 집이에요. 난 이 벤치에서 얼마나 잤는지 몰라요. 금년 여

름도 아마 여기서 지내게 될 거예요."

하면서도 근심스러운 표정은 전혀 없었다.

"이런 데서 자면 경찰이 나무라지 않나?"

"경찰은 가까이 오지도 않아요."

"왜?"

"이런 곳에서 자면 안 된다고 했을 때, 그럼 어디 잘 곳을 마련해달
라고 덤빌까 봐 겁이 나서겠죠."

"유치장에 데리고 갈 수도 있잖아?"

"유치장에 데려다만 주면 럭키하게요? 거길 가면 먹을 것도 있고요
샤워장도 있고 한데, 하지만 잘 데려가주질 않아요. 하기야 나 같은 사
람을 다 데리고 갔다간 유치장이 초만원을 이룰 것이지만……."

"헬렌은 항상 이 모양으로 있을 거야?"

"이 모양이 어때서요?"

"불안하잖아. 장래도 없고."

"불안할 거 없어요. 있으면 먹고 없으면 안 먹고 겨울엔 얼어 죽지
않을 만큼의 방도 있고요. 장래도 걱정 없고요. 우리 합중국엔 30년,
40년씩 징역살이를 시켜주는 은전恩典이 있거든요. 수틀리면 한 40년
쯤 감옥에 들어가 편안하게 살 궁리를 할 참이에요. 세금 한 푼 안 내고
정부 신세를 지는 건 뭣하지만 할 수 없잖아요. 그래서 지금 준비 중이
에요. 죽여 마땅한 미운 놈이나 미운 년을 물색 중이란 말이에요. 미운
놈, 미운 년은 적지 않은데 꼭 죽여야겠다고 생각 드는 대상자는 아직
나타나지 않았어요. 인생이란 마음대로 되지 않는 건가 봐요. 하긴 마

음대로 안 되니까 인생인지도 모르죠."

상일은 헬렌과 자기와의 의식의 차원이 다르다고 생각하고 잠잠해 버렸다. 30년, 40년의 징역살이를 결코 농담으로서가 아니라, 진심으로 은전恩典이라고 생각하고 있는 사고방식에 말을 맞출 순 없었다.

병리화病理化 되어버린 미국의 생리生理란 상념이 뇌리를 스쳤지만 그런 상념을 발전시킬 만한 기력이 상일에겐 없었다. 그는 원시림을 방불케 하는 5월의 숲속을 둘려보며 한국의 5월, 특히 우이동의 계곡을 향수 속에 찾았다. 지금쯤 등산객이 한창 붐비고 있을 우이동의 5월! 향수 속에, 인수봉을 향해 걸어 올라가고 있는 자신의 뒷모습을 쫓았다.

'내 인생도 그다지 나쁘진 않았던 것인데……'

돌연 잠잠해져버린 상일을 헬렌이 근심스럽게 들여다보았다.

"미스터 신은 뉴욕에 뭐 하러 왔지요?"

아마 너를 만나러 왔나 보다, 하고 말할 참이었는데 농담할 경우가 아니란 생각이 뒤미처 떠올랐다.

신상일은 뉴욕에 오게 된 경위를 조용한 음성으로 간단하게 설명하고, 어제 맥킨터가 써 주었던 주소와 전화번호를 보여주었다.

"이 사람들을 찾아야 해."

그리고 곧 다음과 같은 말이 흘러나와 버렸다.

"그 자를 찾아 10만 달러라도 받아내지 못하면 난 죽을 수밖에 없어."

헬렌은 몸을 한 번 꿈틀 경련했다.

"돈을 못 받는다고 죽어?"

"돈을 돈 때문에 말하는 게 아니야. 사람에겐 신의란 게 있어야 하는데 그것을 받아내지 못하면 난 신의를 지킬 수가 없게 돼. 사람이 신의를 지키지 못하면 죽은 거나 다를 바가 없어."

"난 그런 어려운 건 몰라요. 중요한 건 그 사람을 찾아야 한다는 게 아녜요? 그리고 그 사람을 찾자면 이 사람들을 우선 만나봐야 할 게 아녜요?"

"그래."

"그렇다면 이렇게 빈둥거리고 있을 게 아니잖아요. 자, 가요. 내가 집을 찾아줄 테니까요."

하고 헬렌이 일어섰다. 그리고 앞장을 섰다.

"먼저 브루클린에 있는 사람부터 찾아보아요."

헬렌은 뉴욕의 교통엔 치밀할 정도로 잘 통하고 있었다. 지하철을 타고 버스를 타고 해서 목표의 건물을 찾아낼 수 있었다. 그러나 그 주소에 적힌 우덕환이란 사람을 만날 수는 없었다. 얼마 전까지는 그곳에서 식료품점을 하고 있었다는데 지금은 행방을 모른다고 했다. 퀸즈에 사는 사람을 찾았을 땐 베느토 아란치란 사람을 만나긴 했지만 그는

"계택, 킴? 나는 그런 사람 모른다."

고 쌀쌀하게 대꾸했다.

또 한 사람은 뉴저지에 살았다.

내친걸음에 그곳까지 가보자는 헬렌의 제안을 따라가 보기로 했다.

로페소 에르난데스란 사나이는 낮인데도 거리의 스낵바에서 술을 들이키고 있었다. 먼빛으로 저 사람이란 걸 알고나자 헬렌이 가만히 속

삭였다.

"푸에르토리코 사람이에요. 사나울 것 같아요. 조심하세요."

헬렌을 바깥에 기다리게 해놓고 신상일은 그 사람 가까이의 의자에
앉았다. 그는 가끔 병든 동물과 같은 신음 소리를 내며 방약무인한 태
도로 술을 마시고 있었다. 스탠드 저쪽의 늙은 흑인 바텐더는 사뭇 귀
찮다는 표정으로 그 자에게 가끔 시선을 흘리고 있었다. 기회를 보아
신상일이 물었다.

"혹시 미스터 에르난데스가 아닙니까?"

그자는 구레나룻으로 거의 뒤덮인 얼굴을 들고

"난 시뇰 에르난데스이긴 해도 미스터 에르난데스는 아냐!"

하고 심술궂게 말했다.

"시뇰 에르난데스, 그럼 묻겠습니다."

"물어? 내게 묻겠다고? 내게 뭣을 물을 거야? 내가 아는 것이라곤
술 마시는 것밖엔 없어!"

"혹시 계택 킴이란 사람을 아는지요?"

"계택 킴?"

"오리엔탈인데요."

"오오라, 맥킨터 돼지 녀석의 졸개 중에 낯이 누런 원숭이가 있었
지."

"그 사람이 어디 있는지 알았으면 해서……."

"내가 어떻게 알겠나. 뉴욕엔 공동묘지가 워낙 많으니까 찾아내기
힘들걸?"

"공동묘지? 그럼 죽었단 말입니까?"

"누가 죽었다고 했어?"

"그런데 왜 공동묘지를 들먹입니까?"

"그런 녀석을 찾으려면 묘지부터 찾기 시작하는 편이 빠를 것 같아서 한 말이야."

"그건 어째서요."

"그놈은 누구한텐가 맞아 죽기 알맞은 그런 놈이었으니까."

"그렇게 나쁜 사람이었던가요?"

"맥킨터의 졸개면 알아볼 만하지 않은가?"

"맥킨터란 어떤 사람입니까?"

"덩치가 큰 쥐새끼야. 그 녀석은 사기를 해도 쩨쩨하게 해. 묘한 꾀를 내갖고 한탕 하기도 하는데 놈은 감쪽같아. 언제나 죄는 딴 놈이 뒤집어쓰게 돼 있으니까. 계택 킴인가 하는 녀석도 아마 그놈에게 맞아 죽었는지 모르지. 하긴 맞아 죽었더라도 할 말은 없을 거야. 놈은 놈대로 잔꾀를 부려 맥킨터를 골탕 먹이려고 했으니까. 나까지 속이려고 했고, 아무렴, 맥킨터는 쥐새끼처럼 영리한 놈이거든. 바보인 척, 속아 넘어가는 척 해놓고 끝에 가선, 이것은 내 거다 하는 식으로 덥석 한다 이말이야."

"그렇다면 계택 킴은 죽었을까요?"

"그걸 내가 어떻게 알아? 십중팔구 내 짐작이 그렇단 말이지."

"어떻게 그런 짐작을……,"

"맥킨터의 졸개 노릇을 하는 놈은 대개 그랬으니까. 계택 킴 앞의 중국인도, 그 앞의 일본인도 보이지 않는다 싶더니 시궁창에서 시체가 발견되고, 허드슨강에 시체가 떠 있고 했으니까. 계택 킴도 보이지 않는 걸 보면 아마 그런 꼴이 되지 않았을까?"

"그럼 뉴욕의 경찰은 뭘 하는 겁니까?"

"내가 뭐 뉴욕주 상원의원이라도 되나? 그런 걸 연구하고 따지게. 뉴욕의 경찰은 오리엔탈이나 니그로나 푸에르토리코인의 시체는 어디서 나오든 관심 따위 조금도 갖질 않아. 그런 점에 착안해서 맥킨터는 그의 졸개 놈으로 오리엔탈을 쓰는 거야."

새삼스러운 실망은 아니었지만 신상일은 그래도 눈앞이 캄캄했다. 이제 생각하니 사정을 알 것만 같았다. 김계택 혼자의 힘으로 그처럼 감쪽같은 사기는 이루지 못하는 것이다. 김계택이 서울에 있는 동안에도, 계택의 전화 한 통에 비행기편으로 샘플이 척척 뉴욕으로부터 보내져 왔으니까.

"보아하니 당신도 맥킨터한테 당한 인간이군."

로페소가 빙그레 웃었다.

"나는 계택 킴에게 당했소."

"계택 킴에게 당한 게 곧 맥킨터에게 당한 거요. 헌데 나를 어떻게 찾아온 거지?"

"맥킨터가 주소를 줍디다."

"그것 참 희한한 소릴 다 듣는군. 맥킨터가 내 거처를 알려주다니. 내 입에서 무슨 소리가 나올지 모르는데. 그것 참 이상하네……."

하면서 로페스는 술을 들이키고

"또 한 잔!"

하고 고함을 질렀다.

신상일도 사정이 정 그와 같다면 이상하다고 생각했다.

"그놈 당신이 나타나는 바람에 되게 당황한 모양이로군. 당황할 놈이 아닌데……."

로페스는 혼잣말로 중얼거리고 있었다.

"시뇰 에르난데스. 계택 킴의 소식을 알 수 있는 무슨 힌트 같은 것이 없을까요?"

"가만 있자……."

하더니 로페소는

"언젠가 계택 킴이 유엔 대표부에 자기의 동기생이 와 있다고 뽐낸 적이 있었지, 아마."

하고 생각하는 빛이 되었다.

"그게 언제쯤입니까?"

"한 2년? 3년쯤 되었을까?"

"이름은?"

"그것까진 기억 못해."

"그밖에 또 없었습니까?"

"없어. 당신 나라 영사관이나, 당신 나라 사람들의 모임 같은 데나 가서 물어보지 그래."

신상일은 그 이상의 것을 알아낼 수 없을 것 같아 일어섰다.

신상일의 등뒤를 향해 로페소가 소리쳤다.

"맥킨터 가까이엔 가지 마! 위험천만한 놈이니까."

가까운 포스트에 기대 서있던 헬렌이 깡총 뛰어 다가와선 신상일의 팔에 매달렸다.

"무슨 수확이 있었어요?"

"아마 죽었을 거래."

"죽었을 거라고요?"

"응."

헬렌도 실망한 모양이었다. 그러나 말에는 그런 빛을 나타내지 않았다.

"실망하지 말아요. 실망은 마지막에 가서 하는 거예요."

신상일은 놀란 눈으로 헬렌을 보았다. 어디서 주워들은 소릴까. 들고양이처럼 헤매 돌아다니는 사이에 익힌 지혜일까.

"맥킨터를 다시 한 번 만나야겠어."

하고 어제의 쪽지를 꺼냈다.

뉴저지에서 제3에비뉴의 53스트리트까진 한 시간 반이 걸렸다. 긴 5월의 해도 기울어지고 있었다.

그 집 앞에 가서 문지기에게 맥킨터를 만나러 왔다며 계단을 오르려니까 문지기가 제지했다.

"맥킨터는 어젯밤 보스톤백 하나 들고 떠났소."

"어디로요?"

"동부로 가겠다는 말만 있었을 뿐이오."

"언제 온다던가요?"

"그 말은 하지 않았소."

신상일은 맥이 빠졌다.

그러나 헬렌이 너무나 걱정스러운 표정을 짓기에 억지로 웃어 보이며 헬렌을 데리고 타임 스퀘어로 가선 길거리의 매점에서 콜라를 하나씩 사 마셨다.

상일의 짐작으론 호주머니에 40달러가 남았다. 그때 불현듯 하나의 아이디어가 떠올랐다.

돈이 다 없어지기 전에 헬렌에게 옷을 한 벌 사주자는 것이었다. 어차피 40달러가 남아 있는 거나 30달러가 남아 있는 거나 20달러가 남아 있는 거나 대동소이한 사정인 것이다. 팔 수 있는 옷이 두 벌이나 있고 시계가 있고 트렁크가 있지 않은가. 상일은 20달러 안팎의 돈으로 헬렌의 옷을 사주리라 결심했다.

"헬렌, 우리 옷가게 있는 곳을 걸어 볼까?"

"왜?"

"구경이라도 하고 싶어서……."

"그만두는 게 나을 걸요?"

"왜?"

"아이, 쇼핑도 막연한 희망이나마 있을 때의 쇼핑이지, 희망도 없을 때는 재미없어요."

"희망을 버리지 말라는 말은 누가 누구한테 한 말이지?"

하고 신상일은 헬렌을 데리고 어가 옷을 전문으로 파는 가게를 돌았다. 어떤 쇼윈도에 남색 바탕에 붉은 장미를 수놓은 원피스가 걸렸는데 가격이 17달러였다. 눈짐작으로도 그 원피스는 헬렌의 체격에 꼭 들어맞을 것 같았다.

무작정 헬렌을 데리고 상점 안으로 들어가 원피스를 입혀보려고 하는데, 상점의 백인 여자 주인이 주춤하는 표정을 보였다. 헬렌이 입고 있는 옷이 너무나 추하고 악취가 나기 때문에 그 위에 입히길 꺼려하는 눈치였다.

"그걸 싸 주세요."

신상일이 말하고 팬티와 언더웨어까지 갖추어 달라고 했다. 합계 22달러였다.

헬렌은 숨이 막힌 듯 입도 열지 못하고 있더니 상일이

"자, 이것 헬렌에게 주는 나의 프레젠트야."

하고 헬렌에게 안겨 주자 헬렌의 눈에 금방 눈물이 고였다.

그리고 아무런 말이 없었다.

파라다이스 앞까지 왔을 때 헬렌이 겨우 한 말은

"나 샤워하고 머리 빗고 이 옷 입고 오늘밤 갈게."

하는 것이었다.

헬렌이 나타난 것은 열한 시가 넘어서였다.

"빨리 오려고 했는데 샤워를 빌리려다가 늦었어요."

하고 새 옷 입은 맵시를 한 바퀴 휙 돌며 자랑해 보였다.

"아름다워, 헬렌은 정말 검은 클레오파트라야!"

"그래요?"

하고 헬렌은 다람쥐처럼 날쌘 동작으로 신상일의 목에 매달려 상일의 이마, 코, 뺨에 키스를 퍼부었다.

헬렌의 흥분이 진정되길 기다려 상일이 말했다.

"사람은 자기를 소중하게 할 줄 알아야 해. 자기가 자기를 깨끗하게 하면 남도 깨끗한 사람으로 봐주고, 자기가 자기를 너절하게 취급하면 남도 너절하게 보게 되는 거야."

"그런 말 싫어요."

헬렌은 시선을 딴 곳으로 돌리며 외치듯 말했다.

"우리 학교 교장선생 같은 말은 싫어!"

"왜 싫을까?"

"그 교장은 말예요. 항상 우리 보곤 얌전히 하라, 얌전히 하라 하면서 자긴 줄리에게 임신시켜 놓고 낙태수술 할 돈은 주지도 않고 있다가 줄리의 배가 불러져 문제가 되니까, 자긴 전연 모르는 일이라면서 줄리를 내쫓았단 말이에요. 줄리는 집을 나가 그 길로 물에 빠져 죽었어요."

"줄리가 누군데?"

"떠돌이 백인 남자가 혼자 사는 흑인 여자에게 낳게 한 아이죠. 고아로서 자랐지요. 그러다가 가정부로 교장집 일을 돌보게 되었는데 그런 꼴이 된 거예요."

"그래서 그 교장과 같은 말을 하는 사람이면 다 싫다, 그런 건가?"

"하여간 점잖은 말하는 사람은 싫어요. 얼굴이 쳐다보여요."

그것도 일종의 지혜라고 신상일은 생각하여 입을 다물어버렸다.

"미스터 신!"

하고 헬렌은 카펫에 무릎을 꿇고 신상일의 무릎을 안았다.

"말해 봐, 헬렌!"

신상일은 헬렌의 머리를 쓰다듬었다.

"나 오늘밤 여기서 자도 되겠죠?"

"잘 곳이 없으면 여기서 자."

"잘 곳이 있어도 여기서 자고 싶은 걸요."

"그건 안 돼!"

"사실은 오늘 밤 잘 곳이 없어요."

"……."

"빌리에게 사내가 왔거든요."

빌리란, 물어보지 않아도 헬렌과 방을 같이 쓰고 있는 두 여자 가운데의 하나일 것이었다.

"그 사내는 아주 좋지 못해요. 저희들 퍼킹하는데 우리가 있어주길 바라는 그런 사내예요. 지난 겨울 추운 밤이었어요. 추워 바깥에 나가지도 못하고 그냥 그 방에 있었는데 빌리와 퍼킹을 하다가 돌연 나에게 덤비는 거예요. 빌리는 좋아라고 박수를 치고요. 난 그놈의 뺨을 갈겨 버리고 바깥으로 뛰어 나왔지 뭐예요. 정말 그날 밤엔 혼났어요. 계단 밑에 쭈그리고 앉아 밤을 새우는데 얼어 죽을 뻔했으니까요. 오늘밤은 날씨가 따뜻하니까 밖에서라도 얼어 죽을 걱정은 없지만……."

"잘 데가 없으면 여기서 자."

하고 신상일이 헬렌의 머리칼을 쓰다듬으며 말을 계속했다.

"나는 헬렌과 오빠 누이동생, 아니면 아저씨와 조카처럼 지내고 싶어. 그래야만 오래오래 사귈 수 있을 것 아냐? 헬렌은 아직 젊으니까 결혼상대가 생길지도 모르고 말야. 게다가 나는 널 먹여 살릴 능력도 자신도 없어. 내가 무슨 말을 하는지 알겠지?"

"알겠어요. 그렇다면 묻겠는데 나에게 왜 이런 좋은 옷을 사 입혔지요? 돈도 없으면서……."

"아까 말했잖아. 오빠와 누이동생, 아저씨와 조카처럼 지내고 싶다고."

"그것 뿐?"

"헬렌에게 좋은 옷 입혀보고 싶었어. 나는 헬렌을 거지라고 하는 소리가 듣기 싫었어."

"거지를 거지라고 하는 게 뭐 나쁠까요?"

"거지는 안 돼, 헬렌은 클레오파트라인 걸."

헬렌은 조용히 일어서더니 옷을 벗기 시작했다. 팬티 하나만 남긴 헬렌의 육체는 뼈와 가죽만 남아 앙상했는데, 유방만이 탐스럽고 풍성한 것이 애처로운 느낌이 들었다. 벗은 옷을 소중한 듯 옷장에 걸어놓곤 담요 한 장을 달라고 했다.

신상일은 담요를 주었다.

헬렌은 그 담요를 들고 소파로 가더니 몸을 눕히고 담요를 덮으며

"안녕!"

하고 눈을 감았다.

5

유엔 대표부를 찾았다.

주영관이란 참사관이 신상일을 알아보았다.

"신 선배님 아니십니까?"

"신상일입니다."

"전 K고교에서 선배님의 한 학년 아래였습니다."

"아, 그렇습니까?"

하는 신상일은 지옥에서 부처님을 만난 기분이었다.

주영관 참사관은

"선배님이《한양일보》의 문화부장으로 계실 때 한 번 찾아뵌 적이 있습니다."

하고 차를 권했다.

신상일은 10년 전《한양일보》의 문화부장이었다. 그 자리에서《한양일보》의 자매지인《주간한양》의 주간으로 옮긴 것이었는데, 5년 전 그

자리를 그만두었었다.

"신문사 일로 오셨습니까?"

차를 한 모금 마신 후에 주영관이 물었다.

"아닙니다. 언론계는 5년 전에 떠났습니다."

"그럼 지금은 무슨 일을?"

"아무것도 하는 일이 없습니다."

"뉴욕에 오신 용무는 뭡니까?"

신상일은 간단하게 설명할 수가 없어

"사람을 찾으러 왔습니다."

라고 대답했다.

"누군데요, 찾으시는 사람이?"

"김계택이란 사람인데요."

"김계택? 들어보지 못한 이름이군요. 무엇을 하는 사람입니까?"

신상일은 대강의 사유를 말하지 않을 수 없었다. 물론 자기의 딱한 사정은 생략하고 사건의 윤곽만을 말한 것이다.

"질이 좋지 않은 사람이군요."

하고 주영관은 영사관에 전화를 걸어보겠다면서 다이얼을 돌렸다. 한참 주고받는 말이 있고 나서 주영관이

"전연 알 수가 없다는데요."

하고 송수화기를 놓았다.

"내가 여기 찾아온 것은 유엔 대표부에 김계택의 친구가 있다고 들었기 때문입니다."

하는 신상일의 말을 듣자 주영관은 이 방, 저 방을 돌아다닌 끝에 30세 안팎의 여자를 데리고 들어왔다.

"난 여기 온 지가 1년 반 밖에 안 돼서 잘 몰라 미스 서를 데리고 왔습니다."

"서영자라고 합니다."

하고 그녀는 다소곳이 앉았다.

"혹시 김계택이라는 사람을 아십니까?"

"이름은 들은 적이 있습니다. 몇 해 전까지만 해도 빈번히 전화가 걸려 와서 임 참사관께 돌려드린 기억이 있습니다."

"임 참사관이란 분 지금 계십니까?"

"지금 안 계십니다. 그분의 후임으로 내가 온 겁니다."

하고 주영관이 말을 받았다.

"지금 어디에 계실까요?"

"아르헨티나에 가 있습니다."

"아르헨티나?"

신상일이 맥이 풀린 어조로 중얼거렸다.

보기가 딱해서였던지 주영관이

"지금은 거기가 밤일 터이니 전화를 할 수가 없고 오늘밤에라도 아르헨티나로 전화를 걸어보겠습니다."

고 했다.

"부탁합니다."

"그럼 연락처를."

"내가 내일 전화를 하죠."

신상일이 쪽지에 전화번호를 적으려고 하자 주영관이 명함을 내밀었다.

명함을 받아들고 일어선 신상일에게

"오늘밤 식사라도 같이 했으면 하는데요."

하고 주영관이 제안했다.

그러나 신상일은 그 제안을 사양하지 않을 수 없었다. 지금의 자기 처지로선 한가하게 후배의 대접을 받고 있을 수 없는 심정이었기 때문이다.

유엔 건물 포치에 헬렌이 기다리고 있었다. 그녀는 신상일의 얼굴을 읽고 속삭였다.

"오늘도 또 실망하셨군요."

"오늘은 실망한 것만은 아니야."

하며 옛날의 후배를 만난 얘기를 했다.

"이런 훌륭한 건물에서 일하는 후배를 가진 것을 보면 미스터 신은 꽤나 높은 사람이었던 것 같아요."

높은 유엔 빌딩을 눈부시게 쳐다보며 헬렌이 한 말이었다.

바쁜 일이 없으니 버스를 탈 필요도, 지하철을 탈 필요도 없었다. 신상일과 헬렌은 천천히 걸었다.

"우리 차이나타운에 가볼까요?"

헬렌의 제안이었다.

"차이나타운은 또 왜?"

신상일이 의아스럽게 물었다.

"가끔 오리엔탈하고 섞여 보는 것도 좋지 않아요?"

"같은 오리엔탈이라 해도 서로 말도 통하지 않는데."

"그건 또 왜요?"

"중국 말과 우리말은 달라."

"달라? 어떻게 다르죠?

"어떻게 다른지는 몰라도 하여튼 같진 않아."

"푸에르토리코 말과 우리 말이 같지 않을 것처럼?"

"그래, 그래."

이런 말을 주고받고 있는 동안 벌써 신상일과 헬렌은 차이나타운에 들어서 있었다. 그런가 하면 한자로 쓰인 간판이 기묘한 향수를 자아내기도 했다.

어떤 피는 검은 피부 빛깔을 만들어내고, 어떤 피는 누런 피부 빛깔을 만들어내고, 어떤 피는 하얀 피부 빛깔을 만들어낸다는 사실! 피 빛깔 자체는 이것저것 구별할 수 없는 꼭 같은 붉은 빛인데 말이다.

신상일이 이런 의혹을 제기해 보았더니

"왜 그렇죠?"

하고 헬렌이 물었다.

"나도 몰라서 이상하다고 했잖아."

"하기야 세상엔 이상한 일이 너무너무 많으니까요."

하고 나서 헬렌이 순 중국식 복장을 하고 지나가는 여자를 가리키며 물었다.

"미스터 신은 저런 여자라야만 성적 충동을 느껴요?"

"그렇지도 않아."

신상일이 웃었다.

"그럼 미스터 신은 어떨 경우 성적 충동을 느끼지?"

"글쎄, 걱정이 많으면 그런 건 느끼질 않아. 나는 지금 걱정이 많거든."

"그 사람을 찾지 못해서?"

"물론 그것도 원인이지만……."

'뉴욕 반점紐育飯店'이란 간판 앞을 지나는데 구수한 냄새가 코를 찔렀다. 향수鄕愁를 닮은 식욕이 되살아났다. 신상일은 얼른 호주머니에 남은 돈을 짐작해보았다.

"25달러? 23달러?"

그리고 헬렌에게 물었다.

"이런 데서 식사를 하려면 최소한 얼마나 들까?"

헬렌이 이빨을 드러내며 웃었다.

"그런 것 생각하지 말아요. 1주일쯤 후에 내가 초대할 테니까요."

"1주일 후?"

"아마 그때쯤은 비어 한 명 곁들인 만찬을 할 수 있게 될 거예요."

"무슨 기적이라도 일어날 건가?"

"난 지금 열심히 기적을 찾고 있어요."

음식점을 지나 한 블록쯤을 걸었을 때, 고물상을 방불케 하는 가게가 눈에 띄었다. 헌 시계, 헌 목걸이 같은 것이 먼지 빛깔의 쇼윈도에 진열되어 있었다. 신상일은 헬렌에겐 아무 말도 하지 않고 가게 안으로 들어서선 홀랑 머리가 벗겨진 노인 앞에 손목시계를 끌러 내밀었다.

"이것을 팔겠소."

그것을 받아든 노인은 안팎으로 뒤집어 보고, 뚜껑을 열곤 확대경을 대보고 하더니

"35달러."

하고 나직이 말했다.

"60달러!"

신상일이 힘차게 발음했다.

노인이 고개를 저었다.

"난 이것을 60달러에 팔지 못하면 이 며칠 사이에 죽어야 하오."

노인은 신상일의 얼굴을 물끄러미 바라보다가 호주머니에서 지갑을 꺼내 10달러짜리 석 장을 세고, 5달러짜리 다섯 장을 세고, 1달러짜리 다섯 장을 천천히 헤아려선 내밀었다.

"고맙소!"

하는 말이 신상일의 입에서 저절로 나왔다.

"25달러에 따라 살고 죽고 하는 그런 따위의 인생을 살지 마슈!"

억양도 감정도 없는 이런 말을 천천히 하곤 노인은 시선을 딴 곳으로 돌렸다.

신상일의 시계는 고물이긴 했지만 '론진'이었다. 론진은 고급시계다. 론진 가운데서도 좋은 편에 속하는 시계였다. 새로 사려고 하면 한국 돈으로 30만 원은 내야 할 것이고 미국 돈으론 백 달러는 주어야 할

것이다. 물론 고물이니 그만큼의 값이야 나갈 리 없지만, 35달러 불러놓고 이편의 말대로 60달러를 선뜻 내줬다는 게 신기하다고 할 수 있었다. 그런데 곧 다음과 같은 생각이 잇달았다.

"그 노인은 내가 너무나 절박하게 죽어야 한다, 운운의 말을 한 것을, 자기를 죽일 거란 말로 들은 것이 아닌가. 아무튼 협박을 느낀 것이 아닐까?"

그러나 저러나 돈 60달러가 생겼다는 것이 신상일에게 활기를 주었다. 상일은 오던 길을 도로 돌아섰다. 헬렌은 묵묵히 따라왔다.

아까의 음식점 앞에 이르렀을 때 상일이 헬렌에게 이리로 들어가자고 손시늉을 했다.

"여기 오기 위해서 시계를 팔았어요?"
하고 헬렌은 움직이지 않았다.

"뉴욕에선 시계가 필요 없지 않아? 가는 곳마다 시계탑이 있는 걸. 가게마다 시계가 있고, 게다가 나는 시계가 필요한 생활을 하고 있지 않잖아?"

그래도 헬렌은 움직이지 않았다.

"먹고 싶으면 미스터 신 혼자 들어가서 먹고 나와요. 난 여기서 기다릴 테니까."

"나 혼잔 먹고 싶지 않아."

신상일이 음식점 앞을 지나가려고 걸음을 떼놓자 헬렌이 끌었다.

"들어가요, 나도 갈게."

결국 상일과 헬렌은 그 음식점에 들어가 만두 두 개씩을 먹었다. 그

대신 따끈한 중국차를 석 잔씩이나 마셨다. 값은 80센트였다.

중국음식점 앞을 느릿느릿 걷기 시작하면서 헬렌이

"미스터 신, 내가 충고 하나 할까요?"

하고 수줍은 듯 입을 열었다.

"충고? O. K."

"호텔을 옮겨요. 지금 파라다이스는 하루 3달러이지요?"

"그래."

"1달러만 더 내면 시트도 방도 샤워도 깨끗한 데가 있어요. 위생적
으로 좋은 데가 있단 말예요."

"나는 파라다이스란 이름이 마음에 들어 옮기기가 싫은데."

"내가 권하는 호텔의 이름도 나쁘지 않아요."

"뭔데?"

"엔젤."

엔젤이면 천사天使가 아닌가.

"엔젤이면 좋은데?"

"엔젤이 와서 묵어도 좋을 만큼 깨끗하다, 이 말이에요."

"생각해 보지."

나는 어느덧 파라다이스와 파라다이스가 있는 그 거리에 정이 들어
있었는지 몰랐다.

뉴욕에 도착하자마자 묵게 된 최하, 최저의 호텔. 내 마지막의 침대
가 될지도 모를 그 침대. 그 밑바닥에서 한 치쯤 올라가게 되는 것인데,

객관적 정세엔 변함이 없이 생활의 정도만 높아진다는 것은 무엇을 뜻할까?

"생각해볼 필요 없어요. 파라다이스에서 두 블록쯤 동쪽으로 가면 되니까 돌아가는 길에 미리 가봐도 돼요."

그 제안을 거절했다간 헬렌의 기분을 상하게 할 것 같아 신상일은 좋다고 했다.

호텔 엔젤은 파라다이스와 마찬가지로 같은 할렘에 있기는 했으나, 그 주변은 훨씬 깨끗한 느낌이었다.

"저게 엔젤이에요."

건너편으로 헬렌이 가리킨 그 집은 외양부터 밝은 빛깔이었다. 길을 건너기 직전 헬렌이 속삭였다.

"프랑클리하게 말하겠어요. 파라다이스의 그 귀신 같은 여자는 날 거지로만 알고 있어요. 이렇게 새 옷을 입고 있는데도 여전히 날 거지 취급예요. 하기야 그럴 만도 하지요. 난 요 몇 해 동안 거지로 지내왔으니까. 그리고 파라다이스는 어쩌다 하룻밤 묵을 곳이지 여러 날 있을 곳이 못 돼요. 거기 1주일만 계속해 있다가 미스터 신은 병에 걸릴 거예요. 먼지도 털지 않고 시트도 갈아 주지 않는 방에서 어떻게 견디겠어요? 그런데 엔젤은 달라요. 엔젤에선 나를 거지라고 생각하지 않아요? 거지 아닐 때 가끔 간 적이 있었을 뿐, 거지가 된 이후론 한 번도 안 갔거든요. 뿐만 아니라 미스터 신이 파라다이스에 있으면 여러 가지로 내겐 불편하단 말이에요."

하여간 헬렌에겐 확고한 이유가 있는 것 같아서 신상일은 엔젤로 옮기기로 작정하고 미리 방을 둘러보았다. 미리 둘러볼 것도 없었지만 헬렌의 체면을 위해서 한 노릇이었다.

5층의 방이었다. 화장실과 샤워가 골마루에 있는 것은 파라다이스와 같았으나 위생적인 배려에 있어선 엔젤이 월등했다. 비좁은 방이었으나 한두 사람이 거처해서 불편할 정도는 아니었고, 침대는 소박한 목제였지만 하얀 시트커버가 마음에 들 만큼 청결했다.

한마디로 말해 파라다이스는 장사를 포기한 인상으로, 이래도 올 놈이 있으면 오라는 그런 호텔이었고, 엔젤은 단 한 사람이라도 손님을 많이 모셔야겠다는 의욕을 보이고 있는 호텔이었다.

엔젤로 옮겨오기 직전 파라다이스의 여자는 가방을 현관에까지 운반해주는 친절을 보이더니 돌연 오른손 엄지손가락을 신상일의 코끝에 세워 보이며

"당신은 넘버원!"

이라고 했다.

"무엇이 넘버원인가?"

"아무 불평 없이 이 파라다이스에서 1주일을 묵은 사람은 최근에 있어서 오직 당신 하나뿐이오. 그만큼 점잖고 인내심이 있는 걸 보면 당신은 합중국의 대통령 감이요."

신상일은

"땡큐!"

란 말과 더불어 어색하게 웃었다. 현관을 나서는 신상일의 등을 향해 여자가 크게 소리 질렀다.

"난, 시 유 어게인이란 인사는 안 해요. 그게 당신에게 대한 축복인 줄 아세요."

6

엔젤로 옮긴 그 이튿날 주영관에게 전화를 했다. 친절하게 전화를 받아주어 고마웠지만 그의 대답은 신상일을 실망케 했다.

"아르헨티나의 임 참사관은 지금 본부에 출장 중이어서 3주일쯤 후에야 귀임한다고 합니다. 서울로 전화를 한다는 것은 너무 번거로운 것 같고, 그나마 잘 통할 수 있을지가 염려스럽습니다. 부득이 기다릴 수밖에 없을 것 같습니다. 어쩌면 아르헨티나로 가는 도중 뉴욕에 들릴지도 모르지요. 계속 명심하고 있겠습니다. 혹시 이편에서 연락할 일이 있을 지도 모르니 그쪽의 전화번호나 알려주시지요."

신상일은 전화번호를 말했다. 이어 저편의 말이 건너왔다.

"호텔 이름이 뭡니까."

"엔젤."

"엔젤? 못 듣던 이름인데 대강 어디쯤에 있는 호텔입니까?"

"내가 뉴욕 지리를 압니까? 전화번호만 알아두시죠."

하고 신상일이 얼른 전화를 끊어버렸다. 그 주제에 얄팍한 허영심은 남아 있어 할렘에 있다는 얘기는 차마 할 수 없었던 것이다.

전화를 끝내고 침대에 드러누웠다.

한국으로 다시 돌아갈 수 있는 가망성이 그만큼 줄어들었다는 생각이 뭉클 솟았다. 그렇게 되는 날이면 새로운 문제가 생긴다. 신상일은 벌떡 일어나 여권을 챙겨보았다. 미국에 머물러 있을 수 있는 비자 기한은 6월 15일로서 끝나게 돼 있다는 것을 다시금 확인했다.

상일은 미국에 있어서의 불법체류不法滯留가 얼마나 힘드는 것인가를 들어서 알고 있었다. 더구나 돈도 없이 말이다. 돈만 있으면 변호사를 사이에 넣어 어떻게라도 변통을 할 수 있다지만 상일의 처지로선 어림도 없는 일이다. 이런 생각 저런 생각을 하다가 쓴 웃음을 웃었다.

"죽을 작정을 한 인간이 비자 걱정을 웬일이구!"

파라다이스 호텔이 파라다이스란 말이 의미하는 것과는 반대의 극極이라고 할 수 있듯이, 엔젤 호텔의 위생적 배려는 나무랄 데가 없었지만 밤의 상황을 엔젤이 사는 곳이 아니라 악마의 소굴이라고 하는 것이 정확한 표현일 것 같았다.

새벽 한 시쯤이 되면 어디선가 신음소리가 들려오기 시작한다. 조금 지나면 그 신음소리가 두 갈래 세 갈래로 겹쳐진다. 이윽고 상처 입은 동물의 비명소리로 바뀐다. "죽여라!" 하는 고함소리가 이 방 저 방에서 터진다. 신음하는 소리, 으르렁대는 소리, 더 이상 참지 못하겠다는 듯한 고통의 부르짖음, 때로는 애원하고 절규하는 소리!

살펴볼 것도 없이 성교에 따른 음성이고 음향이었는데, 백인과 흑인이 확실히 동양인과 다른 결정적인 특징은 그 교접의 상황에 있는 것이 확실했다.

어느 날 밤이다. 상일의 방 앞에 여자의 비명소리가 비단을 째는 것 같더니 쾅쾅 상일의 방문을 두드리며

"살려줘요!"

라고 했다.

상일이 도어를 열었더니 몸에 실오라기 하나 걸치지 않은 백인 여자가 뛰어 들어왔다. 앗차, 할 순간 시커먼 사내가 그 역시 홀딱 벗은 알몸으로 가죽 밴드를 휘두르며 따라 들어와 가죽 밴드로 여자를 난타하면서 상일에게 하얀 이빨을 드러내고 으르렁댔다. 킹콩의 형상 그대로였다. 다만 그가 고릴라와 다른 것은 다음과 같은 사람 말을 씨부렁거리고 있었다는 점이다.

"이건 오늘밤 내 여자다, 내 여자! 이 하얀 돼지야! 10달러만 내면 내 하자는 대로 하겠다고 약속하지 않았어? 그런데 도망을 쳐?"

"10달러 도로 줄게 살려줘!"

여자는 군데군데 비곗살이 붙은 그로테스크한 몸집을 탁자 밑에 밀어 넣으려고 몸부림치며 애원했다.

"누가 이년아 너더러 돈 갚으라고 하더냐?"

하며 사나이는 치켜든 밴드로 사정없이 여자의 잔등을 향해 내려쳤다.

"남의 방에서 뭣하는 짓이야!"

고 상일이 항의를 했지만 사나이는 들은 척도 안 했다. 그런데도 호텔

의 종업원은 나타나지도 않았다.

상일은 그 흑남백녀黑男白女의 꼴을 보며, 이것은 성적 유희, 또는 변태성욕자의 현상이라기보다 흑인에 의한 백인에 대한 일종의 보복극報復劇이라고 느꼈다.

검은 사나이가 약속위반이라고 짖어대면, 흰 여자는

"퍼킹할 약속이었지 때리고 맞고 할 약속은 하지 않았어."

하고 울부짖었다.

심지어는 상일을 쏘아보곤

"넌 뭣하는 놈이냐? 숙녀가 이렇게 당하고 있는데 도와줄 줄도 모르는 넌 뭣하는 놈이냐?"

고 욕설을 퍼붓기도 하고

"경찰을 불러달라!"

고 애원하기도 했다.

상일이 기회를 포착하여 방 밖으로 뛰어나오자 백인 여자의 절규가 있었다.

"백인 경찰관을 불러와야 해, 백인 경찰관을!"

"흥, 이 시각 할렘에 백인 경찰관이 있을 거라고?"

검은 사나이의 냉소하는 소리가 있었다.

계단을 한층 내려갔지만 더 이상 내려갈 기력이 없었다. 사나이의 말마따나 이 밤중, 이 지역에서 백인 경찰관을 찾을 가망이란 없는 것이다.

그래 계단에 우뚝 서버렸는데 그 층層의 소리도 요란했다. 말하자면 엔젤 전체가 성적 광란의 소용돌이 속에서 격동하고 있는 것이었다.

상일은 다시 계단을 도로 올라 자기 방문 앞에 섰다. 비명과 노호는 들리지 않고 신음소리가 흘러나오고 있었다. 도어를 열곤 주춤 했다.

카펫 위에 여자를 네 발로 서게 해놓곤 사나이가 한참 작동중이었다. 그들은 신상일의 존재 같은 건 문제도 삼지 않았다. 흑백黑白의 대조가 선명한, 분명 백마白馬와 흑마黑馬의 교접을 닮은 그 정경은 음란하다는 뜻을 넘어 그로테스크, 그것이었다.

"미스터 신, 뭣하고 있어요?"

하는 등 뒤의 말이 상일은 의식을 돌이켰다.

헬렌이 다가오고 있었다.

상일은 말을 못하고 손을 저었다. 가까이 오지 말라는 시늉이었는데 헬렌은 날쌔게 상일의 옆에 와 서더니 방안에서 전개되고 있는 장면을 보곤

"갓뎀!"

하는 소리를 지르고 안고 있던 꾸러미 속에서 코카콜라의 병을 꺼내 치켜들어 검은 사나이의 뒤통수를 쳤다.

사나이는 돌연 제정신이 돌아왔다는 듯 가해자인 헬렌을 힐끔 쳐다보곤 백마를 그냥 두어둔 채 골마루로 뛰어나가 버렸다. 뒤늦게 사태의 의미를 깨달은 모양으로 만신에 푸른 자국을 남긴 허연 고깃덩어리를 수습하곤 여자도 비틀비틀 골마루로 나가더니 어디론지 사라져버렸다.

헬렌은 풀석 침대에 걸터앉더니, "휴우!" 한숨을 내쉬곤 말했다.

"아임 쏘리!"

"헬렌이 미안해할 게 뭐 있어?"

하며 상일은 헬렌과 나란히 앉았다.

"엔젤이 이런 곳인 줄은 몰랐어요."

헬렌이 중얼거렸다.

"걱정 마, 나는 이런 곳이 재미있다고 생각해."

"엔젤이 아니라 데블이야. 소돔과 고모라……."

헬렌은 흥분했다.

"파라다이스 옆에 지옥이 있듯이 천사 이웃엔 악마가 사는 거지."

신상일이 되레 헬렌을 위로하는 입장이 되었다.

이 말엔 반응 없이 멍청히 앉아 있더니

"조금만 참아요. 내 돈 벌어갖고 어디 아파트를 구해보도록 할 테니까."

하고 웃었다.

헬렌이 아파트를 구해보겠다고 하는 발상은 신상일을 놀라게 했다. 아니 웃기는 얘기였다. 그런데 그건 완전히 자포자기한 처지에 있었던 헬렌이 갱생更生을 의지意志하게 된 신호일지도 몰랐다.

"술 사가지고 왔어요."

헬렌이 구석에 밀려 있는 둥근 탁자를 방 한가운데로 끌고 와서 그 위에 꾸러미 속의 병을 꺼냈다. 버번의 작은 병이었다. 이어 코카콜라의 병을 놓고, 피넛을 꺼내놓았다.

"미스터 신과 파티하려고, 늦었지만 찾아온 거예요. 얼음은 없지만 그래도 괜찮죠?"

헬렌이 글라스에 버번을 따르며 한 소리다.

"이걸 어떻게 샀지?"

상일이 의아해서 물었다.

"사업을 시작했거든요."

"사업?"

상일은 헬렌의 모습을 살폈다. 크림으로 다듬어진 얼굴에 빨간 루즈, 뭔가를 짐작할 수 있었다. 가슴이 뭉클했다.

"나는 이제 거지가 아녀요."

헬렌은 뽐내는 포오즈를 했다.

상일은 거지보다는 매춘부賣春婦가 더욱 비참한 것이라고 하려다가 그만두었다.

"헬렌에게 도덕이 필요 있을까?"

그녀의 삶에 조그만한 힘도 보태주지 못할 처지에 있으면서 반들반들 매끄럽기만 한 충고를 한다는 건 쑥스러운 일이었다. 상일은 잠자코 술잔을 들었다. 위장 어느 부분이 찡하는 메아리를 일으켰다. 술이란 좋은 것이다.

"아까 그 년놈들 얘기해줄까요?"

하며 헬렌이 눈동자를 굴렸다.

"아는 사람들인가?"

"알고 말고요."

"그래?"

"할렘의 주민으로서 내가 모르는 사람 없어요."

상일은 헬렌의 얘길 기다렸다.

헬렌은 피넛을 한 주먹 입에 털어놓고 맹렬하게 씹어 돌리고 나더니

"놈이나 년이나 모두 치사해."

하고 얘기를 시작했다.

사나이의 이름은 브리크 죠. 한때 헬렌의 친구 줄리의 정부情夫였다. 브리크는 여자라고 보면 닥치는 대로 해치웠다. 줄리의 돈을 훔쳐내선 여자를 꼬셨다. 그러다가 어느덧 "임포(성적 불능자)"에 가까운 상태가 되었다.

"하룻밤에 한 다스를 해 치우기도 했으니까 임포가 될 만도 하지."

헬렌의 표현이다.

임포가 된 사나이를 용납할 줄리가 아니었다. 브리크는 줄리의 방에서 쫓겨났다. 그랬는데 브리크는 여자를 때리고 욕하고, 사람들 앞에서 추잡을 떨면 남자로서의 기능이 되살아난다는 것을 발견했다. 그로부터 브리크는 변태성욕자가 되어 버렸다.

"그 후에 할렘에서 브리크를 상대하는 여자가 없어져 버렸어요. 그 흰 돼지를 제외하곤."

헬렌이 보탠 말이다.

흰 돼지의 이름은 퀄리. 그녀가 할렘에 나타난 건 3년 전. 3년 전 그녀가 나타났을 때 그녀의 입버릇은

"나는 검은 말을 좋아한다."

였단다.

사실은 뉴욕의 전역을 돌아다니며 몸을 팔아오다가 얼굴이 썩은 호박처럼 되어가고, 육체가 병든 돼지처럼 부어오르자 백인은 아무도 퀠리를 상대하지 않게 되었다.

　"골이 비고 밸이 없는 검둥이 녀석들이 흰 말을 타보는 재미로 덤비는 바람에 퀠리는 할렘에서 한동안 수지를 맞췄지요. 그러나 지금은 아무도 그년을 상대로 하지 않아요. 오늘밤 연놈이 만난 건 서로 궁해빠졌던 탓이겠죠."

하고 헬렌은 콜라에 버번을 섞었다.

　인생에 송두리째 희망을 잃은 사람들이 섹스에 집착하는 것만으로 살아가는 보람을 느끼려는 경향을 이해하지 못할 바 아니라고 짐작을 하면서도, 신상일은 브리크와 퀠리가 연출한 아까의 장면은 처참에 그로테스크를 보탠 것이라 생각했다.

　아무튼 작가 L씨의 관찰은 예민한 것 같았다. 그는

　"이 도시에 절망하지 않고 살려면 섹스로서의 자기 확인이 필요한 것인지도 모른다."

고 쓰고 있는 것이다.

　"그건 그렇고."

하고 헬렌이 물었다.

　"도어는 왜 열어주었죠?"

　"사람 살리라고 비명을 지르며 도어를 두드리는데 어떻게 가만있을 수 있겠나?"

　"뉴욕에서 생명을 부지하고 살려면, 모르는 사람에게 밤에 도어를 열어주어선 안 돼요."

　오래간만에 술을 마셨던 탓인지 취기가 빨리 돌았다. 상일은 담요 한 장을 빼내어 헬렌에게 던져주고 침대 위에 누웠다.

　"오빠와 누이동생은 같은 침대에서 자선 안 되나?"

　헬렌이 장난스럽게 물었다.

　"안 돼!"

　상일이 눈을 감은 채 말했다.

　"아저씨와 조카딸은?"

　"역시 안 돼!"

　"누가 그런 걸 정했지?"

　"하나님이."

　"《구약성서》엔 오빠와 누이동생이 같이 자는 게 있던데?"

　"난 그런 것 몰라."

　"아저씨와 조카딸도 같이 자구."

　"……."

　"아버지와 딸도 같이 잤어요."

　"어디 그런 게 있어?"

　"아냐. 〈창세기〉에 분명히 있어요. 롯이란 사람이 그의 두 딸과 잠자리를 같이 한 사실 말예요. 〈창세기〉 19장 30절."

　헬렌은 이처럼 뜻밖인 지식을 가지고 있는 것이다.

　상일은

　"성서에 있건 없건, 그런 기분 나쁜 얘기 말구 빨리 자기나 해."

하고 혀를 찼다.

상일의 편잔에 풀이 죽은 헬렌은

"미인이 되려면 잠을 실컷 자야 한다지?"

하고 중얼대며 소파에 누웠다.

불을 껐다.

엔젤을 뒤흔들 만큼 시끄러웠던 섹스의 광란도 이제 끝나고 주위는 조용했다. 창문 아래로 지나는 자동차 소리도 뜸하게 되었다. 상일은 그 밤도 잠을 이룰 수가 없었다.

어둠 속에서 헬렌의 말이 있었다.

"잠들었어요?"

"아아니."

"화났어요?"

"아아니."

"그럼 내 얘기 하나 할까요?"

"해보렴."

"신데렐라 얘기 알지요?"

"가난한 처녀 아이가 왕비가 되는 얘기?"

"그래요, 그래요. 헌데 난 오늘밤 신데렐라가 된 기분이에요."

"어째서?"

"이 3, 4년 동안 할렘 밖 밤거리에 나가지 못했던 거지가 오늘밤 브로드웨이에 나갔거든요."

"……."

"브로드웨이에서 무슨 일이 있었는지 상상할 수 있어요?"

"……."

"브로드웨이의 코너에서 있었지요. 눈앞으로 사람들이 지나가고 있었어요. 나를 데리고 갈 왕자가 없나 하구 나는 가슴을 두근거렸지요."

상일은 그 얘길 중단시키고 싶었으나 모처럼 신이 나 있는 듯한 헬렌의 기를 꺾을 수가 없었다.

"그런데 말예요. 바로 눈앞으로 오리엔트에서 온 왕자가 지나가는 거예요. 뒤를 따랐죠. 사람들이 그다지 붐비지 않는 곳까지 가서 내가 불렀어요. 헬로 프린스, 하고 아주 낮은 소리로. 온순하게 생긴 오리엔트의 신사였어요. 나를 보는 눈이 아주 부드러웠죠. 그래 내가 말했어요. 나를 위해 약간의 돈을 쓰실 용의가 없느냐고요. 그러면서도 내 가슴은 조마조마했어요. 대답도 없이 휑 가버리지 않을까 하고. 그런데 오리엔트의 왕자는 그러질 않았어요. 얼마나 쓰면 되겠느냐고 되묻는 거예요. 미스터 신만큼 서툰 영어로 띄엄띄엄한 말투였죠. 그 띄엄띄엄한 말투가 어쩌면 그렇게 정다웠을까요?"

신상일은 그 오리엔트의 사나이가 한국인이 아니길 바랐다.

헬렌의 말은 계속 되었다.

"난 용기를 냈어요. 그리곤 50달러라고 해버렸죠. 아뿔싸 30달러쯤으로 부를걸, 했지만 그 뉘우침이 가시기도 전에 오리엔트의 신사는 O. K.라고 하잖아요? 그리고 50달러 쓸 용의는 있는데 어떻게 하면 되겠느냐는 거에요. 그는 내가 그를 어디로 데리고 갈 작정으로 알았던 모양이죠? 그래 내가 말했죠. 당신의 호텔이 어떠냐고요. 손님이 들락

날락 붐비는 초저녁엔 어떤 호텔도 우리들에게 관심을 두지 않는 걸 나는 알고 있거든요. 오리엔트의 신사는 좋다고 하고 날 따라오라고 했어요. 그가 묵고 있는 호텔은 밀튼인데, 밀튼이면 일류축에 들지요. 한 시간 반 동안 나는 그 디럭스한 방에 있었어요. 오리엔트의 신사는 날 처녀 같다 하며 좋아하더군요. 서툰 말인데도 할 말은 다 했어요. 뭐 아프리카 대륙의 에센스를 안은 기분이라나. 아아, 나는 오늘밤 신데렐라가 되었어요. 그는 50달러 선금은 내었는데 돌아올 적엔 10달러를 더 주는 거예요, 교통비 하라고. 할렘의 여자 가운데 한 시간 반 동안의 서비스로 60달러 받은 여자는 역사 이래 있지도 않았어요. 게다가 우리는 내일 만나기로 약속했걸랑요. 그 오리엔트 왕자의 방엔 카메라도 있고, 시계도 있고, 만년필도 있고, 비싼 라이터도 있었지만 나는 손을 대지 않았어요. 그 대신 충고를 해줬지요. 귀중품은 예사로 두지 말라고. 친구들 얘기론 그럴 경우, 뭔가 한 가지는 슬쩍 하는 게 상식이라거든요. 잠자릴 하고 나면 남자는 거의 반드시라고 할 만큼 화장실에 가거든요. 그 틈에 슬쩍 한다는 거지요……."

헬렌의 재잘거림이 시작되면 끝 간 데를 모른다. 신상일은 오늘 밤의 헬렌의 손님이 일본인일 것이라고 막연히 짐작하고 안심을 했다. 카메라니, 비싼 라이터니, 시계니 하는 물건이 책상 위에 너절하게 놓여 있었다는 얘기로 봐서. 그런데 헬렌은

"생각하면 내가 신데렐라가 될 수 있었다는 것을 미스터 신 덕분이에요. 미스터 신이 내게 예쁘고 멋진 새 옷을 사주지 않았더라면 내가 무슨 용기로 브로드웨이의 코너에 서서 오리엔트의 신사를 향해, 나를

위해 약간의 돈을 쓸 용의가 없느냐고 물어볼 수가 있겠어요. 안 그래
요?"

하는 말로써 상일의 가슴을 뜨끔하게 했다. 헬렌은 상일의 충격엔 아랑
곳없이 계속 지껄였다.

　뉴욕에선 옷이 없으면 거지가 되는 거예요. 1년 내내 걸치고 있는 냄
새나는 옷을 입고 누굴 보고, 나를 위해 돈을 쓸 용의가 있느냐고 물을
수 있겠어요? 형편없는 주정뱅이를 꼬셔 5달러쯤 쓰게 하는 것이 고작
이죠. 그것도 불가능할 정도로 난 몰락해 있었던 거예요. 거저 준다고
해도 누구 하나 거들떠보지도 않았던 나였으니까요. 그러한 나를 신데
렐라로 만든 건 당신예요. 미스터 신, 모두들 오리엔트는 사람이 아닌
양 말하고 있지만 나는 오리엔트 사람이야말로 사람이란 발견을 했지
뭐예요. 나는 앞으로 오리엔탈 전문으로 나갈 참예요. 이렇게 운수 좋
은 밤이 계속될 까닭은 없겠지만, 난들 그런 오퍼튜니스트는 아니지만,
노력하면 미스터 신에게 리버사이드江邊의 아파트를 마련해주게 될지
몰라요……."

　상일은 잠에 빠진 듯 가장했다. 코고는 소릴 일부러 낸 것이다. 그러
자 헬렌이 일어나더니 상일 곁으로 와서 상일의 이마에 가벼운 키스를
했다.

　"불쌍한 미스터 신, 오늘밤의 그 오리엔트보다 키도 크고 얼굴도 잘
나고, 만사에 있어서 고상한데 어떻게 당신은 이처럼 비참하죠? 고향
을 멀리 떠나와서 말예요. 그러나 안심해요, 미스터 신. 헬렌이 당신의
천사가 되어주겠어요. 잘 자요, 미스터 신."

헬렌은 도로 소파로 돌아가 누웠다.

신상일은 새 옷을 사준 모처럼의 호의가 엉뚱한 결과로 발전된 사실을 놓고 이런저런 생각을 엮어보지 않을 수 없었다. 뉘우침이랄 것도 아닌, 재미있는 일이랄 것도 아닌, 그러면서도 헬렌이 없었더라면 뉴욕의 나날이 견딜 수 없는 것으로 되었을지도 모르는 처지에 생각이 미쳤다. 자기에게 기력이 있고 소설가로서의 재능만 있으면 이 아세아와 아프리카의 기묘한 만남이 일편의 멋진 드라마가 되지 않을 리 없다는 상념으로 물들기도 했다.

'그러나 내겐 그럴 기력도 그럴 재능도 없다……'

이윽고 신상일은 잠에 빠졌다. 창밖에 먼동이 트고 있었다. 할렘에도 아침은 와야 하는 것이다.

7

사람의 의사완 상관없이 세월이 흘러간다는 것은 어느 인생에 있어
선 은총恩寵이랄 수가 있다. 살아가기도 힘든데 세월까지 자기 힘으로
안아 넘겨야 한다면 그 이상 고통스러울 수가 없을 테니 말이다.

6월로 접어든 어느 날, 신상일은 유엔 대표부 주영관으로부터 전화
를 받았다. 임 참사관이 뉴욕에 와 있으니 같이 저녁식사라도 하자는
연락이었다.

"그런데 어떻겠습니까. 신 선배께선 고국을 떠나신 지가 그럭저럭
오래 되었을 테고 김치 먹고 싶은 생각이 나실 만도 한데 변변찮지만
제 집으로 모실까 하는데요."

신상일은 살큼 감동했다. 목이 메일 지경이라서

"나보다도 임 참사관의 사정이 어쩌신지?"

하는 대답을 가까스로 했다,

"주빈은 신 선배님이니까 임 참사관의 의견은 물을 것도 없습니다."

"그렇다면 좋습니다."

하며 신상일은 하마터면 울먹거릴 뻔했다.

퀸즈 지구에 있는 주영관의 아파트를 찾아간 것은 그날 밤의 일곱 시. 서울에 있는 단란한 가정을 그대로 뉴욕에 옮겨 놓은 것 같은 주영관의 가정을 상일은 무슨 기적을 보는 느낌으로 두리번거렸다. 서른 안 팎으로 보이는 주영관의 부인은 한국 여성의 정숙을 뉴욕의 문화로써 세련하여 우아함을 보탠 것 같았고, 다섯 살 사내아이와 세 살 딸아이 는 한국판 천사天使라는 말이 어울릴 정도로 귀여웠다.

조금 느지막이 도착한 임 참사관은

"뵙게 돼서 기쁩니다."

하는 인사와 함께 "임형직"이란 자기 이름을 소개하곤

"신 선생님의 존함은 벌써부터 듣고 있었습니다."

하고 다정하게 신상일의 손을 잡았다.

신문사의 사회부장, 주간지의 편집국장을 외교관인 임형직이 어떻 게 알고 있었을까 싶었지만 굳이 따져 물을 필요는 없을 것 같았다.

식사에 앞서 맥주로서 목을 축이고 있을 때 임형직이 물었다.

"신 선생님은 김계택을 어떻게 아셨습니까?"

신상일이 대강의 경위를 설명했다. 중간에 가끔 질문을 섞기도 하며 임형직은 조심스럽게 듣고 있더니

"그런 일이 있었군요."

하고 한숨을 섞었다.

그리고는 임형직은 자기와 김계택과의 관계를 설명했다.

둘이는 충청도 어느 소도시에 있는 중학교의 동기동창이었다. 중학교 3학년 때 육이오 동란이 터졌다. 전쟁이 끝났는데도 김계택은 학교에 나타나지 않았다. 그런대로 임형직은 김계택을 잊고 있었던 것인데 5년 전 뉴욕의 거리에서 우연히 만났다.

미군부대의 하우스보이로 들어갔다가, 그것이 기연機緣이 되어 미국으로 왔다는 김계택은 그때 어느 전기제품 메이커의 세일즈맨으로 있다고 했다. 가끔 본국에 왔다 갔다 하기도 한다며 호주머니 사정이 넉넉하게 보였다. 식사를 할 때는 꼭 김계택이 돈을 냈다.

"그런데 작년? 아무튼 내가 아르헨티나로 전근하게 될 얼마 전부터 갑자기 행색이 초라하게 되었어요. 얼마 전까지만 해도 꽤 많은 돈을 벌게 되었다고 의기양양했던 사람이 갑자기 풀이 죽었길래 까닭을 물어보기도 했지만 시원한 대답을 안 하더군요. 그리고 얼마 안 되어서죠. 날 더러 돈 천 달러만 빌려달라는 것이었습니다. 우리 처지로선 천 달러이면 대금입니다. 갑자기 그런 돈을 만들 수가 없어서 주변의 사람들로부터 빌려 보태고 해선 5백 달러를 주었죠. 그랬더니 얼마 안 있어 한국으로 일단 나가야 하겠는데 여권을 잃어버렸다며 여권에 대신할 수 있는 문서를 만들어 줄 수 없느냐는 전화가 왔어요. 영사관에 연락해줄 터이니 내일쯤 영사관으로 가보라고 했지요. 그 후 소식이 없어서 영사관에 문의를 해보았는데 나타나지 않았다는 겁니다. 그리고 연락이 끊어졌어요. 어디에 있어도 무슨 연락이 있을 텐데 말입니다."

"돈을 갚지 못해 나타나지 않는 것 아닙니까?"

하고 주영관이 상일 대신 물었다.

"그런 건 아닐 겁니다. 나도 분명히 그 돈을 주면서 이건 빌려주는 게 아니라, 그저 주는 것이니 마음에 부담을 갖지 말라고 일렀으니까요."

이때 식사 준비가 다 되었다고 주영관 부인이 알려와서 모두들 식탁으로 옮겨 왔다. 그 바람에 김계택에 관한 이야기는 일단 중단되었다.

오래간만에 먹는 김치와 된장찌개는 상일이에게 있어선 기적과 같은 감격이었다. 죽은 아내와 딸, 그리고 어머니의 모습, 고국산천의 경색이 눈앞에 펼쳐지기도 했는데, 식사 도중 신상일은 눈물이 쏟아질 것 같아 화장실에 가서 몇 분 동안 심장과 폐장을 진정시켜야만 했다.

주영관 부인을 끼운 자리가 돼서 화제의 중심은 뉴욕에서의 생활 상태였다. 어떻게 사는 것이 잘 사는 것인지 전연 분간할 수 없는 곳이 뉴욕이며, 돈이 떨어지는 날이 죽는 날로 되는 것이 뉴욕이란 말도 있었다.

그러는 사이 김계택이 다시 화제에 올랐다. 임형직의 말이었다.

"신 선생께선 김계택을 찾는 일은 포기하셔야 할 겁니다. 불길한 예감이지만 아무래도 김계택은 죽은 것 같아요. 그렇지 않고서야 거의 2년이 지났는데 나에게 연락이 없을 까닭이 없거든요."

"혹시 로스앤젤레스나 시카고 같은 데 있지나 않을까요?"

주영관의 말이었다.

"연락이 없다는 것 자체가 불길한 생각을 갖게 하는데, 나와 마지막으로 만났을 때의 그의 모습이 암만해도 이상했어요. 무언가에 쫓기고 있는 사람 같은, 공포에 질려 있는 표정이고 태도였으니까요. 여권도 잃어버린 것이 아니라 빼앗긴 게 아닌가 싶어요. 지금 생각하면.”

“요컨대 신 선배님은 그 김계택이란 사람에게 사기를 당한 것 아닙니까?”

주영관이 상일에게 물었다.

“그렇습니다.”

하고 신상일이 침울하게 말했다.

“그렇다면 그 김계택이란 사람은 다른 사람에게도 그런 짓을 했다고 볼 수 있는데 이를테면 피해자들의 추격을 받고 있었다, 이렇게 되는 것이 아니었을까요?”

주영관이 임형직에게 물었다.

이에 대한 임형직의 대답은

“나의 친구라서가 아니라 김계택은 좋지 못한 놈의 조종을 받고 그런 짓까지 하게 된 것이 아닌지 싶은데요. 그러다가 조종한 놈에게 이용 가치는 없어지고, 사실을 폭로할 위험만 있으니 제거해버린 것이 아닌가, 그런 게 뉴욕 암흑가의 상투수단이기도 하다니까, 어쩐지 그런 생각이 드는군요. 이것도 지금 짐작한 거지만 그때, 그 사람이 돈을 쓰는 태도가 아무래도 정당한 직업을 가진 사람 같진 않았어요. 정당하게 번 돈을 그처럼 헤프게 쓸 수 있을 까닭이 없으니까요. 하여간 나는 김계택은 십중팔구 죽은 거라고 생각합니다. 이번 한국에 갔을 때 성묘를 겸해 고향까지 갔는데 계택의 형님 되시는 분이 찾아왔어요. 계택의 소식을 알려고요. 전연 연락이 없다는 거였어요.“

“신 선배님 어떻게 하시렵니까?”

주영관이 묻는 말에 상일은 정신을 차렸다. 임형직의 얘기를 들으니 상일은 만사가 끝난 것이란 생각이 들어 멍청하게 앉아만 있었던 터였다.

"글쎄요……."

이 이상의 말을 할 수가 없었다.

영영 고국엔 돌아가지 못할 것이란 얘기를 그들 앞에 늘어놓을 수 없었던 것이다.

그러자 그럼 침울한 화자를 집어치우자는 듯 임형직이

"제가 신 선생님의 이름을 알게 된 것은 참으로 우연이었습니다."

하고 쾌활하게 화제를 바꾸었다.

신상일은 임형직의 다음 말을 기다렸다.

"신 선생님을 신神처럼 마음속에 모시고 있는 사람이 있어요."

하도 뜻밖인 말이라서 상일은 눈을 둥그렇게 떴다. 주영관 부부는 호기심을 느낀 듯 눈을 반짝이었다.

"선생님, 혹시 낸시 성이란 여자를 아십니까?"

임형직이 물었다.

그 이름을 신상일이 모를 까닭이 없다.

"낸시 성?"

하고 애매한 표정을 지었다.

"성옥진이란 이름인데요, 한국 성명은."

"성옥진! 들은 것 같기도 한 이름입니다만."

상일은 계속 애매하게 대답했다.

"수년이 됐나요? 제가 본부에 출장 갔다가 뉴욕으로 오는 도중이었는데 우연히 그 낸시 성이란 여자와 같이 비행기를 타지 않았겠습니까. 파리에도 갔다 온 전도가 유망한 디자이너였어요. 이쯤 하면 아시겠죠?"

"기억이 납니다. 그런 분이 있었죠."

상일이 덤덤히 말했다.

"그 여자는 다신 한국에 돌아가지 않을 각오로 뉴욕엘 간다면서, 선생님 말씀을 하셨어요. 신 선생님만이 옳은 언론인이라고요. 선생님 같은 분이 어떻게 한국에 태어나셨는지, 기적과 같은 일이란 표현도 있었고요."

상일은 5년 전의 일을 더듬는 생각으로 기울려다가 말고

"괜한 얘기입니다."

하고 화제에서 벗어나려고 했다.

"무슨 이유가 있을 것 아닙니까? 무슨 이유로 그 낸시 성이란 분이 우리 신 선배님을 그렇게 평가하시던가요?"

주영관은 선배가 높은 평가를 받고 있다는 사실이 자랑스러운 모양으로 이렇게 물었다.

"구체적인 말은 하지 않았어요. 그릇된 세론에 당당히 항거해서 굽이지 않는 높은 지조의 소유자라고만 되풀이 했을 뿐입니다."

그제야 주영관 부인이 무슨 기억을 되살린 모양으로

"낸시 성이라면 명동의 낸시 드레스 살롱을 차리고 있던 젊은 디자이너라고 아는데 그분의 얘긴가요?"

하고 끼어들었다.

"그럴 겁니다. 명동의 가게를 정리하고 떠난다는 얘기가 있었으니까요."

"그럼……."

하고 부인은 웃음을 머금었다.

"웃는 걸 보니 당신 아는 게 있는 거로군요."

주영관이 자기 부인에게 눈을 돌렸다.

"여자 하나가 두 남자를 거느렸다고 서울이 발칵 뒤집히도록 된 사건이 있잖았어요?"

부인의 말이었다.

"난 기억이 없는데……."

주영관이 고개를 갸웃했다.

"아마 그런 일이 있었던 것 같습니다. 나도 잘 모르는 일이지만."

하고 임형직이 상일의 표정을 살폈다.

상일은 말하고 싶지 않았다. 낸시 성의 사건은 상일의 일생을 크게 좌우한 사건이었던 것이다.

그런 만큼 그 얘긴 입 밖에 내고 싶지 않았다.

"그때의 신문이란 신문, 주간지는 주간지란 대서특필하고 있었으니 언론계에 계셨던 신 선생님은 그 진상을 잘 알고 계실 것인데요."

주영관의 부인이 호기심에 가득 찬 눈으로 신상일을 바라보았다.

"어떻게 된 것이었습니까?"

임형직이 물었다.

"오래된 일이라서 기억이 희미합니다. 떠들썩했던 것 같은데 사실은 달랐던 것 아닙니까?"

하고 신상일은 그 이상 말하려고 하지 않았다.

"헌데, 낸시 성은 지금 어디에 있는가요?"

주영관의 부인이 임형직에게 물었다.

"죽지 않았으면 뉴욕, 아니라도 미국 어느 곳엔가 있을 겁니다. 뉴욕이나 로스앤젤레스에 자리를 잡아볼 생각이었던 모양이지만 서울에서의 스캔들이 여기까지 미쳤나 봐요. 뉴욕엔 발을 붙이질 못한 모양입니다. 재주 있고 총명하고 매력에 넘친 여자였는데, 어쩌다 한 실수 때문에 앞길을 망친 셈이죠. 그 후 들으니 어떤 화가와 놀아나는 바람에 교포사회에선 완전히 셧아웃 해버린 모양이에요."

그 얘긴 상일로선 처음 듣는 얘기라서 물어보지 않을 수 없었다.

"그 화가는 한국인이었나요?"

"백인이라고 들었습니다. 화가래도 팔리지 않는 화가, 거지꼴을 한 화가였다니 별 볼 일 없을 겁니다. 아까운 여자였는데…… 안타까워요."

임형직은 진심으로 동정하고 있는 듯했다.

"결국 신문이 유망한 여자를 죽였구나."

하는 감회가 신상일의 가슴에 서렸다.

"뜻밖에 낸시 성 얘기를 듣게 되다니, 세상이란 참 좁지요?"

하곤 부인은

"지금 35, 6세쯤으로 한창 일할 나일 텐데 결국 그렇게 되었군요."

하며 안타깝다는 표정을 지었다.

식사를 끝내고 응접실로 옮겨 앉아 스카치를 마셨다.

그런 동안에도 낸시 성은 화제의 중심이었다.

헤어질 무렵 주영관은 다시 한 번.

"앞으론 어떻게 하실 겁니까?"

하고 상일에게 물었다.

"조금 생각해봐야겠습니다. 의논드릴 일이 있으니 그땐 잘 부탁합니다."

하는 말을 남기고 신상일은 일어섰다.

"바래다 드리죠."

하고 일어서는 주영관을 신상일은 한사코 말렸다. 브루클린으로 가야 한다는 임형직과는 주영관의 아파트 앞에서 헤어졌다.

"낸시, 성!"

"성옥진!"

"뉴욕의 어느 곳에 그녀는 있는 것일까?"

디자이너라고 하기보다 발레의 댄서를 연상케 하는 민첩한 체구와 다이나믹한 표정을 가진 여자.

신상일이 그녀를 알게 된 것은 《주간한양》의 편집을 책임 맡고 두어 달쯤 되었을 때였다.

파리에서 돌아와 패션쇼를 한다는 소식을 듣고 상일의 주간지에서 그녀와의 인터뷰를 기획했다. 인터뷰 장소를 신문사 응접실로 정한 것은, 디자인계 스타의 모습을 여러 각도로 카메라에 담기 위해서였다.

그 인터뷰 전후에 상일과 낸시 성은 얼마간의 애기를 주고받았다. 그때 상일은 낸시 성의 사물을 보는 견식이 예민할 뿐 아니라 착실하다는 인상을 받았다. 요약하면 서구西歐를 배워야 한다는 것인데, 서구의 무엇을 배워야 하느냐의 골자가 추상적으로 어리벙벙한 것이 아니고 구체적이면서도 본질적이었던 것이다. 특히 기억에 남아 있는 것은

"프랑스 사람은 자아自我가 보통으로 강한 게 아닌데, 그 자아를 항상 환경 속에서의 자아의 의미로서 파악하고 있는 것 같아요. 예를 들면 이 거리가 나 때문에 지저분해선 안 되겠다, 순간적으로나마 내가 이 거리에 서 있을 때 나 때문에 거리가 더욱 어울린다고 되어야 하겠다는 식으로 생각하는 것 같아요. 디자인이란 요컨대 환경에 대한 일종의 자기주장自己主張 아니겠어요? 좋은 옷을 입는다는 건 미화美化로서의 자기주장, 바꿔 말하면 자기에게 대한 존경, 자기가 자기를 존경하는데 비례해서 남도 나를 존경하다는 의식이 철저한 거죠."

하는 말과

"한국 여성의 최대 결함은 활달함이 부족한 데 있어요. 자신이 없으니까 활달하지 못한 거예요. 거꾸로 활달할 수 있을 정도로는 자신을 가져야죠."

하는 말이었다.

낸시 성의 스캔들이 터진 것은 그로부터 얼마 되지 않아서였다. 낸시는 두 여자로부터 간통소송을 당했다 낸시를 고소한 여자의 하나는 실내장식가의 아내였고, 또 하나는 낸시의 가게 옆에서 양품점을 경영

하는 남자의 아내였다.

한 여자는 자기 남편이 낸시의 아파트에서 수일 밤을 지냈다는 증거를 곁들어 고소를 했고, 다른 하나는 호텔방에 같이 있었다고 해서 고소했다.

인기가 나기 시작한 미모의 젊은 여자, 화려한 분위기를 가진 여자인데다가 남자와의 교제는, 내면은 어떻게 되었는지 알 수 없으나 외면적으로는 꽤나 복잡했던 모양이었다. 이 고소를 계기로 해서 풍설은 꼬리를 물고 구름처럼 일어났다.

그때 R이란 기자가 낸시 성의 사건 전모를 취재해서 대대적인 특집 기사를 만들었다. 주간지가 등장하기 시작할 무렵, 각 주간지는 센세이셔널한 기사의 경합처럼 되어 있었을 때였다.

책임자인 신상일은 그 기사를 각하해버렸다. 고소한 것만으론 아직 결과를 알지 못하는데, 그런 기사가 나가면 피고소인이 아주 불리한 입장에 서게 된다는 이유로서였다. R기자는 고소당한 것만은 사실이니 보도할 가치가 있지 않느냐고 버티었다.

신상일은 "자기를 존경하는 정도에 따라 남도 나를 존경한다"는 지혜를 알고 있는 낸시가, 동시에 두 남자와 간통을 하는 따위의 짓은 하지 않았을 것이란 믿음 같은 것을 가졌다. 실내장식가란 사나이의 사진을 보았을 때 미쳤기로서니 이런 남자와 그런 관계를 맺을 까닭이 없었을 것이라고 느꼈고, 양품점 가게의 주인도 낸시의 마음을 끌 만한 사내가 못 된다고 판단했다.

"설혹 그런 관계가 있다고 하자. 그렇다고 대서특필 보도할 필요가 어디 있는가? 법률로서의 간통죄는 불가피할지 모르지만 그걸 언론言論이 떠들어밀 건 없어. 우린 좀 높은 차원으로 행세하자."

고 상일은 R의 반대를 봉쇄해버렸다.

그런데 다른 주간지가 일제히 낸시 성의 기사를 실었다.

《주간한양》은 모처럼의 특종을 스스로 포기한 셈이 되었다.

기자의 말대로 했더라면 《주간한양》은 줄잡아 1주일 앞에 그 특종으로 해서 다른 주간지를 눌렀을 것이었다.

당연히 회사 내부에서 문제가 되었다.

신문사의 간부는 신상일의 인도적인 동기엔 아랑곳없이 불순한 동기를 찾는 눈치마저 보였다. 한편 신상일이 낸시 성으로부터 돈을 먹었다는 악질적인 소문이 퍼졌다.

"기자들이 애써 취재해온 것을 개인적인 사정으로 각하한다면 기자들의 사기에 큰 영향을 준다."

며 신문사의 간부는 호통을 쳤다.

신상일은 사표를 냈다.

사표는 낸 즉시로 수리되었다.

신상일이 돈을 먹고 그 기사를 각하했다는 소문이 사장을 자극했기 때문이다.

그런데 사건은 이상스럽게 낙착되었다. 각 주간지가 떠들썩하게 낸시 성의 사건을 보도했을 땐, 이미 두 개의 간통고소는 증거 불충분으로 각하되어 있었던 것이다.

그러나 낸시 성의 가게를 문 닫게 하고 그녀로 하여금 얼굴을 들고 서울에 살지 못하게만 해놓고, 신문이나 잡지는 낸시 성에 대한 고소가 터무니없는 것이어서 각하되었다는 기사는 한 줄도 보도하지 않았다.

그 후 신상일이 확인한 바에 의하면 실내장식가와 양품점 주인은 낸시 성을 각각 짝사랑하고 있었다는 것이며, 실내 장식을 위해 남자 하나는 꼭 한 번 낸시 성의 아파트를 찾은 일이 있었을 뿐이고, 양품가게 주인과는 우연히 어느 호텔의 커피숍에서 만나 가게 이웃끼리란 정도로 차를 같이 마신 일이 있었던 것뿐이었다.

뿐만 아니라 실내장식가와 양품점의 안주인들은 여고의 동기동창이고 단짝이어서, 낸시 성을 골탕 먹일 목적만으로 고소장을 만들었고, 각하될 것을 미리 짐작하고 R기자에게 보여 고의로 스캔들을 퍼뜨렸다는 사실까지 알게 되었다.

한국을 떠나길 작정하고 어느 날 낸시 성이 신상일을 찾아왔다.

"선생님 말씀 들었어요."

하고

"저 때문에 직장을 잃었다니 어떻게 하죠?"

하고 낸시가 미안해했을 때 신상일은

"미안해할 것 없습니다. 그 따위 직장 그만둔 것은 저의 장래를 위해서는 좋은 일이지 나쁜 일이 아닙니다."

하고 자신만만했던 것인데……

그 결과로 신상일은 지금 기약할 수 없는 시간을 향해 절망의 길을 걸어가고 있는 것이다.

8

밤중에 심한 오한이 있었다.

마음이 받은 충격이 육체의 병으로 옮아간 탓이다.

오한 속에서 악몽惡夢이 계속되었다.

아침에 눈을 떴다. 그러나 일어날 수가 없었다. 땀에 젖은 옷이 몸뚱이에 질펀히 감겨 있다는 의식은 또렷했지만, 침대에서 몸을 뗄 순 없었다.

"이럴 때 헬렌이라도 왔더라면!"

헬렌은 일주일 동안 보이질 않았다.

자기 말따라 오리엔탈 헌팅에 열중하고 있는지 몰랐다.

"헬렌이라도 왔으면!"

그러나 그날도 헬렌은 오지 않았다.

간신히 물병이 문을 마시고 하루 종일 굶은 채 천정을 보고 있다가 잠으로 빨려들었다가 깨어났다 했다.

'이대로 죽어버리는 것도 나쁘지 않다.'
는 생각이 들었다.

'미국엘 갔으나 그 사람을 만나지 못했소. 그 사람도 죽었는가 봅니다. 희망 없어요. 돈은 갚을 수가 없습니다. 용서하시오!'

신상일은 고국에 돌아가 이런 말을 할 수가 있을까, 없을까 하고 자신의 마음을 살폈다. 불가능하다는 판단이 내렸다.

상일이 빚진 5천만 원 가운데 30년 샐러리맨을 한 끝에 어느 퇴직관리가 받은 퇴직금도 포함되어 있는 것이다. 아내 향숙의 절친한 친구, 아이들을 데리고 과부로 살며 백화점의 한구석에서 푼푼이 모은 돈도 포함되어 있는 것이다. 아들딸이 대학 갈 때의 등록금. 집 한 칸 장만할 돈, 그런 것을 위해서 준비한 돈……

'그런데 어찌 빈손으로 돌아갈 수 있느냐 말이다.'

미국으로 올 때의 각오는 비장한 각오였다. 그러나 거기엔 실오라기만한 희망이 붙어 있었다. 비장감悲壯感도 또한 센티멘털리즘이었다.

뉴욕에 도착했을 때도 일단 죽음을 각오했었다. 그러나 그 죽음의 각오에도 한 가닥 희망이 없진 않았다. 그러나 거기에도 센티멘털리즘이 있었다.

그런데 지금, 마음에 앞서 육체가 굴복해버렸다. 아무리 애써도 일어날 수가 없는 것이다. 오한은 간헐적으로 엄습했다. 오한이 가시면 팔 다리가 마비된 상태로 되었다.

헬렌이 온 것은 사흘 후였다.

그땐 오후였는데 헬렌은 침대 위의 상일을 보자 멈칫 서버렸다. 죽은 사람을 보는 기분이었던 모양이다.

상일이 눈방울을 굴리고 얼굴에 힘없는 미소를 띄우자, 헬렌이 와락 달려들었다.

"미스터 신, 어떻게 된 거요?"

하고 울부짖었다.

"며칠 보지 않은 사이에 어떻게 된 거요? 미스터 신!"

"며칠 보지 않았다고! 열흘이야, 열흘."

하고 신상일이 간신히 말을 보탰다.

"열흘 동안이면 사람이 죽고 초상 치르고 흔적도 남기지 않기에 충분한 시간이야."

"죽는단 말 말아요. 미스터 신!"

하고 헬렌은 몸을 날려 바깥으로 나가더니 우유를 한 병 사들고 돌아왔다.

"이것 마셔요, 미스터 신."

"겨우 목적지까지 도착한 듯했는데 헬렌 덕분에 또 멀어지게 되었구나."

우유를 두어 모금 마시고 난 후에 신상일이 한 말이었다.

헬렌의 간호는 극진했다.

신상일은 1주일 만에 정상을 되찾을 수 있었다.

오래간만에 그랜드스테이션 근처의 가게에서 아침 식사를 같이하며

신상일은 헬렌에게

"여기서 이렇게 식사를 할 수 있는 것도 헬렌의 덕택이야."

하고 고마워했다.

그러자 헬렌은 새하얀 이빨을 드러내고 웃으면서

"미스터 신, 좋은 말이 있어요."

했다.

"무슨 말?"

"절망하긴 쉽다, 희망을 갖기란 어렵다. 그러나 용기 있는 사람은 어느 때 어느 곳에서나 희망을 찾아낼 수 있다."

"꽤 멋진 철학인데."

"내가 학교 다닐 때 교장선생이 한 말예요. 그 녀석은 싫었지만 그 말은 괜찮다고 생각했죠."

"그 말은 헬렌 당신을 위해 소중하게 간직해둬요."

헬렌이 킬킬 웃었다.

"왜 웃지?"

"이런 말은 남에게 하기 위해 준비된 말예요."

"그것도 또한 철학이군."

"사람이란 이상하죠?"

"왜?"

"자기 일엔 정신을 차리지 못하면서 남에겐 그럴 듯한 충고를 할 수 있으니까요."

"자기를 남처럼 생각하면 되잖아?"

"그럴 때도 있죠."

씹고 있던 샌드위치를 마저 씹어 삼키곤 헬렌은 이런 얘기를 했다.

"진짜의 나는 시바의 여왕이 되어 지금 궁전에 있다. 그런데 그 궁전에 싫증이 나서 또 하나의 나는 뉴욕에 나와 방랑중이다. 또는 나는 오늘밤 록펠러의 초대를 받고 댄스파티에 참가하고 있다. 가짜의 나는 여기 이렇게 굶주리고 있다. 가끔은 내가 영화배우라고 생각하기도 하죠. 가난하고 궁색한 배역配役을 맡은 거라고요."

신상일은 헬렌에게 감탄했다. 이 화려한 도시에서 굶주리며 살아가기 위해선 별의별 관념의 조작이 필요하리라고 느꼈기 때문이다. 그 실례가 헬렌이 아닌가?

"헬렌은 훌륭해! 그런 멋진 생각을 할 수 있으니……."

"그러나 한계가 있어요. 상상력이란 건 오래 지탱되지 않아요. 상상력이 뚝 끊어지고 나면 벤치가 써늘해지는 거예요. 별빛이 심술궂은 백인白人 아낙네들의 눈빛처럼 보이고요."

"왜 하필 백인 아낙네들이지?"

"백인, 특히 백인의 아낙네들은 냉혹해요."

"사람 나름이겠지."

"냉혹하지 않은 백인 여자는 본 일이 없는 걸요."

"그러나 그건 편견이야. 사람은 편견을 가져선 안 돼!"

"하기야 가끔 인정스러운 백인 여자가 없는 건 아녜요. 하지만 그건 죄디 위선이에요. 위선, 얄팍한 교양이 꾸며낸 위선이란 말예요."

"신랄하군 헬렌."

"그러니까 내 충고를 똑똑히 들어둬요. 앞으론 백인 여자를 상대할 때가 있으면 철저하게 가면을 쓰는 거예요. 절대로 상대방은 본심을 나타내지 않는 것이니까요. 백인 여자들은 자기들만 제일인 줄 알아요. 흑인이나 오리엔탈은 원숭이만도 못하다고 생각하고 있는 거예요. 헌데 그들은 원숭이는 좋아하거든요. 그 까닭은 나는 알았어요. 원숭이는 말을 못하니까 그들이 어떻게 취급해도 항의할 줄 모르잖아요? 그러나 우리들은 항의를 하잖아요? 그런 까닭에 우리를 원숭이보다 나쁘게 치는 거예요."

신상일은 뭐라고 할 말이 없었다. 백인의 천대를 받고 살아온 체험이 말하고 있는 것을 반박할 구체적인 근거란 없는 것이기 때문이다.

"백인 여자가 얼마나 악질인가 하면요."

하고 헬렌이 다음과 같은 얘기를 했다.

헬렌이 어느 인쇄공장에서 일하고 있었을 때의 얘기였다.

그때 그녀는 컬럼비아 대학 근처에 살고 있었는데 바로 그 이웃에 흑인 청년이 샌더스 부인이란 백인 여성의 아파트 한 칸을 빌려 있었다. 그런데 샌더스 부인은 사사건건 생트집을 잡았다. 흑인 청년이 우유를 먹어버렸다고 투덜대는가 하면, 골마루에 담배꽁초를 버렸다고 야단을 하고, 목욕탕에서 양말을 빨았다고 욕설을 퍼붓는 등 야로를 부리곤 이웃사람들을 만나기만 하면

"전능한 하나님이 왜 흑인을 만들어 놓았는지, 흑인을 만든 것은 아무래도 하나님의 유일한 실수 같다."

는 푸념을 했다.

흑인 청년은 아르바이트를 하며 컬럼비아 대학에 다니고 있는 학생이었는데, 그 무렵 실직을 하고 있었던 터라 약간 노이로제 증세가 있었다. 게다가 돈이 없어 방을 옮기지 못하고 매일 시달리기만 했다. 드디어 청년은 어느 날 발광하고 말았다. 청년은 방안의 기물을 죄다 파손하고 유리창을 깨고 전등을 부시는 등 광포狂暴를 다했다.

샌더스 부인은 이웃 사람을 끌고 와서 광태를 부리고 있는 청년을 보였다. 그리고는 방안의 기물이 죄다 부서지길 기다려 경찰을 불렀다. 경찰이 그 청년을 데리고 간 후 이웃 사람들이

"경찰이 그 사람을 데리고 간 것까진 좋았지만, 부셔 놓은 물건들의 손해배상은 어떻게 할 거냐?"

고 걱정을 했다.

"그대로 가만둬두세요. 곧 보험회사에서 올 거예요. 보험회사에서 사람이 오거든 여러분들은 증인證人으로 서주셔야 합니다."

이것이 샌더스 부인의 말이었다.

결국 샌더스 부인은 보험회사의 돈으로 방을 수리하고, 새 가구를 갖추게 되었다는 얘긴데 헬렌은

"미스터 신, 백인 여자는 그처럼 무서워요. 방을 수리하고 겸해 낡은 가구를 새 가구로 바꾸기 위해 흑인 청년에게 방을 빌려준 거예요. 세상에 이럴 수가 있어요?

하고 흥분해서 덧붙였다.

"헌데 샌더스 부인이 무슨 일을 하며 소일하는지 아세요? 미스터 신, 그녀는 어느 자선단체의 간부예요. 매달 얼마씩을 모아 고아들을

도우는 일을 하고 있단 말예요. 그래서 뉴욕 시장으로부터 상장까지 받았어요. 세상에 그런 위선자가 어디에 있겠어요. 우리 흑인은 배가 고파 도둑질을 하고 심할 경우 강도는 하겠지만, 그런 위선은 하지 않아요. 한 달에 10달러쯤을 내어 남의 돈에 합해서 자선가란 명예를 사곤, 한편에선 그 불쌍한 청년을 미치게 해서 정신병원에 보내고, 부서진 낡은 의자를 골동품 값으로 보험회사에 변상시켜 이득을 보는, 그런 철면피한 행동을 우리 흑인은 결코, 결단코 하지 않는단 말예요!"

이럴 때의 헬렌의 그 박력 있는 말, 생기 있고 활력 있는 얼굴!

신상일은 미국인의 일단을 이해한 것 같았다. 비록 거리의 창부로 타락해 있긴 하나 단호하게 자기를 주장하는 사상과 감정은 뚜렷하게 간직하고 있는 것이다.

"헬렌은 훌륭해!"

신상일이 다시 한 번 찬탄의 말을 했다.

헬렌은 거북하다는 듯 아랫입술을 쑥 내밀었다.

"헬렌의 관찰력은 훌륭해. 그러나 마음속에 미움을 가꾼다는 것은 옳지 못할 것 같애."

"미워하기라도 안 하면 살아 있는 보람이 없어지는 걸요. 그러나 미스터 신의 그 충고는 고맙게 받아두겠어요."

하고 헬렌은 식사를 한 뒤에 너절하게 남은 종이컵과 포장지를 주어모아 쓰레기통에 갖다 버렸다.

쓰레기통에서 돌아온 헬렌이 물었다.

"미스터 신, 오늘은 뭐할 거예요?"

"오래간만에 거리의 구경을 할까 해."

"그것 좋은 아이디어예요."

하곤 물었다.

"혼자 돌아다닐 수 있죠?"

"물론."

"그럼 오늘은 혼자 다니세요. 껌둥이 여자 데리고 다녀 봤자 좋은 일이 없을 거니까."

"난 헬렌과 같이 가고 싶은데?"

"오늘 난 일이 있어요. 보다도 낮엔 실컷 자둬야죠. 알겠죠? 그 뜻. 오늘밤쯤 오리엔트 어느 나라의 왕자를 만날 수 있을지 모르잖아요. 그럼, 바이 바이."

헬렌을 보내놓고 신상일은 담배를 피워 물었다. 뉴욕에서 살아갈 궁리를 할 참이었다.

"어떻게든 살아남고 보아야 한다. 살아남고 보면 빚을 갚을 방도도 생길 수 있지 않겠는가. 그래야만 나는 서울에 돌아갈 수 있는 기회를 갖게도 될 것 아닌가?"

서울! 하고 생각하자 신상일의 눈에 눈물이 핑 돌았다. 신상일이 그리운 것은 서울의 거리가 아니었다. 서울을 둘러싸고 있는 산, 산, 산이었다. 삼각산·인왕산·인수봉·백운대·수유산·도봉산, 계절따라 모습을 달리하고, 소리를 달리 하고, 꽃을 달리 하는, 그 델리케이트한 오름길과 내림길 가는 곳마다 있는 오아시스, 옹달샘……

'그곳엔, 그 골짝마다엔, 고비길마다엔 향숙과 같이 걸은 흔적이 서려 있을 것 아닌가.'

그곳 서울의 산에 돌아가기 위해서도 나는 용기를 내어야 하겠다고 일어서는데, 신상일은 자기 호주머니에 30달러밖엔 남아있지 않다는 사실을 깨달았다. 트렁크까지 합해 가진 모든 것을 팔아도 50달러가 될 수 있을까 말까.

그런데 헬렌은 참 좋은 말을 했다.

"절망하긴 쉽다. 희망을 갖기란 힘들다. 힘든 편을 택하라!"

뉴욕을 걸어다니다가 보면 어떤 희망의 샘을 발견할 수 있을지 모른다는 기대가 고였다.

'혹시 낸시 성을 만날 수 있으면!'

'낸시 성! 그 매력적인 여자!'

그랜드스테이션에서 록펠러센터는 그다지 멀지가 않았다. 여름의 오전은 뉴욕의 경물이 한창 무르익어가는 시간이다. 꽃으로 장식된 프롬나드를 걷고 있는 동안 신상일은 시름을 잊었다.

하늘을 밀어올린 듯 높이 솟은 빌딩들은 분명히 미국의 번영과 발전의 상징일 것이었다. 철·콘크리트·유리 등, 건재建材의 소지素地 그대로를 노출한 채 일체의 장식을 생략해버린 모습에 20세기의 미美를 볼 수 있을지 모르겠지만, 그것의 비인간적인 냉정한 촉감은 어쩔 수가 없었다.

신상일은 광장의 한구석에 앉아, 이편 빌딩에 그림자를 드리운 저편 빌딩으로 시선을 옮기며, 그 창窓·창·창, 그리고 계층과 계층의 정연한 누적이 만들어내는 기하학적인 선이 만들어낸 특수한 미학에 감동하며, 그 미학과는 아무런 상관도 없이 곤충처럼 살아가고 있는 헬렌이란 존재에 생각을 미쳐보았다.

뉴욕과 헬렌과의 관계를 생각하면, 신상일 자신의 뉴욕에서의 의미는 무無에 가까운 것이었다. 저 무수한 창 가운데의 어느 창틀 안에도 헬렌이 차지할 곳이 없다면, 신상일 또한 그 창들과의 무연성無緣性은 완전히 결정적인 것이다.

신상일은 현대 미술관에 들렀다.

거기서 그는 깜짝 놀랐다. 들어간 입구 정면에 피카소의 〈게르니카〉가 있었기 때문이다. 신상일은 문화부의 기자를 하고 있을 무렵, Y씨의 소설을 읽고 그 가운데 언급된 〈게르니카〉의 얘기에 흥미를 느꼈었다. 그래서 나름대로의 탐색을 했고, 그 그림에 대한 호기심을 남몰래 키워왔던 터였다.

그는 게르니카의 그림과 아울러 전시되어 있는, 그 그림을 그리기 위한 예비적인 스케치와 해설을 읽으며, 만일 아내 향숙이 살아 있고 자기가 다른 용무로써 뉴욕에 왔었더라면 아내 향숙에게 기막힌 편지를 할 수 있었을 텐데, 하는 감회에 잠겼다.

'향숙! 들어보소. 나는 오늘 5번가 록펠러센터의 현대 미술관에서 피카소의 게르니카를 보았소, 게르니카는…….'
하고 감동적인 문장이 서두에서부터 시작될 수 있었을 것이 아닌가.

피카소의 게르니카를 보는 것만으로 현대미술관에서 나온 신상일은, 고급상품만 파는 '세크스' 백화점의 쇼윈도 앞에 서서 한동안 멍청했다. 그 자체 예술품이라고 할 수 있는 구두·백·진주의 목걸이를 비롯한 장식구, 갖가지 코트…….

호주머니에 30달러 밖에 없는 사나이는 들여다봐서도 안 되는 물건들. 여기서도 신상일은 자기와의 무연성無緣性을 확인했다.

지친 몸을 끌고 신상일은 42번 통에 있는 뉴욕 시립도서관의 층계에 걸터앉았다. 수백만 권으로 헤아리는 지혜知慧가 들어있는 건물을 등지고 거리를 바라보고 있는 자세는, 그 속에 있는 지혜와도 무연한 존재라는 자기 증명을 하고 있는 꼴이라고 생각했다.

어느덧 점심 때가 되어 있었지만 배는 고프지 않았다. 배가 고프면 아침에 사놓은 샌드위치가 호주머니에 들어있으니 수도꼭지가 있는 공원으로 찾아가면 된다.

신상일은 도서관의 계단에서 일어나 5번가五番街를 남쪽을 향해 느릿느릿 걸었다. 걷다가 보니 광장이 나왔다. 그런데 그 광장은 눈에 익은 광장이었다. 개선문凱旋門이 있었다.

'아아, 여긴 워싱턴 광장!'

한쪽에 사람들이 몰려 있어 가보았더니 젊은 남녀들이 포크 댄스를 추고 있었고, 그 옆에서 기타를 치는 무리들이 있었다. 분수 근처에선 물을 맞으며 장난을 치고 있는 소년과 소녀들이 있었고…… 걱정도, 시름도, 구김살도 없어 보이는 젊음들만 있는 곳. 한쪽 벤치에선 노인들이 눈을 가느랗게 뜨고 만발한 젊음들을 보고 있었다. 아니, 흘러간 옛날인 그들의 젊음을 보고 있는지 모른다.

이곳에서도 신상일은 무연성을 느꼈다.

그리니치빌리지는 워싱턴 광장의 바로 이웃에 있었다. 길바닥에 그림을 전시하고, 캔버스를 세워놓고 그림을 그리고 있는 화가들! 신상일은 얼핏 낸시 성이 어느 무명화가와 살고 있다는 얘기를 상기했다.

구석구석에 가난이 스며 있는 느낌. 이곳에서 예술이 피어난다면 그야말로 "연꽃은 진흙에서 핀다"로 되는 것이다. 낡은 먼지 빛깔의 벽에 7, 8장의 구상화具象畵를 걸어놓고, 지금도 화필을 움직이고 있는 여류화가 옆으로 갔다. 해에 그슬린 얼굴의 여자, 서른은 넘었을까 한 기분의 여자인데 눈과 표정이 선량해 보였다. 잠시 화필을 멈춘 사이를 틈타 신상일이 물었다.

"혹시 낸시 성이란 여자를 아십니까?"

"낸시 성?"

여자는 미간을 찌푸리곤 되물었다.

"그분 화가인가요?"

"아닙니다. 그분의 남편이 화가라고 들었습니다."

"남편의 이름은 뭐던가요?"

"그건 모르겠는데요."

그러자 여자는 빙그레 웃었다. 이름도 모르고 어떻게 사람을 찾느냐는, 그런 눈치였다. 신상일이 얼른 말을 보탰다.

"낸시 성은 동양 여성입니다. 남편은 백인이고요. 낸시 성의 나이 또래는 지금 서른다섯? 혹시 서른여섯, 그 정도일 겁니다."

여자는 생각하는 빛이 되더니 다시 물었다.

"헌데 그 사람이 그리니치빌리지에 있다는 건 어떻게 아셨어요?"

"남편이 가난한 화가라고 들었기 때문입니다."

"가난한 화가가 어디 그리니치빌리지에만 산답디까?"

하고 여자가 웃었다. 부드러운 웃음이었다. 여자가 다시 물었다.

"그 낸시 성이란 여자를 꼭 찾아야 하나요?"

"가능하다면 찾아보고 싶습니다. 나는 그녀와 같은 나라의 사람입니다. 하도 소식이 없어서 찾아보려는 겁니다."

여자는 건너편 사나이에게 혹시 낸시 성이란 동양 여자 이름을 들은 적이 있느냐고 묻고, 모른다는 대답이 있자 신상일에게 말했다.

"나 자신 그런 이름을 들은 적이 있는 것 같기도 하고, 없는 것 같기도 한데, 그리니치빌리지의 가난한 화가들 소식을 잘 알고 있는 사람이 있습니다. 그 사람에게 물어둘 테니 삼 일 후쯤 이리로 찾아오세요. 비가 오지 않으면 나는 이 자리에 있을 테니까요."

그 말투나 표정이 친절하기 짝이 없었다. 고맙다고 말하고 워싱턴 광장으로 돌아오며 신상일은 헬렌의

"백인 여자는 전부 위선이다."

한 말에 대한 반증反證이 나타났다는 기분으로 되었다.

워싱턴 광장에서 샌드위치를 먹었다.

그리고 거기서 하루해를 보냈다.

"생명이 다하는 날까지 뉴욕에서 내가 와 있을 곳은 이곳밖에 없구나."

하는 느낌을 안고 나는 할렘으로 돌아왔다.

호텔 엔젤에서 헬렌이 기다리고 있었다. 헬렌의 일과로 쳐선 그때쯤은 타임스퀘어에 나가 있어야 하는 시각이었는데 이상한 일이었다.

"미스터 신!"

헬렌이 엄숙한 표정으로 말을 걸어왔다.

"말해봐, 헬렌."

"나 루디하고 싸움했어요."

루디란, 헬렌을 끼어 셋이서 방을 하나 빌리고 있는 가운데의 하나이다.

"그래서?"

"나 그 방에서 나와버렸어요."

그리고 보니 헬렌의 발아래에 낡은 트렁크가 놓여 있었다.

"나 오늘부터 이 방에 자야겠는데 미스터 신의 생각은 어때요? 난저 소파에서 잘 테니 말예요."

"좋아!"

신상일이 간단하게 승낙했다.

"오오, 미스터 신."

헬렌은 신상일의 목에 매달려, 상일의 뺨에 목에 키스를 퍼부었다.

"미스터 신이 승낙할 줄 알았어요. 그런데 약속을 해야 해요. 이 방값은 디스카운트해서 한 달에 백 달러 아녜요? 경기가 좋으면 2백 달러를 죄다 내가 부담하겠어요. 경기가 좋지 못하면, 반반으로 하구 말예요."

"되는 대로 해. 그러나 저러나 난 일자리를 구하고 싶은데 그런 데가 있을까?"

"노동허가증勞動許可證 없지요?

"내일 모래 비자 기한이 끊어질 판인데 그런 게 있을 수 있나?"

"그게 없으면 임금이 아주 헐해요."

"아주 헐해도 좋아."

"그렇다면 당신 나라 사람들이 하는 가게에나 가보면?"

"그건 안 돼!"

"왜?"

빚을 못 갚아 뉴욕에서 방황해야 하는 신세인데 교포의 가게에 취직을 하다니, 그렇게 되면 당장 서울로 그 얘기가 전해질 것이 뻔하지 않은가? 돈 떼어먹고 뉴욕에 도망가서 자기만 편하게 살고 있다고 욕할 것이 아닌가? 그러나, 그런 설명까지 헬렌에게 할 필요는 없는 것이다.

"하여간 그건 안 돼!"

신상일은 단호히 되풀이했다.

"어쩌면 접시닦이 같은 일이 있을지 몰라요."

"그런 일이라도 좋아."

"그러나 내가 사이에 들면 될 일도 안 될지 몰라요. 어떻게 드럭스토어나 공원 같은 데서 말예요, 백인을 사귀세요. 그래 갖고 한 번 부탁을 해보세요. 미스터 신은 인상이 좋으니까, 혹시 청을 들어줄지 몰라요."

신상일은 오늘 그리니치빌리지에서 만난 여류화가를 문득 염두에 떠올렸다.

112

9

내일이면 비자의 기한이 끊어진다 싶으니 아찔한 기분이었다. 새벽부터 잠이 깨어 안절부절 어쩔 줄을 몰랐다. 이미 각오한 바이지만 모래부터 불법체류자不法滯留者가 될 수밖에 없다는 심사는 당해보지 않은 사람이면 상상도 못할 일인 것이다.

돌과 금속으로 된 비정의 도시! 돈도 없는데다 법적法的인 존재증명도 없는 처지로 이 도시에서 어떻게 살아나간단 말인가. 그 각박한 심정, 숨이 막힐 지경이었다.

창가의 소파에 헬렌은 곤히 잠들고 있고…….

그녀가 두시쯤 돌아와 한 말은 눈물겨웠다.

"미스터 신, 내일 아침 식사 걱정은 말아요. 내가 돈 벌어왔어요."

그녀의 말따라 운수 좋게 동양의 왕자라도 만났단 말인가. 신상일은 뺨 위로 흘러내리는 눈물을 닦을 생각도 없이 누워 있으면서 헬렌이라도 없었더라면 그야말로 적막강산이었을 것이란 생각을 되씹었다.

그럴 즈음 한줄기의 빛처럼 아이디어가 떠올랐다. 돌아가기 위한 비행기표가 있었던 것이다.

"그 표를 팔면?"

그렇다! 그 표를 팔면 적어도 5백 달러는 될 것이다.

"허나, 그 방법은?"

유엔 대표부의 주영관 참사관에게 마지막으로 신세를 질 양으로 부탁할 요량을 세웠다.

그것이 용기가 되었다. 신상일은 일어났다. 시각은 아침 일곱 시. 세면장에 가서 양치를 하고 얼굴을 씻었다. 5백 달러만 있으면 앞으로 반년도 끌 수 있을 것 같았다. 반년만 지탱하면 무슨 수가 생기겠지.

방으로 돌아왔다. 헬렌은 아직 잠에 취한 얼굴인 데도 일어나 있었다.

"어젯밤 늦었는데 좀 더 자지 왜 그래?"

신상일이 부드럽게 웃음까지 띠우고 말했다.

"미스터 신의 아침식사를 거르게 할 순 없잖아요?"

"내 걱정은 말아."

"걱정을 말라는 사람이 어째서 며칠 전엔 굶어죽을 뻔했죠"

하고 야무지게 쏘아붙이곤 헬렌은 화장실로 나갔다.

"어제밤은 정말 혼났어요."

밀크를 마시다 말고 헬렌이 한숨을 쉬었다.

"왜 혼이 났지?"

"오리엔트의 왕자를 노리고만 있는데 좀처럼 붙잡을 수가 있어야죠.

열두 시가 이럭저럭 넘어버렸고. 오늘도 허탕 치는구나 하고 돌아오려는데 킹콩 같은 흑인을 만났지 뭐예요. 10달러면 어떻겠느냐고 프로포즈 해왔어요. 난 15달러 내라고 했죠. 그랬더니 꼭 10달러로 하자는 거예요. 헌데 우리끼린 통하는 게 있거든요. 그래 킹콩 같은 체격이 조금 꺼림칙했지만 허탕을 치는 것보다는 나아서 그자가 가자는 대로 갔지 뭐예요. 그랬더니 그 자의 그 물건! 그건 사람의 물건이랄 수가 없어요. 킹콩의 물건이었어요. 난 얼른 돈을 내놓고 도망치려고 했죠. 천만에, 킹콩에게 붙들린 소녀처럼 되어버렸어요. 꼼짝 없이 당하게 되었는데 난 죽는 줄 알았어요. 한 시 반까지 덤볐지만 정녕 내가 죽을 것 같으니까 놓아주더군요. 돈을 그냥 가지라고 하고. 생김새는 킹콩이라도 마음은 사람이었어요. 그리고 한다는 소리가 걸작이래요. 기적을 바랐던 거죠. 꼭 되리란 생각은 없었다면서, 아내를 얻어만 놓으면 도망쳐버렸다는 거예요."

신상일은 그 얘기를 들어도 웃을 수가 없었다. 뉴욕의 밤거리를 누비는 여자가 감당할 수 없는 정도의 물건이면 도대체 어떻게 된 물건일까? 신상일은 호기심을 느끼기에 앞서 일종의 처참감悲慘感을 가졌다. 흑인이지만 갸날픈 체격을 가진 헬렌에게 덤벼든 킹콩의 그로테스크한 물건!

"만일 내 꿈이 이루어진다면 아담한 유치원을 만들어 헬렌을 그 곳 보모로 시켰으면 하는데……."

이런 엉뚱한 말이 나오는 것도 너무나 엉뚱한 얘기를 들었기 때문일 것이다.

식사를 끝내고 헬렌에게

"빨리 돌아가 자라."

고 일렀다.

"미스터 신은?"

"나 유엔본부에 들렀다 갈게."

일국의 대표代表로서 유엔 총회에 나가는 것처럼 말투가 되었다고 신상일은 속으로 웃었다.

불법체류자가 될 밖에 없다는 얘기를 듣자 주영관은 아연 긴장했다.

"선배님, 그건 안 됩니다. 절대로 안 됩니다."

"보통의 상식, 보통의 처지에 있는 사람이면 그게 안 된다는 건 명명백백한 일이지. 그러나 내 처지가 어디 보통이우? 나는 고국으로 돌아갈 수가 없소. 주 형의 입장으로선 도무지 용납할 수 없는 일이겠지만 …… 이게 내 마지막의 부탁이오. 어떻게 편리를 보아주십시오."

하고 신상일은 비행기표를 내놓았다.

비행기표를 응접탁자 위에 놓고 그걸 바라보았을 때 신상일은 등골로 전율이 흘렀다. 감전感電된 순간과 같았다.

그 전율에서 가까스로 깨어났다. 절망의 심정만이 남았다.

"조국과의 영원한 이별!"

이란 내용이었다.

주영관은 심각한 표정으로 되더니

"선배님, 이 비행기표는 그냥 가지고 계십시오. 돈 5백 달러쯤은 내가 만들어보겠습니다."

하고 비행기표를 집어 신상일의 손에 쥐어주었다.

　신상일은 그걸 도로 놓았다.

　주영관의 말이 있었다.

　"선생님, 이건 가지고 있어야 합니다. 미국의 출입국관리들에게 붙들렸을 최악의 경우, 이것만 있으면 혹시 압송押送이라고 하는 창피를 면할 수 있을지 모릅니다. 변명의 재료로 될 수 있으니까요. 그런데 이것도 없으면 당장 구치소로 가서 얼만가 억류되었다가 짐짝처럼 비행기에 실려야 합니다. 그러니 이건 꼭 가지고 계십시오."

　"주 형, 고마운 말이오. 그러나 나는 지금 배수의 진을 쳐야 할 상황입니다. 이런 경우 저런 경우를 가정해볼 그런 여유라곤 없습니다."

　"잠깐 기다리십시오."

하고 주영관은 비행기표를 들고 옆방으로 갔고, 10분쯤 후에 돌아올 땐 봉투를 들고 있었다. 그 봉투를 신상일에게 건네며 주영관이 말했다.

　"여기에 5백 달러가 들어 있습니다. 선배님께 죄송한 말입니다만 자포자기하셔선 안 됩니다. 그리고 무슨 일이 있거든 언제이건 저에게 연락하십시오."

　그리고 명함에 무엇을 쓴 것을 주며

　"여기 윤두호 목사의 이름과 주소가 적혀 있습니다. 어떤 때의 의논 상대가 되어 주리라고 믿습니다."

하고 덧붙였다.

　고맙다는 말을 백 번 되풀이한들 무슨 소용이 있을까?

신상일은 바야흐로 열기熱氣를 더해가는 태양 속으로 나왔다. 광장엔 유엔본부를 견학하기 위해 몰려든 사람들이 붐비고 있었다. 그 가운덴 중학생들로 보이는 일행이 있었는데 남녀 소년들이 구김살 없이 웃고 재잘거리고 장난을 치고 있었다. 미국의 어느 시골에서 방학을 이용하여 수학여행을 온 아이들이리라.

먼 나라의, 먼 시절의 동화책의 한 부분이 여기 전개되어 있는 느낌이었다.

신상일은 그늘진 벤치에 앉아 주영관이 건네준 봉투를 열어보았다. 10달러짜리, 50달러짜리로 묶어진 5백 달러의 다발이 그 속에 있었고, 비행기표도 있었다. 신상일은 그 비행기표를 주영관에게 갖다줘야 한다는 생각을 해보았지만, 그 모처럼의 호의를 번거롭게 구겨버릴 것 같아서 유엔본부 높은 건물의, 주영관의 사무실이 있는 부분을 한참 동안 바라보고 섰다가 발길을 돌려놓았다.

10

"하루 5달러로 생활하면……."

지금으로부터 100일은 살아갈 수 있을 것이었다.

신상일은 그런 계산을 하며 할렘의 호텔로 돌아왔다.

자고 있던 헬렌이 벌떡 일어나 앉아 신상일의 표정을 살폈다.

"좋은 일이 있었던가 보죠!"

헬렌은 이처럼 눈치가 빠르다. 신상일 본인은 별다른 느낌이 없었는데도 호주머니에 5백 달러가 들어 있다는 사실이 표정을 밝게 하는 작용을 했는지 모른다고 생각하고

"그렇게 보이나?"

하며 웃었다.

"그렇게 보인다는 것보다 그렇게 느껴져요. 아까 들어올 때, 무슨 시원한 바람이 인 것 같았거든요."

"나쁜 일은 아냐. 당분간은 굶어죽을 걱정 없어. 그만큼 헬렌의 걱정

을 덜게 됐으니 그만해도 좋은 일이지 않아?"

"돈이 생겼수?"

"응."

"유엔의 친구가 주던가요?"

"응."

"그럼, 그 돈을 소중히 해요."

헬렌은 돈의 액수는 묻지 않았다.

"그러나 걱정이 있어."

하고 신상일은 내일이면 미국에 체류하는 비자가 끊어지게 되었다는 사정을 털어놓았다.

"이른바 불법체류자가 된다, 이거죠?"

헬렌은 별반 놀래는 기색도 없이 이렇게 물었다.

"그래, 그래서 걱정이다."

"그렇게 되어버린 걸 걱정하면 뭣해요? 상황에 따라 최선을 다해야죠."

"최선을 다한다고 해도 붙들리면 그만 아냐?"

"붙들리면 어떻게 되지요?"

"구치소에 끌려갔다가 강제송환되는 거지."

"강제송환이면 한국으로 가는 거죠?"

"그렇게 되겠지."

"한국으로 돌아가는 게 그렇게 싫어요?"

"싫다기보다 돌아갈 형편이 못되는 거지."

하고 신상일은 서울을 둘러싼 산들을 눈앞에 떠올렸다.

평창동에서 대남문으로 가는 길, 도봉동에서 만장봉으로 오르는 길, 도선사에서 백운대로 오르는 길, 그리고 그 북한산의 능선. 지금쯤은 키대로 억새풀이 무성히 자라 있겠지. 그 맑은 하늘, 새소리! 그곳으로 돌아갈 수 없는 형편이란 도대체 어떠한 운명이냔 말인가?

"미스터 신, 걱정하지 말아요. 내 곁에 꼬옥 붙어 있으면 붙들리지 않을 테니까요."

헬렌은 흰 자위와 검은자위가 선명한 눈동자를 굴리고 꽉 쥔 오른 주먹을 휘둘르며 자신만만하게 말했다.

"고마워! 헬렌이 옆에 있으니 큰 배를 탄 기분으로 되는구먼!"

"큰 배?"

하고 헬렌은 자기의 가는 허리를 양손으로 쥐어 보이며 장난스런 표정을 했다.

"프랑스를 구한 잔다르크의 허리도 헬렌의 허리보다 더 크진 않았어."

"미스터 신은 나이스야. 헌데 우리 점심 먹어야 하잖아요?"

하고 헬렌이 문을 열고 나갔다.

중앙역에서 아침식사 때 사놓은 샌드위치를 호텔의 냉장고에 맡겨놓고 그걸 가지러 내려간 것이다.

신상일은 벌렁 침대 위에 드러누우며 언젠가 헬렌이 한 말을 상기했다.

"가난은 갖가지 궁리도 해보고, 갖가지 기술을 부려볼 수도 있어요.

예컨대 빵 반 조각 먹고 물을 두 글라스 마신다든가. 고기 한 쪽을 오래오래 씹는다든가. 그러나 궁하면 그만이죠. 무슨 계고도 궁리도 통하지 않는 게 궁한 거죠."

하고, 헬렌은 가난을 '포버티Poverty'란 말로서 표현하고 궁하다는 것은 '데스티튜션Destitution'이란 말로써 표현했었다.

뉴욕의 살인적인 여름!

헬렌조차도 피서지로 떠났다. 이름도 잘 외울 수 없는 어느 산속으로 간다고 한다.

"뉴욕에의 여름은 장사가 안 되고. 그래서 피서를 겸해 다만 얼마라도 벌어와야지, 그래야 겨울을 넘길 수 있어요."

하곤 다음과 같이 보탰다.

"덥겠지만 먼 데 가지 말고 이 할렘 근처에만 있어요. 출입국 관리처 직원이나 경찰관도 이 더위에 할렘까진 나타나지 않을 테니까."

아닌 게 아니라 나는 뉴욕의 그 지독한 여름을, 더욱이 할렘의 악취 섞인 여름의 더위를 붙들릴지도 모른다는 공포 때문에 견디어냈다.

이윽고 가을이 왔다.

뉴욕의 가을은 한국의 가을과는 다르다. 한국의 가을은 다소곳이 다가서는 기분인데 뉴욕의 가을은 여름이 미련스럽게 질질 끌다가 할 수 없이 비껴서주는 자리에 겨우 비집고 든 기분인 것이었다.

그런 만큼 뉴욕은 가을과 더불어 되살아난다.

여름 동안 지쳤던 몰골이 땀을 씻고 제 얼굴을 갖추게 되는 것이다.

가로수 잎마저도 얼마 후에 낙엽질 것인데도 그 한동안의 생기를 반기는 듯 우아한 풍치를 이룬다.

이러한 날 헬렌은 돌아왔다.

건강하게 된 모습으로 언제나 하는 버릇처럼 새하얀 이빨을 내보이며 신상일에게 아양을 떨었다.

다시 우리들은 공동생활이 시작되었다. 어디서 배워왔는지 헬렌은 신상일에게 이런 말을 했다.

"불법체류자도요, 학교에 입학을 하거나 좋은 직장을 갖게 되면 용서될 수가 있대요."

"학교라니?"

"뉴욕 대학이나 콜롬비아 대학에 입학하면 그 학생증 갖고 위험 없이 돌아다닐 수가 있대요."

"어떻게 들어가는 건가?"

"등록금만 내면 되겠지요, 뭐."

"등록금이 얼마나 될까?"

"몰라요, 이 다음에 물어볼게요."

"좋은데 취직이란 어떤 곳을 말하는 걸까?"

"큰 회사 같은 데겠지요, 뭐."

그리고 하루를 지나서 헬렌이 말했다.

"콜롬비아 대학에 들어가려면 일천 달러쯤 있어야 된대요."

이렇게 말하고 헬렌은 깔깔 웃었다.

"그런 돈이 있다면 달세계라도 가겠다, 그치?"

"큰 회사에 취직하기란 하늘의 별따기고, 그리고 보니 헬렌이 모처럼 알아온 방법이 고양이 목에 방울을 달려고 하는 쥐새끼들의 사상일 뿐이군."

그러나 저러나 어딘가 일할 자리를 찾아야만 했다. 여름을 지나는 동안 어느덧 백 달러 가까이 써버린 것이다. 피해 사는 데도 익숙하고, 차츰 대담하게 된 신상일은 윤두호 목사를 찾아가 보기로 했다.

윤두호 목사는 내 사정을 주영관 참사관으로부터 들었다면서 그러나 자기로서도 어쩔 도리가 없다고 했다.

"어디 교포들 상점이나 사무소나 그런 데가 없을까요?"

"교포들일수록 불법체류자를 더욱 경계합니다."

그러면서 우울한 표정을 하고 덧붙였다.

"되도록이면 교포사회엔 접근하지 않는 게 좋을 겁니다. 불법체류자들이 적발되는 것은 교포 가운데 밀고하는 사람이 있기 때문입니다. 동족끼리 그런 치사한 짓을 하는 것은 한심하죠. 아무래도 우리들의 국민성을 철저하게 고쳐야 하나 봐요."

국민성을 들먹일 때마다 신상일은 일종의 반발을 느낀다. 그래서 그렇게 말했다.

"천에 하나, 만에 하나 있는 사람들을 두고 국민성 전체를 말할 필요가 있겠습니까? 나처럼 미국의 국법을 어기고 불법체류하고 있는 사람도 있는데요 뭐. 그런데 내가 이꼴이 된 건 결코 국민성 때문이 아닙니다."

신상일은 목사에게 하직 인사를 했다.

아무래도 그곳에서 도움을 얻을 수 없다고 판단한 때문이었다.

그러자 윤두호 목사는

"아무튼 몇몇 교포들 때문에 전체가 욕을 먹는 경우가 왕왕 있습니다. 예를 들면 몇 해 전 젊은 여자 디자이너가 왔었는데, 그 여자의 행실 때문에 교포사회에서 적잖게 물의가 일기도 했지요."

"그 젊은 디자이너라는 게 누굽니까?"

"낸시? 성옥진이라고 했지요."

신상일은 윤 목사가 자기와 낸시 성과의 관계를 알고 있는 것이라고 짐작을 했다.

주영관의 말에 낸시 성에 관한 언급이 있었을지도 모르는 일이었다. 그리고 그건 또한 낸시 성에 가까이 하지 말라는 뜻 같기도 했다. 그러나 신상일은 물었다.

"지금 그 낸시 성이란 사람은 어디에 살고 있습니까?"

"알게 뭡니까. 어떤 비렁뱅이 백인 화가와 놀아나고 있다는 소문을 들었을 뿐이오. 여자들이 미국에만 오면 타락하는 것처럼 본국에 소문이 퍼지고 있는데 낸시 성 같은 여자 때문이지요. 미꾸라지 한 마리가 우물을 망친다드니 그런 경우를 말하는 거지요."

신상일은 그 말에 반응을 보이지 않고 윤 목사의 사무실에 나왔다.

윤 목사의 말은 신상일의 가슴에 일종의 바람을 불러 일으켰다.

지하철을 타고 그리니치빌리지에 갔다.

두 달쯤 전에 만난 여류화가를 상기했던 것이다. 여류화가가 그 자리에 있었다.

열심히 그림을 그리고 있었기 때문에 한참 동안 여자가 그리는 그림을 지켜보고 서 있었다. 여자는 워싱턴 광장의 개선문과 그 언저리 나무, 그 위로 펼쳐진 하늘을 그리고 있었다. 이렇다 할 특색은 아직 나타나 있지 않았으나 어딘지 모르는 청신한 감각 같은 것이 그 그림의 톤을 이루고 있었다.

여자가 붓을 멈췄을 때 신상일이 다가섰다.

그때 여자가 힐끔 신상일을 쳐다봤다.

'누구시더라' 하는 표정이 돌았다.

"언젠가 두 달쯤 전에……."

이렇게 신상일이 망설이자

"오! 당신 누군가를 찾았지요?"

"예, 낸시 성을 찾았지요."

"아 그래, 낸시 성이라고 했지요?"

하고 여자는 팔레트를 이젤 아래 놓고 일어섰다.

"낸시 성 있는 곳을 알았어요?"

신상일이 다급하게 물었다.

"아는 사람이 있어요."

하고 여자는 신상일을 따라오라고 했다.

가을의 햇빛이 깔린 보도를 걸어가면서 여자는

"낸시 성을 아는 할아버지가 있어요. 토니 할아버지인데요. 화구와 물감을 파는 사람이에요. 그 사람은 그리니치빌리지의 살아 있는 사전이에요. 낸시 성을 찾는 사람이 있다고 했더니 되게 반가워하대요."

두 블록쯤 간 곳에 화구를 파는 가게가 있었다. 가게 주인은 칠십 넘어 보이는 영감이었다.

"토니 할아버지, 낸시 성을 찾는 사람을 데리고 왔어요."

노인은 일어서며 신상일에게로 손을 내밀었다.

"내가 토니요."

"전 신상일이라고 합니다."

하며 노인의 손을 잡았다.

노인의 손은 까실까실 말라 있었지만 왠지 모르게 정이 느껴졌다.

노인은 다시 의자에 앉으면서

"당신은 낸시 성을 찾는다지요?"

하고 다시 묻곤 노트를 펴들었다.

"낸시의 외상이 250달러구만, 그러나 그 외상값을 탓하는 건 아니요."

하곤 주소를 가르쳐 주었다. 낸시의 주소는 리버사이드 135번가, 508호 건물, 1502호실이었다.

신상일이 그 주소를 적고 나자 노인이 말했다.

"그런데 그것은 3년 전 주소입니다. 지금도 거기에 있을지 모르겠는데요."

신상일이 물었다.

"물감 값의 외상이 그처럼 밀려 있는 것을 보면 낸시 성은 화가인가요?"

"낸시 성이 화가가 아니라 낸시의 보이프렌드가 화가죠. 그 보이프 렌드 이름은 알렉스 페트콕이라고 하오. 알렉스 페트콕은 폐병을 앓고 있었소. 썩 좋은 소질을 가진 화가여서 성공하면 받을 양으로 화구를 무작정 외상으로 주었던 건데, 3년 내내 소식이 없는 걸 보니 혹시 죽 었을지도 모르겠소. 아까운 사람이야. 죽었다면."

하고 토니는 한숨을 쉬었다. 그러자 옆에서 여류화가가 한마디 끼었다.

"그리니치빌리지에 사는 예술가들치고 아깝지 않은 사람이 있겠어 요?"

"그건 그렇군."

하고 노인이 웃었다.

노인은 신상일을 들여다보고

"혹시 그곳을 찾아가서 낸시나 알렉스가 있거든 안부나 전해주오. 외상값 탓할 생각 없으니 걸음을 걸을 수 있다면 한 번쯤 찾아오라고 하시오. 내가 몇 번 그들을 찾아가보려고 했지만 외상값 때문에 온 줄 알까 봐 주저하고 있소."

그러자 여류화가가 물었다.

"알렉스 페트콕. 나는 모르는데 어떻게 생긴 사람이죠?"

"당신이 그리니치빌리지에 온 지는 얼마나 돼요?"

토니가 물었다.

"2년…… 2년 반인가…….."

하는 여자의 대답이었다.

"그럼 모를 거야. 알렉스와 낸시가 그리니치빌리지에 모습을 나타내지 않은 지가 벌써 3년이나 되었으니까."

"토니 할아버지가 그들을 그처럼 좋아하시는 걸 보면 썩 좋은 사람이었던 모양이죠?"

"당신 말따라 그리니치빌리지의 주민들치고 어디 좋지 않은 사람 있겠소. 그러나 그들은 특수했소. 알렉스 페드콕은 참으로 소질이 훌륭한 화가였소. 파리쯤에 있었더라면 벌써 이름을 날렸을 사람이야. 낸시 또한 훌륭한 여자지. 그녀는 일류 예술 평론가가 될 만한 소양을 가지고 있지. 나는 상당한 세월을 살아 왔지만 낸시처럼 영리하고, 날카롭고, 기발하고, 참신하고, 델리케이트하고, 정이 있는 여자를 아직 보질 못했어. 그러나 그 여자는 자기의 재능에 아랑곳 하지 않고 알렉스 페드콕을 돌보아 주는 일 외엔 아무런 일에도 관심을 가지지 않았지. 참 좋은 여자였지."

"고맙습니다."

하고 신상일이 물러 나오려고 하자 노인은 일어서며 신상일에게 다시 한 번 악수를 청했다.

"당신이 낸시를 찾을 수 있는 행운을 가졌으면 하오."

그리고 또 되풀이 했다.

"낸시를 만나거든 꼭 한 번 찾아오라고 하시오."

그 가게에서 나와 여류 화가에게 신상일은 정중하게 인사를 했다.

"당신의 호의로써 낸시의 주소를 알게 되었으니 반갑기 한량없소."

여자는 생긋 웃으며 근처의 다방을 가리켰다.

"저기 가서 차나 한 잔 합니다."

둘이는 다방으로 들어가서 한적한 자리를 찾아 앉았다.

여자는 커피를 주문하고 나서

"이 다방의 유서를 아세요?"

하고 물었다.

"모르겠습니다."

"이 다방에 오 헨리가 자주 나왔답니다."

오 헨리는 신상일이 가장 좋아하는 작가의 한 사람이다. 오 헨리의 단골집이었다고 듣고, 신상일은 주위를 두루 살피는 눈으로 되었다.

가게 전체의 색체는 은근한 마호가니의 장식으로 풍겨낸 것으로써 역사의 이끼가 느껴지기도 했는데, 오 헨리가 즐겨왔다는 다방에 앉아 있다는 것이 어쩌면 꿈만 같았다.

여류화가의 말이 있었다.

"이 다방 뿐 아니라 이 근처 전체를 오 헨리가 좋아했던 모양입니다. 여기서 한 블록쯤 남쪽으로 가면 오 헨리가 살았던 집이 있어요. 지금은 비프스틱 가게가 됐는데, 이 근처의 레스토랑으로선 아주 비싸죠. 그래서 모두들 말을 한답니다. 가난하게 산 오 헨리가 살던 집에서 파는 물건이 왜 그리 비쌀까 하고. 오 헨리가 그 사실을 알면 아마 좋은 기분으로 되진 않을 걸요."

신상일은 식은 커피를 마시고 나서 물었다.

"당신은 화가인데 오 헨리를 그렇게 좋아하십니까?"

"누구나 그 사람을 좋아하지 않을 수 없을 것 아녜요?"

"그렇습니다. 나도 오 헨리를 대단히 좋아합니다. 나라가 다르고 언어가 다르지만 가난하게 사는 사람들의 슬픔과 기쁨을 그처럼 잘 그려낸 작가는 드물 겁니다."

"동감이에요."

하곤 여자가 물었다.

"당신은 화가요?"

"아닙니다."

"인상이 화가 같아요."

"아마 내 복장이 추레해서 그렇게 보이는가 보죠?"

"아녜요. 화가라고 해서 모두 복장이 추레한가요? 그런데다 당신의 복장은 이 근처에서 보기 드물 정도로 스마트해요."

신상일은 어이가 없어 웃었다.

윤두호 목사를 찾아 가기 위해 손질한 옷을 입었더니 그리니치빌리지에서는 훌륭해 뵈는 옷이 되었구나, 싶으니 이상한 기분이었다.

"그런데 어떻게 나를 화가로 보셨습니까?"

"당신의 눈빛엔 미에 대한 갈망 같은 것이 있어요."

"누구나 미에 대한 갈망은 다 있는 것 아닙니까? 배고플 때를 빼면은요."

"배고플 때를 경험하셨어요?"

"하구 말고요."

"그런 사람으로 보이지 않는데."

"그런데 그게 사실인 걸요."

"지금도 그런 사정인가요?"

"당장 굶어 죽을 걱정은 없습니다만, 앞으로 살아갈 길은 막연합니다."

"누구는 살아갈 길이 막연하지요."

"그러나 당신은 그림을 그리고 있지 않소?"

"내 그림요?"

하며 여자는 놀란 얼굴을 하고 덧붙였다.

"내가 그리고 있는 것은 그림이 아닙니다."

"그럼 뭡니까?"

"꿈이요. 어릴 때부터 나는 화가가 되길 꿈꾸어 왔거든요. 그러나 소질이 없는가 봐요. 평범한 결혼을 했죠. 남편과는 20년간을 같이 살았답니다. 그랬는데 돌연 남편이 죽었어요. 3년 전에. 교통사고로."

"아, 그거 안 됐습니다."

"운명인 걸요."

"운명……."

신상일이 나직히 중얼거렸다.

"모든 꿈을 버리고 남편과의 생활에 몰두하고 있었는데 남편이 죽어버리고 나니 허무하더군요. 반년 동안을 멍청하게 지냈죠. 그러다가 어릴 때의 꿈을 발견한 거예요. 그래서 그리니치빌리지로 이사를 왔죠. 남편과 살던 곳은 콜로라도였습니다."

"콜로라도는 여기서 먼 곳이죠?"

"멉니다. 기차로 열두 시간, 비행기로 서너 시간 걸리죠."

"이곳에 온 덴 특별한 이유라도 있습니까?"

"그림을 그리고 싶어서죠. 그림을 배우기도 하고요. 이곳 말곤 다른 곳에선 매일매일 그림을 그리고 지낼 순 없잖아요."

"그래, 매일 그림을 그리고 있습니까?"

"매일처럼 그리고 있죠. 그림 아닌 그림을. 그러나 나는 만족하고 있어요. 화가의 시늉을 하고 있는 것만으로도 만족하단 말입니다. 나는 죽을 때까지 그림을 그릴 거예요."

"지금 나이가 몇이나 되십니까?"

"여자의 나이와 은행의 잔고는 묻지 않기로 되어 있는 건데, 당신은 이 나라의 습관을 모르고 계시는구먼. 그러나 말하지요. 나는 금년에 마흔다섯이랍니다."

"마흔다섯이면 아직 젊으시군요."

"생각에 따라서죠. 어떤 사람은 마흔다섯에 인생을 시작할 수도 있을 거고, 어떤 사람은 마흔다섯에 인생을 끝낼 수도 있을 거고요."

"당신은 그림을 그리기 시작했으니 인생을 시작한 것 아닙니까?"

"내 인생은 끝나고 그림이 시작된 거죠."

하며 여자는 조용하게 웃었다.

"당신의 그림이 성공하길 빕니다."

그러자 여자는

"고마워요. 또 다시 만날 기회가 있었으면 좋겠어요."

하더니 창밖의 하늘을 가리키며 중얼거렸다.

"하늘 아름답죠?"

신상일이 여자가 가리키는 방향으로 시선을 돌리며 대답했다.

"참 아름답군요. 당신의 그림을 보았는데 거기에도 하늘이 있더군요."

"당신의 고향은 어디죠?"

"내 고향을 코리아입니다."

"코리아, 가을은 어때요?"

"아름답죠. 하늘이 맑고 단풍이 곱고요."

신상일은 서울 근교의 산들을 뇌리에 그렸다.

그 여자는 이상한 분위기를 가지고 있었다. 어쩐지 그 옆을 떠나기가 싫었지만 도리가 없는 일이었다. 다방에서 나와 신상일은 악수를 청하고 말했다.

"시 유 어겐."

여자의 대답이 있었다.

"시 유 어겐."

11

낸시 성의 주소를 찾기는 쉬웠다.

그런데 그 아파트 앞에 가자 이상한 광경이 벌어져 있었다. 경찰차 두 대가 아파트 입구를 막아서 있고, 군중들이 그 둘레에 모여 있었다.

신상일은 길 건너편 나무 밑에 서서 그 광경을 지켜보고 있었는데, 옆에서 흑인 남자들이 다음과 같은 말을 주고받고 있었다.

"코리아 여자라지?"

"코리아란 어디 있는 나라야?"

"아프리카쯤이나 있는가?"

"아냐, 인도 근철 거야."

"그건 그렇고, 코리아 여자는 섹스가 강한가보지?"

"아무려나 약한 편은 아니겠지?"

"나도 코리아 여자하고 한 번 해봤으면 좋겠다."

"코리아, 코리아."

하는 바람에 신상일의 신경이 극도로 긴장했다. 혹시 낸시 성에게 무슨 일이 생긴 것이 아닌가 싶었다.

그래 그 흑인을 향해 물었다.

"어떻게 된 겁니까?"

흑인의 하나가 싱긋 웃으며 말했다.

"코리아의 젊은 여자가 애인 둘을 끌어들였답니다."

그러자 또 하나가 말했다.

"하나는 흑인이구 하나는 백인인데, 아마 그 여자는 인종적인 성감식을 할 작정이었나 봐."

하나가 킬킬거리며

"여자 돈팬? 그런 말이 있을까?"

"그럴 경우는 돈펜이라고 하지 않고 펨프라고 하는 거야."

신상일이 끼어들었다.

"그래서 도대체 어떻게 된 겁니까?"

"흑인 애인과 한창 재미를 보고 있는데 백인 애인이 뛰어 들어와서 난장판을 벌렸대요. 그래서 결투가 벌어졌는데 뛰어든 백인이 아마 심하게 상한 모양입니다. 지금 경찰이 그 현장을 조사하고 있는 중이오."

"혹시 그 여자 이름을 압니까?"

"경찰에게 물어 보시오. 우리가 알 까닭이 있습니까?"

"당신들은 이 이웃에 사오?"

"우리는 저쪽 블록에 사오."

흑인 하나가 신상일에게 물었다.

"당신 어느 나라 사람이요?"

코리아의 여자가 문제로 되어 있는데 코리아라고 말하기는 쑥스러웠지만 도리가 없었다.

"나는 코리아 사람이오."

"아, 코리안?"

하고 하나가 눈을 반짝거리며,

"코리아의 여자는 섹스에 강한가 보죠?"

"흑인 여자의 섹스에 강하지 않습니까?"

"사람에 따라서죠."

"코리아 여자도 마찬가집니다."

신상일은 궁금해서 또 물었다.

"그 여자 나이는 몇 살쯤 된답니까?"

"콜롬비아 대학의 학생이라니까 스물서넛이겠지요."

콜롬비아 대학생이면 낸시 성이 아닌 것은 틀림 없었다. 그래서 안도의 숨을 내쉬긴 했으나, 학생이 백인과 흑인 두 애인과 관계를 하고 있다는 사실이 의아해서

"정말 학생일까요?

하고 물었다.

"학생인 것만은 틀림이 없습니다."

흑인의 하나가 말했다.

"학생이 그럴 수가?"

하고 중얼거리자, 흑인의 하나가 받았다.

"프리섹스는 학생들 사이에서 한창이랍니다."

그러고 있는 동안에 경찰차가 움직이기 시작했다.

"조사가 끝났는가 보지?"

흑인 하나의 말이었다. 나머지 경찰차도 움직이고, 모여섰던 군중들도 흐트러지기 시작했다. 신상일 옆에 있던 흑인들도 어슬렁어슬렁 멀어져 갔다. 이윽고 아파트 입구는 텅 비었다.

신상일은 길을 건너 아파트 입구에 섰다.

왼편쪽 박스에 흑인 노인이 앉아 있길래 물었다.

"1402호실로 가려면 어떻게 가면 됩니까?"

"맞은편 엘리베이터를 타시오."

하다가 늙은 수위는

"1502호실 누굴 찾습니까?"

하고 물었다.

"낸시 성이란 분을 찾습니다."

"낸시 성은 지금 집에 없을 겁니다."

"이곳에 살고 있긴 하나요?"

"이곳에 살곤 있죠. 그런데 아까 그녀가 외출하는 걸 봤거든요."

"어딜 갔을까요?"

"쿠바인 식당에서 일을 한다는 소리를 들었는데 그 식당이 어딘지는 난 모르겠오. 몸이 쇠약해서 일할 처지는 안 되는데 참 안타까운 사정이죠."

하고 늙은 수위는 눈을 꿈벅꿈벅했다.

"대강 언제쯤 돌아옵니까?"

"밤 7시쯤이나 돌아올 겁니다."

늙은 수위가 물었다.

"당신은 코리언이오?"

"그렇소."

그러자 수위가 말했다.

"낸시 성이 대단히 반가워 하겠구먼. 그녀는 코리아 사람을 그리워 했는데 그녀를 찾아온 코리아 사람은 한 사람도 없었어요."

"참! 아까 이 아파트에 무슨 일이 있는 것 같았는데, 무슨 일입니까?"

신상일이 물었다.

"불행한 일이죠."

"구체적으로 얘기해 보세요."

"별로 신나는 얘기가 아니오."

늙은 수위는 시선을 딴 데로 돌려 버렸다.

다시 물어도 말할 것 같지 않아서

"그럼 7시쯤에 다시 오겠습니다."

하고 돌아서려고 하자,

"메모를 남겨두고 가시오. 혹시 빨리 돌아올지도 모르니까요. 몸이 아파서 가끔 빨리 돌아오곤 하니까요."

그런데 무슨 까닭인지 신상일은 메모를 남기기가 싫었다.

"7시쯤에 다시 오죠."

하고 신상일은 그 아파트에서 나왔다.

'어디로 갈까?' 했지만 그럴 만한 곳이 있을 까닭이 없었다.

신상일은 콜롬비아 대학 쪽으로 걸어갔다.

뉴욕에 사는 동안 익힌 신상일의 지식으로선, 전엔 이 지대가 중류 이상의 사람들이 사는 좋은 주거지역이었는데 지금은 흑인들이 몰려들어 점차 슬럼화하고 있다는 것이다.

신상일은 건물 하나하나를 유심히 관찰하며 걸었다.

건재로 보나, 구조로 보나, 규모로 보나, 모두 훌륭한 고층 건물들이었다.

슬럼이라고 해도 한국과는 전연 달랐다. 그 건물 하나를 떼어다 서울 한복판에 갖다 놓으면 장관을 이룰 수 있는 그런 건물이라고 짐작이 되었을 때, 나라의 경제적인 역량이라는 것이 비교되기도 했다.

콜롬비아 대학의 구내를 한 바퀴 돌고 리버사이드 미술관 구경을 하고 나니 7시가 가까워 있었다.

배가 고팠지만 참기로 하고 낸시 성 아파트로 걸어갔다.

늙은 수위가 신상일을 알아보고 낸시 성이 와있으니까 연락을 하겠다며 기다리라고 했다.

수위가 전화통을 들었다. 무슨 대꾸가 있는 모양이었다.

수위가 고개를 들어 신상일을 보며

"이름을 알아달라는데."

하기에 신상일이 자기의 이름을 말했다.

수위가 전화통을 대고 신상일의 이름을 들먹였다. 그리고는

"내려올 겁니다."

하고 수화기를 내려놓았다.

수위실 한 모퉁이에 등을 기대고 신상일이 엘리베이터 쪽을 응시했다.

이윽고 엘리베이터가 멎더니 그 속에서 한 명의 여자가 나타났다. 분명히 낸시 성으로 보이는 몸집이었는데, 얼굴은 낸시 성이 아니었다.

움푹 패인 눈, 날카로운 콧날, 가죽을 겨우 덮은 듯한 여윈 피부, 밤거리에서 만났더라면 사람이라기보다도 도깨비로 알았을 그런 처참한 몰골이었다.

그러나 그 여자는 신상일을 보자 황급히 달려들어 얼굴을 상일의 가슴에 파묻고 흐느끼기 시작했다.

"낸시 성이오?"

하고 물어도 대답이 없이 한참을 울고 있다가

"신 선생님이 웬일이세요?"

하고 겨우 고개를 들었다.

뭐라고 말할 엄두가 나지 않아 신상일은 불쑥 말했다.

"당신을 찾아 여기까지 왔소."

"나를 찾아서요?"

"그렇소."

"어떻게 내가 여기에 있는 줄 알았어요?"

"그걸 말하려면 긴 얘기가 됩니다."

"올라가요. 방으로."

하고 낸시 성이 앞장을 섰다.

신상일이 그 뒤를 따라 엘리베이터를 탔다.

'가난이 미국식으로 되면 이렇게 되는 것일까?' 하는 느낌을 갖도록 하는 방의 꼴이었다.

앙상한 침대가 방 한 가운데 놓은 언저리에 쓰레기통에 가야만 될 물건들이 어지럽게 널려 있었다.

방 한구석엔 걸레로 밖에 보이지 않는 빨래가 널려 있었다. 낸시 성이 앉으라고 권한 의자는 곳곳이 터져, 죽은 동물의 말라 있는 창자 같은 내용물이 쭈뼛쭈뼛 나타나 있었다.

신상일은 그 의자에 앉고 시선을 보낼 곳이 없어 당황했다.

시선 가는 곳마다에 궁색이 스며 있었기 때문이다.

신상일은 헬렌의 말을 상기했다.

헬렌은 가난과 궁핍을 구별하며 말했던 것인데, 바로 이것이야말로 궁핍이라고 생각했다.

그러나 낸시 성은 그 궁핍된 상황에 관한 변명도 하려고도 하지 않고 어떻게 자기를 찾아 왔느냐고 했다.

신상일은 그에 대한 대답은 하지 않고

"당신의 얘기를 해보시오."

하고 낸시를 바라봤다.

"내 얘기요? 그야말로 긴 이야기가 됩니다. 그러나 말하고 싶지 않아요. 얘기라는 것은 로맨틱한 빛깔이 있을 때만 가능한 거니까요."

"그것도 그렇겠군."

하고 신상일이 입을 다물어 버렸다.

오랜 침묵이 흐른 끝에 낸시가 물었다.

"지금 어디서 묵고 계시죠?"

"엔젤 호텔"

"엔젤 호텔?"

"할렘에 있죠."

"할렘에 신 선생님이?"

"그렇소."

"언제 뉴욕에 오셨죠?"

"두 달 반쯤 되나 봅니다."

"그렇게 오래 됐어요?"

"당신을 찾는데 그만큼 걸린 셈입니다. 교포 누구에게 물어도 당신
이 있는 곳을 모릅디다."

"그럼 나에 관한 얘기를 많이 들으셨겠군요?"

"적잖이 들었소."

"그런 말을 듣고도 저를 찾았어요?"

"물론."

"그럼 선생님은 한국인이 아닌가 보죠?"

"그들은 모두 당신에 관한 스캔들을 말합디다만은 나는 그 모두를
로맨스로 들었소."

"로맨스? 이런 방에서 로맨스가 가능할까요?"

"가능하다마다요."

"날 경멸하지 않아요?"

"천만에."

"신 선생은 참으로 이상한 사람이에요."

"나는 보통 사람이요. 아마 보통 이하일는지 모르지."

"아녜요. 신 선생님은 훌륭한 분이에요. 모든 사람이 돌을 던지는데 돌을 던지지 않는다는 것도 용기가 필요한 일이에요."

"어느 화가와 같이 산다던데."

"비렁뱅이 백인 화가라고 안 합디까?"

"모두들 그런 표현을 쓰더군요."

"홋흐!"

낸시는 나직이 웃었다.

"그래, 그 화가는 지금 어디에 있습니까?"

낸시는 잠자코 손을 들어 하늘의 일각을 가리켰다.

"돌아가셨단 말이오?"

"돌아가셨어요."

"언제?"

"언제이건 그런 게 상관이 있나요?"

"그저 물어본 겁니다."

"그저 물어보는 그런 질문, 난 싫어요. 그저 묻고, 그저 욕하고, 알지도 못하면서 아는 척하고, 알려고도 안 하고, 그리고는 남의 평만 하고, 그렇게 해서 번져 나가는 말, 말, 말…… 그건 독이에요. 나는 그런 것 싫어요. 비렁뱅이 화가라고 예사로 말하지만 그 비렁뱅이 화가는 천재였어요. 이 세상에 착한 사람이 있다면 그 사람뿐이에요. 그 사람은 지금 죽어 없어졌지만 언제나 나와 같이 있어요. 저걸 보세요."

하고 방 한구석을 낸시가 가리켰다.

그곳엔 두툼한 보루지가 천장 가까이까지 쌓여 있었다.

"저게 뭡니까?"

"그 사람이 그린 그림이에요. 어느 것 하나 액자에 넣어보지 못하고 캔버스대로 그냥 쌓여 있는 거죠."

"한 장 봐도 될까요?"

"안 돼요."

"왜 안 되는 거죠?"

"저 그림을 볼 자격이 있는 사람은 아직 이 세상엔 없어요."

"그렇다면 왜 둬 둡니까?"

"내가 죽고 난 뒤에 보라고 둬둔 겁니다."

"왜 당신이 살아 있는 동안에는 보지 못합니까?"

"하찮은 인간들이 저 그림을 보면서 무어라 하는 소리를 듣기가 싫어서요."

"나는 봐도 되지 않을까요?"

"신 선생님에게 보이고 싶지 않은 것은 또 다른 이유예요. 신 선생님은 착한 사람이니까 함부로 저 그림을 보고 평은 안 하겠지만, 저 그림을 통해 나를 동정이라도 하면 그것도 견딜 수 없습니다."

신상일은 낸시의 말을 이해할 수 없었다.

이해할 수 없었던 만큼 그녀의 기분을 거슬릴 생각도 없었다.

그래 화제를 바꿨다.

"지금 어떻게 살죠?"

"난 살아 있지 않아요."

"살아 있지 않는다면?"

"그림자처럼 존재하고 있는 거죠?"

그 말이 하도 처량해서 신상일은 물음을 이을 수가 없었다.

그래서 다른 표현으로 말을 이었다.

"나는 지금 배가 고프오. 여기 뭐 먹을 거라도 없소? 빵 조각이나 뭐, 그런 것."

"아무것도 없어요."

"당신은 뭘 먹었소."

"그림자가 먹는 걸 봤나요?"

"우리 식사하러 나갑시다."

신상일이 일어섰다.

"혼자 가세요."

도로 앉을 수도, 나갈 수도 설 수도 없는 엉거주춤한 자세로 신상일이

"잠깐 나갔다 오면 어때요?"

하고 낸시의 마음을 끌어볼려고 했다. 그러나 낸시는 움직이지 않고

"혼자 가세요."

라는 말만 되풀이했다.

신상일이 걸어 나와 도어 앞에 서자,

"식사를 하고 어디로 가실래요?"

하고 낸시가 물었다.

"호텔로 돌아가야죠."

"한 번쯤 더 만날 수 있을까요?"

"당신이 원하신다면."

"그럼 사흘 후 이맘때 다시 한 번 찾아주세요."

그 말을 듣고 신상일은 낸시의 방에서 나왔다.

사흘 후,

신상일은 낸시를 다시 찾아갔다.

낸시는 옛날 낸시의 모습을 살큼 되찾고 있었다.

밝은 색 옷을 입고 머리를 곱게 빗질 하고, 전신에 생기가 돋아난 흔적이 있었다. 얼굴엔 간간히 웃음이 깃들었다.

방안은 깔끔히 청소 되었다.

전등 뚜껑에 보얗게 쌓여 있던 먼지가 없어져 있었다. 걸레 조각 같은 빨래도 없어져 있었다. 앙상한 침대 위에 하얀 시트가 덮여져 있었다.

방 한구석에 쌓인 보루지의 퇴적이 로프로 깔끔하게 묶여져 있었다. 벽 쪽 대위엔 꽃이 꽂힌 꽃병마저 있었다.

신상일은 이렇게 청소하고 정돈한 낸시의 마음을 안타깝게 생각했다.

낸시는 담요로 덮은 의자를 상일에게 권하면서

"커피도 있어요."

하고 살큼 웃었다.

아닌 게 아니라, 커피포트가 증기를 뿜어내고 있었다.

"커피 향기를 맡아본 지도 꽤 오랜만이에요."

하며 잔에 커피를 따랐다. 그리고는 신상일 앞에 커피 잔을 밀어놓고

"신 선생님의 스토리를 듣고 싶군요."

하고 장난스럽게 표정을 꾸몄다.

"겨우 낸시를 만난 기분이군."

신상일은 커피를 맛있게 즐겼다.

"무슨 연고로 뉴욕에 오셨죠?"

"낸시 성을 만나러 왔다니까?"

"농담은 그만하시고요."

"내 처지가 농담을 할 처진지 아시오?"

"그러나 그 처지를 말씀해보란 말예요."

신상일은 그 쑥스러운 사정을 얘기 안 할 수 없었다.

낸시 성은 조심스럽게 듣고 있더니

"휴!"

한숨을 쉬었다.

"문제는 불법체류라는 점입니다. 이것만 해결되면 무슨 일자리를 구할 수도 있겠지만, 이런 신분이니 할 수 없군요. 그러나 나는 걱정하지 않습니다. 최후의 각오가 되어 있으니까요."

"최후의 각오?"

낸시의 눈이 이상스럽게 빛났다.

"그래, 최후의 각오죠."

"그것, 죽는다는 말?"

"죽어도 좋다는 말이지."

"내 앞에서 죽음을 들먹이지 말아요. 누구 앞에서라도 죽음을 들먹이지 말아요. 죽음이란 쉽게 들먹일 수 있는 말이 아녜요."

"그러나 도리 없지 않소."

"도리가 없으면 없는 대로 지내는 거죠."

"이젠 당신 얘기를 들읍시다."

신상일이 낸시를 똑바로 보며 말했다.

"내 얘기? 난 하고 싶지 않아요. 그런데 참, 내가 여기에 있는 것을 어떻게 아셨죠?"

신상일은 그리니치빌리지를 찾은 얘기를 했다.

"그리니치빌리지에 갈 생각은 어떻게 했어요?"

"당신의 남편이 가난한 화가라고 하기에 혹시나 싶어서 빌리지에 가 본 거죠."

"역시 센스가 있는 분은 다르군요."

"그곳 토니 할아버지가 당신의 주소를 가르쳐주면서 당신이 찾아주길 바란다고 하더군요."

"토니 할아버지는 참 좋은 분이셔!"

"물감 외상이 50달러나 있는데 그것 탓하지 않겠다고 합디다."

"외상값이 있는 건 나도 알아요. 그러나 떼먹진 않을 거예요."

"그 돈을 갚겠다 이 말이요?"

"물론이죠."

"어떻게 갚을 거요?"

하며 신상일은 방안을 둘러보았다.

"내 유언에 그 외상값 갚을 방법을 써놓았어요."

"유언에 써놓았어요?"

"그럼요."

"그 내용을 알고 싶군요."

"유언의 내용을 신 선생님이 알아서 뭐 하시게요."

"단순한 호기심이오."

"호기심으로 남의 중요한 사정을 알려는 것은 좋지 못한 일인데요."

"좋지 못한 일이면 그만두시죠."

"비밀로 할 만한 내용도 아녜요."

낸시는 일어서더니 책상 서랍에서 봉하지 않은 봉투를 꺼내곤

"한번 읽어보세요."

하고 신상일 앞에 내밀었다.

신상일은 봉투 안의 종이를 꺼내 폈다.

그 종이엔 다음과 같이 쓰여 있었다.

"나, 알렉스 페트콕의 아내 성옥진은 다음과 같이 유언한다. 알렉스 페트콕이 남긴 모든 그림은 성옥진의 장래를 맡아준 사람에게 준다. 그 가운데 석장은 토니 홉킨스에게 밀린 외상값 250달러를 보상하는 뜻으로서 남긴다."

신상일이 그것을 읽기를 기다려 낸시가 말했다.

"알렉스의 그림 석장이 아직은 250달러를 감당하지 못하겠지만, 먼

훗날 언젠가는 250달러쯤 될 때가 있을 거예요."

　신상일은 그 말엔 아무 말도 보낼 수가 없었다.

　"선생님의 문젠데요."

하고 낸시는 이런 말을 했다.

　"미국 시민권을 가진 여자와 결혼하면 신 선생님의 불법체류 문제는 간단하게 해결됩니다."

　"그러나 그게 어디 쉬운 일이오."

　신상일이 허허 하고 웃었다.

　"묘안이 있어요."

　낸시가 눈을 반짝거렸다.

　"내일부터라도 좋아요. 센트럴파크나 워싱턴 광장이나, 어느 곳이나 좋아요. 그곳에 가서 늙은 할머니들 있는 곳에 끼여 앉으세요. 그래 재미나는 얘기를 하며 그들을 즐겁게 해주세요. 그러다가 그중 하나를 골라잡아 결혼을 하는 거예요."

　"할머니하고 결혼을 해요?"

　"불법체류를 해결하기 위한 방편인 걸요, 뭐."

　"방편으로 사람을 이용하긴 싫소!"

　"그게 신 선생님의 양심이다, 이 말이죠?"

　"양심까지 들먹일 필요는 없지. 내 사정을 해결하기 위해 할머니를 이용한다는 그 사상 자체가 불결하다고 느낄 뿐이죠."

　"물론 이용만 해선 안 되죠. 할머니에 대한 성의가 있어야죠. 평생을 돌봐드리겠다는."

"내게 성의가 있다고 치고, 나와 결혼해줄 할머니가 있을까요?"

"그건 선생님의 역량과 수완에 달려 있지요."

"난 자신 없소."

"하지만 그런 방법 외엔 선생님의 불법체류 문제를 해결할 수 없다면 어떻게 하시겠어요?"

"해결할 수 없다면 그만이죠, 뭐."

"뉴욕에서 살아간다는 문제가 그렇게 쉬운 게 아니랍니다. 내 말대로 하세요."

"어떻게 하라는 겁니까?"

"먼저 돈이 있는 척을 해야 합니다. 미국의 늙은 여자는 의심이 많아서 자기에게 친절하게 해주는 사람을 혹시 돈을 목적으로 하고 접근하는 게 아닌가 하는 생각을 갖습니다. 그런 경계심을 일으키게 하면 친절하게 하면 할수록 손해지요. 그러니 백 달러가 안 되면 오십 달러쯤이라도 은행에 갖다놓고 예금통장을 가져야 합니다. 그리고 할머니들에게 우연히 끌어낸 것처럼 하며 그 예금통장을 눈에 띄게 하는 거죠. 그리고는 가끔 아이스크림이나 콜라 같은 것을 사서 호의를 베푸는 겁니다. 그리고 대단히 외로운 처지에 있다는 시늉을 하는 겁니다. 그렇게 되면 그 가운데 신 선생님을 집으로 초청하는 사람이 나올 거예요.

집에 초청 받기만 하면 일단 성공은 거둔 셈이죠. 늙은 여자들은 대개 연금으로 사는 사람들인데 그 집에 들어가면 손볼 것이 한두 군데가 아니랍니다. 그래서 초청을 받기만 하면 여자가 차를 끓이는 동안 우두커니 앉아 있지만 말고, 이것저것 손을 봐주는 겁니다. 너절한 방을 치

워주기도 하고, 꽃병의 물을 갈아주기도 하고, 삐꺽거리는 창을 고쳐
주기도 하고, 신 선생님이 있었기 때문에 집안에 좀 더 말쑥하게 되었
다, 또는 편리하게 되었다, 하는 느낌이 가도록 노력을 하는 겁니다. 그
렇게만 하면 신 선생님을 자주 초대하게 될 겁니다. 재미나는 얘기를
준비해두었다가 그들의 고독을 위로해주는 거죠. 그러다가 친하게 되
면 가끔 할머니의 손을 잡고 아주 젊어 뵌다고 가벼운 애무나 듣기 좋
은 말을 꾸미는 겁니다."

신상일은 듣고 있기가 거북해서 애매하게 웃었다.

"결코 웃을 얘기가 아니에요. 그러다가 좀 더 친해지면 이왕 호텔에
사는 처지니까 같은 값으로 이 집에서 기거하면 어떻겠느냐고 지나가
는 말로 슬쩍해보는 거죠. 방이 둘 있을 경우면 반드시 응할 것이고, 방
이 한 개라도 소파가 있다면 그 소파를 빌려주겠다는 말을 할 경우도
있을 겁니다. 그렇게 되면 성공한 거죠. 그리고 짐을 옮기고 밤마다 열
심히 서비스를 해서 신 선생님이 없이는 살아갈 수 없다는 기분으로 만
들어버리는 거죠.

결혼식으로 골인하면 신 선생님은 그 순간 미국의 시민이 되는 겁니
다. 미국의 시민이 되고 나면 일자리도 생기고, 미국 시민이 가져야 할
권리도 갖게 돼요. 교포들 눈치를 보아가며 살지 않아도 되는 거죠. 그리
고 떳떳이 본국으로 돌아가 볼 수도 있고요. 어때요, 내 아이디어가?"
하고 낸시는 활달하게 웃었다.

"웃으니까 천하가 태평하군요."
하고 신상일은 일어서서 창가로 갔다.

낸시가 신상일 곁에 섰다.

"경치가 좋군요."

신상일이 중얼거렸다.

"방은 가난해도 경치는 호사롭죠?"

낸시가 웃었다.

"저편이 어딥니까?"

건너편을 가리키며 신상일이 물었다.

"저편은 뉴저지. 아래로 흐르는 강은 허드슨강."

"허드슨강 좋지요?"

"좋구 말고요. 나는 밤마다 허드슨강이 해주는 얘기를 들으면서 자죠."

"무슨 얘기를 하는데요."

"글쎄요. 그것을 말로 고칠 순 없어요."

"허드슨강이 말한다! 좋은 소설 제목이 될 것 같군요."

"소설을 쓸 수만 있다면야. 참! 선생님이 써보시지 그래요? 신 선생님은 글 쓰는 직업을 하셨으니까, 소설을 쓸 수 있을 거예요."

"내겐 그럴 능력도, 기력도 없습니다."

"불법체류자니까?"

"보다도 죄인이죠."

"죄인 아닌 사람이 이 세상에 있기나 하겠어요?"

"그러나 내 경우는 조금 다릅니다."

"죄인이면 또 어때요. 허드슨 강변에 앉아 죄인의 참회를 써도 되잖아요?"

"참회를 하는 데도 기력이 있어야 합니다."

두 사람은 다시 자리로 돌아와 앉았다.

신상일이 물었다.

"알렉스 페트콕은 어떤 사람이었습니까?"

"유고슬라비아 사람인데 2차세계대전 당시엔 폴란드에 살고 있었나 봐요. 양친은 폴란드에서 죽고, 알렉스는 바르샤바의 게토에서 살아남 았죠. 전쟁이 끝날 때가 열세 살, 많은 고아들과 함께 미국으로 건너온 거죠.

자선단체의 도움을 받고 학교엘 다녔는데, 그 단체가 시키는 일엔 흥미를 갖지 않고 그림을 그리게 된 거죠. 간판집 조수를 하면서 틈틈이 그림 공부를 했는데 폐병을 앓게 됐어요. 폐병인 것이 탄로 나면 격리병원으로 가야 하기 때문에 알렉스는 그걸 숨긴 거죠.

내가 알렉스를 만났을 때는 벌써 그의 증세는 3개월을 넘겨 있었죠.

내가 가지고 있는 돈을 다 털어 약을 사먹였지만, 이미 만성화된 병은 좀처럼 낫지 않을 뿐 아니라, 악화일로에 있었어요. 그래도 알렉스는 화필을 놓지 않았습니다. 많은 그림을 그렸지요. 한 장도 팔리지 않았어요.

그러나 그는 기력을 잃지 않았지요. 나도 또한 기력을 잃지 않았습니다.

그러다가 보니 돈이 한 푼도 없었어요. 나는 안 해본 일이 없습니다.

남의 집 하녀 노릇도 하고, 식당 종업원 노릇도 하고, 세탁부 노릇도 하고, 그렇게 해서 알렉스를 먹여 살렸죠. 그런데 2년 전 어느 날 알렉스는 나이아가라 폭포를 구경하고 싶다고 했어요. 나이아가라 폭포를 보고 돌아오는 도중 시카고에 들려 미시간호를 봤죠. 미시간을 보더니만 알렉스는 미국이야말로 축복을 받은 나라다, 이 축복을 받는 나라에서 좋은 그림을 그리지 못한다면 죽어도 그만이라고 했어요.

그 말이 어쩐지 마음에 걸리데요. 허나 나는 그에게 아무 말도 하지 않았어요. 그날 밤 싸구려 호텔에서 잤는데 그가 밤새 기침을 하는 바람에 통 잠을 이루지 못하다가 새벽녘에 어쩌다 깜빡 잠이 들었어요. 아침에 깨어보니 그가 옆에 없어요. 머리맡에 쪽지가 있더구면요. 그 쪽지에, 나는 미시간호로 간다는 간단한 사연이 적혀 있었어요. 그리고는 알렉스를 보지 못했어요. 거의 한 달을 알렉스를 찾아 미시간 호반을 돌아다녔지만 흔적도 없었어요. 물에 빠져 죽은 건 확실한데 시체가 어디로 갔는지 찾질 못했어요. 그리고 나는 뉴욕의 이 방으로 돌아왔습니다.

내가 아니라 나의 그림자가 돌아온 거죠. 나는 알렉스와 더불어 미시간 호수에 빠져 죽은 거죠. 나는 사람이 아니고 그림잡니다."

신상일에겐 위로할 말이 없었다.

한참만에야 신상일이 겨우 다음과 같이 물어 보았다.

"무슨 일을 하신다는데 어떤 일입니까?"

"옛날부터 신세를 진 쿠바인의 식당에서 일을 돌보아주며 그림자를 지탱할 만한 보수를 받고 있는 겁니다. 그 쿠바인은 참으로 좋은 사람이에요.

아마 그 사람이 없었다면 알렉스는 미시간 호수에서 죽음의 자리를 찾지 못하고 이 다락방에서 벌써 숨을 거두었을 겁니다. 물론 나도 그렇게 되었을 거고요."

하고 낸시는 쿠바인의 얘기를 했다.

카를로스라고 하는 쿠바인은 파치스다 정권 때 반란을 일으켰다가 실패하고 추방된 사람인데, 현 쿠바 대통령 카스트로의 친구라고 했다.

카스트로가 정권을 잡은 뒤 일단 쿠바로 돌아갔으나, 카스트로의 친소정책에 회의를 느껴 다시 뉴욕으로 돌아와 식당을 경영하며 산다는 것인데, 그 식당은 장사를 하기 위한 식당이라기보다 쿠바의 망명자들을 먹여 살리기 위해 있는 자선 식당이나 다를 바가 없다고 했다.

"훌륭한 사람이군요."

신상일이 중얼거렸다.

"훌륭한 사람이죠. 뉴욕엔 나쁜 사람도 많지만, 훌륭한 사람도 많아요."

이런 저런 얘기를 하다가 낸시는

"우리 같이 산책이나 합시다."

하고 일어섰다.

지하철을 타고 낸시가 데리고 간 곳은 75스트리트 애디슨 945번지에 있는 휘트니 미술관이었다.

낸시는 휘트니 미술관에 들어서더니 어떤 그림 앞으로 신상일을 인도했다.

그림의 제목은 〈그리니치빌리지의 뒤뜰〉이었다. 그린 사람의 이름은 존 슬로진.

화면엔 겨울의 뉴욕, 빌딩의 뒤뜰에 쌓인 눈 위로 검은 고양이가 뛰놀고 있었다.

뒤뜰 한구석엔 두 아이가 눈사람을 만들고 있고, 빌딩과 빌딩 사이엔 빨래가 꽉차게 널려 있었다.

인상파풍의 필치로 그려진 이 작품에선 눈과 세탁물, 어린아이와 고양이라고 하는 세 개의 색체가 콘트라스트를 이루고 있는 것이 특징적이었다.

낸시가 속삭이듯 말했다.

"이걸 그린 사람은 존 슬로진이에요. '애슈 캔 스쿨'의 대표적인 작가로서 유명하죠. '애슈 캔 스쿨'을 우리말로 하면 '쓰레기통파'라고나 할까요? 이 파의 화가들은 즐겨 뉴욕의 빈민굴, 특히 불결한 곳, 처참한 곳, 말할 수 없이 쓸쓸한 곳을 골라서 그렸습니다.

보세요, 이 빨래나, 이 고양이나, 얼마나 쓸쓸해요. 존 슬로진은 뉴욕 즉, 아메리카의 가난한 사람들의 시를 애써 발견한 사람이죠."

신상일은 그 그림을 한참동안 바라보았다.

그리고 말할 수 없는 감동을 느꼈다.

아닌 게 아니라, 눈 위에 뛰놀고 있는 고양이, 눈사람을 만들고 있는 어린아이, 그리고 너절한 빨래, 이 세 개의 오브제가 만들어내는 분위기엔 가난이 아니고선 만들어낼 수 없는 서정 같은 것이 있었다.

"이렇게 보니 가난이란 것도 나쁘지 않는 거로군요."

신상일이 말했다.

"가난, 나쁘지 않죠."

낸시가 맞장구쳤다.

"그러나 궁해버리면 시도 자랄 수 없는 거죠. 그림이 될 수도 없고요."

"알렉스는 궁한 데서 그림을 잃어버린 겁니다. 그가 그림을 잃었을 때 그의 생명도 같이 잃어버린 거죠. 가난엔 시가 있어도 궁한 덴 죽음이 있을 뿐이에요."

그러더니 낸시는 나가자고 했다.

모처럼 미술관에까지 와가지고 나가자고 하는 것이 뜻밖이었지만, 신상일은 낸시가 시키는 대로 안 할 수 없었다.

바깥으로 나와 가을 하늘을 바라보며 낸시가 불쑥 말했다.

"휘트니 미술관에서 볼 만한 것은 존 슬로진의 아까 그 그림밖엔 없어요."

"좋은 그림이 많은 것 같던데."

"좋은 그림이 많으면 뭐해요. 세크스의 상품 같은 걸요. 돈 없는 사람에게 세크스 상품은 아무런 의미가 없어요. 그와 마찬가지로 궁한 사람의 눈과 마음 앞엔 휘트니에 미술품이 아무리 많다고 해도 소용이 없어요. 우리의 눈과 마음에 의미가 있는 것은 존 슬로진뿐이에요."

신상일은 낸시의 말을 이해할 수 있을 것 같았다.

"우리 센트럴파크로 가볼까요?"

낸시의 말이어서 신상일이 그렇게 하기로 했다.

12

센트럴파크!

상록수의 잎들은 가을의 정감으로 바래져 가고, 낙엽수의 잎들은 단풍으로 물들어 갔다.

"한 달쯤 있으면 낙엽이 밟힐 정도로 되겠지."

낸시는 떡갈나무를 닮은 나무의 숲속을 지나며 중얼거렸다.

"이곳엔 자주 왔었소?"

하고 신상일이 물었다.

"알렉스의 병이 그처럼 심하지 않았을 때는."

하고 낸시는 옛날 모교를 다시 찾은 것 같은 눈빛을 하고 주변을 둘러보았다.

"이 공원의 거리가 얼마나 되는지 아세요?"

이번엔 낸시가 물었다.

"내가 알 까닭이 있소?"

신상일의 말은 덤덤했다.

"4킬로가 넘어요. 동쪽은 5번가에서 서쪽은 8번가까지, 남쪽은 59번지부터 110번지까지. 하나의 도시 속에 10리가 넘는 공원이 있다는 걸을 보면, 미국인들의 규모는 크죠?"

낸시의 말이 설명조가 되었다.

"미국의 규모가 크다는 것은 이미 뉴스가 아니잖소?"

신상일은 그런 지식엔 털끝만한 호기심도 느끼지 않고 있는 터였다.

그러나 낸시는 아랑곳 하지 않고

"미국인은 훌륭해요. 이백 년도 훨씬 전에 이 도시를 만든 것인데, 그때 벌써 지금과 같은 도로를 구상해놓은 거예요. 2백 년 후의 자손들이 '할아버지들, 고맙습니다. 이런 도시의 터전을 잡아주어서…' 하고 감사의 말을 할만큼 한 도시를 만들어야 한다면서 건국의 부조들이 이 도시를 만든 거예요."

신상일은 잠자코 듣고만 있었다.

"우리나라의 서울과 비교해보세요. 우리 선조들은 무엇을 했을까요? 십 년 앞을 내다보지 못한 불쌍한 우리 할아버지들, 그러니까 그 후손들이 불쌍할 밖에……."

낸시의 그 말엔 약간의 반발을 느꼈다. 무언가 한마디쯤 해야겠다는 마음이 일었으나 기력이 없었다. 입을 다물고 듣기만 했다.

"미국을 수월한 말로 물질문명의 나라라고 하고 있지만, 우수한 정신의 작용 없이 이처럼 기막힌 물질문명을 만들어낼 수 있었겠어요?" 하고 낸시는 숲 사이로 보이는 고층 건물의 스카이라인을 가리켰다.

신상일은 기묘한 생각이 들었다.

눈앞에 호수가 나타나고, 호수 위에 보트 놀이를 하고 있는 광경이 전개되었을 때, 마침 비어 있는 호수가의 벤지에 앉자고 세의하고 나서 신상일이 말했다.

"성 마담, 성 마담이 미국의 칭찬을 할 때 눈에 광택이 나는 것 같았소. 빈궁 속에 살면서도 그만한 정열이 있다는 건 놀라운 일이오."

"나요?"

하고 낸시는 쓸쓸하게 웃곤 말을 이었다.

"나는 아무리 배가 고파도 감격적인 광경을 보거나 듣거나 하면 배고픈 줄을 잊어요. 아무리 실의에 빠져 있어도 훌륭한 사람들의 훌륭한 언행을 듣거나 얘기하면 그 슬픔에서 빠져나올 수 있어요. 그래서 나와 알렉스는 배고픈 것과 추위를 견디기 위해 역사적인 인물의 미담이란 미담을 아는 대로 지껄였답니다. 그렇게 훌륭한 인간이 있었다는 것만 알아도 기분이 좋아지거든요."

신상일은 살큼 감동했다. 천재라는 것이 달리 있는 것이 아니라 그런 감격성에 있는 것이 아닐까 하는 생각을 해보기에 이르렀다. 아름다운 것에 민감한 마음, 훌륭한 것에 감동하는 마음, 착한 일을 존경하는 마음, 그것이 정열이 되어 그 사람을 일으켜 세우고, 편달하며 끌고갈 때, 그때 천재가 출현하는 것이 아닐까.

"천재란 감격이다. 감격할 줄 아는 재능을 말한다."

신생일은 낸시가 천재일 것이라고 믿었다. 천재가 아니고서 어떻게 빈궁의 극도에 달해 있으면서 감동하고 찬양하는 마음을 잊지 않았겠는가 말이다.

"나는 제퍼슨의 나라, 링컨의 나라에서 굶어 죽을 수 있다는 것까지도 영광스럽게 생각해요."

낸시는 미국의 찬가를 계속 노래 부르고 있었다. 곡조가 붙어 있지 않았지만 낸시의 미국에 대한 찬미는 분명히 노래였다.

"어느 사람이 말하길 미국 사회는 냉혹하다고 하던데……."

하고 신상일이 낸시의 찬사에 브레이크를 걸어보았다.

"냉혹하죠. 냉혹하기 짝이 없죠. 그러나 그것이 미국의 힘은 아녜요. 국민들에게 대한 교육이죠. 사람은 자기가 자기를 책임지라는 거지요. 미국이란 환경은 보통 사람이 보통의 능력을 갖고 보통으로 노력하기만 하면 보통으로 살아갈 수 있는 조건이 갖추어져 있어요. 그런데 보통 이하로 비참하게 사는 사람은, 그 본인이 책임을 져야 할 문제예요. 그런 뜻에서 나는 미국 사회의, 때에 따라선 혹은 사정에 따라선 냉혹하다고 할 만한 상황이 바로 엄부적嚴父的인 환경이라고 생각해요."

"냉혹하다는 건 좋지 않은 거요, 어떤 의미로도."

신상일이 이렇게 말하자

"그래 신 선생님은 한국 사회가 냉혹하지 않아서 지금 이렇게 센트럴파크에 앉아 있는 거예요?"

하고 낸시가 쏘았다.

미상불 그렇긴 하다. 신상일은 미국 사회의 냉혹성을 들어서만 알 뿐 실감으로선 모른다. 그러나 한국 사회의 사정은 잘 안다. 하지만 신상일은 자기의 처지를 한국 사회의 냉혹성에 돌리긴 싫었다.

"나는 한국 사회가 냉혹해서 이 꼴이 된 게 아니오. 되려 한국 사회는 나에게 지나칠 정도로 후했소."

한국 사회의 냉혹성을 운운하는 것은 자기에 빚을 주었는 대도 받지 못하게 된 사람들을 적반하장격으로 욕하는 것으로 될 위험이 있다고 신상일은 두려워하는 마음으로 되었다.

"한국 사회가 냉혹하지 않은 게 아니라 신 선생님의 마음이 너무나 착한 거예요."

낸시는 호수 쪽으로 시선을 보낸 채 중얼거리듯 말했다. 그리고 침묵이 흘렀다. 센트럴파크의 숲속에서 보는 뉴욕의 하늘은 그런대로 가을하늘다운 기분이 있었다. 거리의 소음도 공원 안에선 견디지 못할 정도가 아니었다. 거대한 오케스트라가 조음調音을 시작할 때 뿜어내는 음향을 먼 곳에서 들었을 때와 같은 음향이라고나 할까.

두뇌 속을 텅 비게 하고, 하늘과 호수 그리고 공원 너머의 빌딩 숲의 스카이라인을 멍청하게 바라보고 있는데

"신 선생님!"

하고 낸시가 불렀다.

신상일이 고개를 들었다.

"저걸 보세요."

낸시가 가리켰다. 그 방향에 있는 벤치에 노파가 있었다. 4,5미터 거리쯤이어서 노파의 얼굴과 동작을 소상하게 관찰할 수 있었다.

"괜찮은 할머니에요."

낸시가 속삭였다.

신상일은 무슨 뜻인 줄 몰랐다가, 그때서야 겨우 낸시의 말뜻을 알았다. 얼굴을 붉혔다.

"내가 짚기엔 적어도 월평균 8, 9백 달러의 수당을 받는 할머니에요. 아파트도 깔끔할 거고요."

"그래 어쨌단 말이오."

하고 신상일이 낸시의 말을 중단시키려고 했다.

"신 선생님, 나는 농담하고 있는 게 아닙니다. 어떻게 해서건 신 선생님은 이 뉴욕에서 살아남아야 합니다. 일단 살아남고 보아야 합니다. 살아남기만 하면 희망이 생길 겁니다. 신 선생님은 총명하고 성실하고 선량하시니까, 반드시 좋은 일이 있을 겁니다. 살아남자면 우선 불법체류자란 딱지를 떼어야 합니다. 돈도 없는 우리 같은 처지에서 불법체류자로서 적발되어 체포되기나 해보세요. 그 굴욕은 말할 수가 없고, 앞으로 영원히 미국관 인연을 끊어야 합니다. 이 좋은 나라에 출입을 금지 당한다면 그건 또 하나의 낙원상실樂園喪失이 되는 거예요. 신 선생님, 저 고독한 부인을 위안해드리면 될 게 아녜요? 그러기 위해서 수단방법을 다 해 보는 겁니다. 실패하면 다음 후보를 물색하기로 하고요……."

신상일은 그 노파가 있는 반대방향으로 시선을 돌렸다. 저편 잔디밭에서 어린애들이 공 던지기를 하며 놀고 있었다.

"나이는 70 안팎이에요. 그러나 곱게 늙으셨어요. 개를 데리고 있는 걸 보니 혼자 사는 여자임에 분명해요. 저 옆에 놓인 꾸러미는 그로서리에서 산 물건 꾸러미죠."

낸시는 노파 쪽을 보고 있으면서 조용조용 설명을 끼우고 있었는데 신상일은 딴전을 보고 있는 터였다.

　신상일이 자기 말을 귀담아 듣지 않고 있다고 알자 낸시가 성을 냈다.

　"절 위해서도 노력해주세요. 모처럼 선생님을 뉴욕에서 만났는데 선생님을 잃고 싶지 않아요. 불법체류자는 견디어내지 못해요."

　낸시의 말은 차츰 애원으로 바꿨다.

　"성 마담!"

　신상일이 정색을 했다.

　"예?"

　"성 마담은 진담으로 내게 권하는 겁니까?"

　"그럼, 어떻게 해요? 그렇게 하는 게 목하 신 선생님의 딱한 처지를 구하는 유일한 방법인 걸요."

　"아까 성 마담은 착한 일, 훌륭한 일에 관한 얘기만 들어도 기분이 좋다고 하셨죠?"

　"예."

　"그 말을 한 침이 마르기도 전에 내게 그런 비굴하고 추잡한 일을 시키려고 해요?"

　낸시의 얼굴에 당황하는 빛이 있었다. 그러나 그 빛이 단호한 정색으로 되었다.

　"신 선생님, 나는 선생님께 비굴한 노릇을 하라는 게 아닙니다. 저와 같은 고독한 노파를 위로해드리고, 그 노력의 대가로 미국 시민권을 얻으라고 권하고 있는 거예요. 마음으로부터 저 노파를 사랑하게 된다면 비굴할 것도 없잖아요? 나는 선생님께 사기를 하라고 권하는 게 아닙

166

니다. 나이 많은 여자하고 연애 못하란 법이 어디에 있어요. 셰익스피어도 디스렐리도 나이 많은 여자를 사랑했어요."

신상일은 대꾸할 말을 잃었다.

"신 선생님, 선생님 자신을 위해서 못하겠다면 절 위해서 해주세요. 선생님을 만난 이상엔 선생님을 이 뉴욕에서 떠나보내기 싫습니다. 이 뉴욕에 같이 있다는 것만으로도 전 살 것 같습니다. 선생님이 뉴욕을 떠나면 전 죽습니다. 차라리 만나지나 않았더라면, 전 무리 없이 죽을 준비를 하고 있었던 거예요. 그랬는데 선생님이 나타나신 바람에 전 살아 볼 의욕을 갖게 된 거예요. 선생님, 저 벤치로 옮겨 앉아 얘기나 걸어보세요."

"설혹 내가 성 마담의 얘기대로 그런 수작을 해본다고 칩시다. 그래도 아무 보람이 없을 뿐 아니라 창피만 당한다면 어떻게 하죠?"

"실패하면 본전이죠. 그러나 최선을 다해볼 밖에 없지 않아요? 미국의 시민이 되기 위해 그만한 모험도 못하겠단 말씀인가요? 죽어가는 저의 생명을 이어주기 위한 뜻으로 그만한 노력도 못하시겠어요? 저는 아까 우리가 들어온 입구 근처의 벤치에서 기다릴게요. 오늘은 인사만이라도 하고 어떻게 하건 다음에 만날 막연한 약속이라도 하고 오세요. 저런 고독한 여자는 외국의 얘기를 듣고 싶어 해요. 선생님, 한국의 재미나는 얘기 많잖아요? 그런 얘길 하세요."

하고 낸시 성은 일어서더니 뒤도 돌아보지 않고 멀어져버렸다.

신상일이 혼자 남아 멍청히 호수를 바라보고만 있었다.

실히 30분쯤을 지났을 것이다.

신상일이 노파 옆으로 갔다. 큰 벤치를 혼자 차지하고 있는 것이라서 노파의 좌우로 넓은 스페이스가 있었다.

"앉아도 좋을까요?"

신상일이 공손하게 물었다.

"물론."

하고 노파는 웃었다.

그러나 노안경 속의 푸른 눈은 싸늘하게 빛났다. 경계하는 눈빛이었다.

신상일이 노파의 오른 편에 30센치쯤 간격을 두고 앉았다.

"러브리 오텀데이, 아름다운 가을 날씨죠?"

노파는 묻는 것도 아닌, 혼잣말도 아닌 이런 말을 해놓고 무릎 위에 펴놓은 책에 시선을 떨구었다.

신상일은 할 말이 없었다. 있을 까닭도 없었다. 노파 발 언저리에 눈을 가느다랗게 뜨고 햇볕 속에 졸고 있는 개를 바라보았다.

"스피츠 종류일까? 아니 작은 푸들?"

신상일은 개에 관해선 얼마간의 지식을 가지고 있었던 터였다. 개는 자기를 바라보고 있다는 것을 알았음인지 신상일을 쳐다보며 크게 하품을 했다.

"귀엽군요."

뚜벅 신상일이 한마디 했다.

노파가 이쪽을 보았다. 묻는 표정이었다.

"댁의 친구가 퍽 귀여워요."

신상일은 '개'라고 하지 않고 '댁의 친구'라고 할 만큼 신경을 쓰고 말했다.

노파는 책을 놓고 그 개를 안아 올렸다.

"찰리야, 네가 귀엽단다."

하고 개를 안아 뺨에 갖다 댔다.

"이름을 찰리라고 하는군요."

"그래요, 찰리에요."

노파는 이 편을 보지도 않고 말했다.

그 사이 신상일은 노파가 옆에 둔 책을 보았다. 저자는 알지 못하는 사람이었는데 책명이 흥미를 끌었다.

《매혹적인 밤》

그리고 나체의 남녀가 뒹굴고 있는 그림이 있었다.

봐선 안 될 것을 본 것처럼 가슴이 두근거렸다. 얼른 시선을 돌렸는데 노파의 귀에 달린 귀고리가 햇빛에 번쩍했다. 털 빠진 닭의 피부를 연상할 만큼 목에 주름이 많았다.

노파도 다시 개를 내려놓고 책을 들었다. 그 순간 신상일이 물었다.

"댁이 이 근처십니까?"

곧 답은 않고 노파의 눈이 번쩍한 느낌이었다. 신상일의 얼굴이 그다지 험상궂진 않았던 때문일 것이다.

"바로 이 근처는 아니지만 가까워요."

하는 대답이 돌아왔다.

"이런데 사신다는 것만으로도 행복하시죠?"

이 말에 납득 안 간다는 표정이어서 신상일이 고쳐 말했다.

"뉴욕은 세계의 중심이며, 세계 제일의 메트로폴리스가 아닙니까. 그런 곳하고도 센트럴파크 근처에 살고 있으니 얼마나 행복이겠어요?"

노파의 입 언저리에 시니컬한 웃음이 돌았다.

"당신은 어디서 사시오?"

"나는 코리아에서 살았답니다."

"코리아?"

"극동의 반도지요."

"지구 위 어디쯤에 있는가는 나도 알아요. 헌데 그곳은 추운 곳 아닌 가요?"

"뉴욕보다도 춥지 않고, 뉴욕보다도 덥지 않은 곳입니다."

"아아, 그래요? 나는 시베리아와 같은 곳으로만 알았는데."

"더욱이 가을이 좋은 곳입니다, 코리아는. 가능하다면 당신을……."

하려다가 고쳤다.

"많은 미국인을 코리아에 초청해서 코리아의 가을을 보여주었으면 해요."

"난 여행을 좋아하죠, 그러나……."

"그러나 뭡니까?"

"좋아하지만 좋은 대로 하지 못하는 게 인생 아니겠어요?"

"인생이란 말은 아름답군요."

"인생이 아름다운 건 젊을 때이죠."

"늙어도 인생을 아름답게 지낼 수 있지 않겠어요? 단풍이 꽃보다 덜 아름다울 까닭이 없으니까요."

"허기야 그렇지."

하고 말을 끊더니 노파가 물었다.

"당신은 여행자?"

"아닙니다. 나는 이곳에 살러 왔습니다."

"그럼 이민?"

"아직은 이민이랄 수도 없죠. 직장을 갖지 않았으니까요."

"그럼 어떻게 살죠?"

"내가 먹을 만큼은 가지고 있습니다."

"직장 없는 사람이 뉴욕에 살긴 꽤 힘들 거예요."

"그럴 테죠. 그럴 테지만, 난 걱정하지 않습니다."

"왜요? 실컷 뉴욕 구경을 하고 나서, 직장을 구해도 늦지 않으니까 그런가요?"

이때 신상일의 본능本能이 명하는 것이 있었다. 지나치게 추근거리거나 말을 오래 하면 역효과가 날지 모른다는 경각警覺이었다.

신상일이 일어섰다.

"오늘 즐거웠습니다."

"가시려우?"

노파의 말투에 아쉬운 듯한 기분이 있었다.

"댁에까지 모셔다 드리고 가야 할 건데 오늘은 약속이 있어서요. 우리 코리아는 동양예의지국이라서 나이 많은 어른이 혼자 있는 걸 보군 그냥 가선 안 되는 건데, 이다음 만나 뵈오면 그때 예의를 다할 요량으로 하고 오늘은 이만 실례하겠습니다."

하고 개에게

"바이 바이, 찰리."

란 인사를 남기고 신상일은 그 자리를 떠났다. 숲 사이 길로 접어들었을 때 뒤돌아 보았더니 노파는 책을 읽고 있는 옆얼굴을 보이고 있었다.

약속한 장소에 낸시가 앉아 있더니 신상일이 가까이에 가자 일어섰다.

"어떻게 됐어요?"

"멍청하게 같이 앉아 있다가 일어섰지요."

"주고받은 말들이 꽤 많은 것 같던데요."

"한국의 가을을 얘기해줬죠."

공원에서 나왔다.

낸시가 말했다.

"엔젤 호텔이란 데 가보고 싶어요."

신상일은 지금 헬렌이 있을까 싶었지만 상관 않고 낸시를 데리고 그곳으로 갔다.

가는 도중 지하철 안에서는 길을 걸으면서도 피차 말이 없었다. 늙은 여자와 신상일 사이에 있었던 그 쑥스러운 광경이 그들 의식의 바탕에 있었기 때문이다.

엔젤 호텔에 가까워졌을 무렵, 신상일은 헬렌과의 관계를 일단 설명해두어야겠다고 생각했다. 아무런 사전지식 없이 낸시가 헬렌과 마주치면 무슨 생각을 할지 몰라서였다.

얘기를 듣고 나더니 낸시가 말했다.

"역시 신 선생님은 운이 좋은 분이신가 봐요."

"지옥에 떨어지긴 해도 지옥서 부처님을 만나는 행운은 있다는 것인데, 아닌 게 아니라 나도 그런 기분입니다."

사실, 신상일이 헬렌을 만나지 않았더라면 어떻게 되었을지 모르는 일이었다.

호텔의 로비, 로비라고 해봤자 어둡고 어수선한 홀에 불과한 곳에 매니저인 뚱보 수잔나가 신상일과 낸시를 호기에 찬 눈으로, 그러나 악의라곤 전연 없는 눈으로 바라보며

"오늘은 좋은 날씨에요."

하고 인사를 했다. 그리고 신상일을 보곤

"헬렌이 와 있어요."

했다.

낸시를 데리고 들어가자 팬티 하나만을 걸치고 소파에 누워있던 헬렌이 뛰어 일어났다.

"노크할 줄도 몰라요?"

하고 헬렌이 눈을 흘겼다.

신상일이 두 여자를 소개했다.

"만나 뵙게 되어 반가와요."

낸시의 말이었고,

"미스터 신을 아는 사람을 만나는 것이 무척 기뻐요."

한 것은 헬렌의 인사였다.

다음은 두 사람만의 대화가 되었다.

낸시는 신상일이 얼마나 훌륭한 인간인가를 설명하기에 바빴고, 헬렌 또한 신상일을 칭찬하는 데 말을 아끼지 않았다. 신상일은 간지러워 견딜 수가 없었다. 창틀에 붙어 서서 할렘의 거리를 바라보았다. 등 뒤에서 헬렌의 말이 있었다.

"저는 예쁜 몸매를 가지고 있지 않아요? 어떤 사람은 30분에 50달러를 지불하려는 몸매예요. 그런데 미스터 신은 공짜로 제공하겠다고 해도 사양하거든요. 오빠와 누이동생으로 있자는 거예요. 헌데 오빠와 누이동생도 퍼킹하지 못하란 법 없지 않아요?《구약성서》에도 있는 일인데요, 뭐. 그런데도 미스터 신은 절대로 거절이에요. 그래서 친구들에게도 이렇게 말하죠. 난 예수 그리스도와 같은 사람을 모시고 있다고."

낸시가 깔깔대고 웃었다.

신상일은 낸시가 그처럼 쾌활한 웃음소리를 낼 수 있는 사람이라곤 상상도 못했던 터였다.

"아아, 기뻐. 오늘밤 우리 파티해요. 돈은 내게 있어요. 거금 20달러."

하고 헬렌이 제의했다.

"내게도 그 만큼은 있어요."

낸시가 동의했다.

"미스터 신은?"

"내게도 그만큼은 있지."

신상일이 활달하게 웃었다.

13

사람과 사람이, 아니 여자와 여자가 그처럼 급속도로 친하게 될 수 있는 것일까?

헬렌과 낸시가 급속도로 가까워지는 것을 보고 신상일은 놀랐다.

헬렌이 낸시를 보는 눈, 낸시가 헬렌을 보는 눈이 벌써 달라져 있는 것이다. 그들의 음성에도 변화가 있었다.

알지 못했던 동안의 그들의 과거를 일거에 상대방에게 알리려는 듯 말이 많았는데, 어느덧 상대방이 말하면 이편에서 감동을 말하는 유의 독특한 대화가 되어 나갔다. 예를 들면 헬렌이 남부南部에 있어서의 흑인 소녀로서 겪은 고통을 말하는 가운데

"그래서 그 애는 죽었어요."

하는 대목이 나오면 낸시가

"오오, 마이 디어!"

하고 헬렌의 손을 잡고,

미국에 온 이후의 고생에 관한 낸시의 얘기가

"그 해의 겨울은 무척이나 추웠지."

하면 헬렌이

"오오, 마이 디어!"

하고 낸시의 손을 잡는 것이다.

파티는 이렇게 진행되었으니 신상일은 소외된 모습으로 간혹 맥주 잔을 들어 입을 축이는 행동을 되풀이 할 수밖에 없었다.

그녀들의 대화 가운데 다음과 같은 말들이 신상일의 귓전을 스쳤다.

"가난은 슬픈 일이긴 해도 나쁜 일이 아녜요." - 낸시.

"일할 수 있는 사람들을 가난하게 버려둔다는 것은 사회의 잘못이에요" - 헬렌.

"사회를 탓할 건 없어. 운명이야." - 낸시.

"인종을 구별하는 것도 운명인가?" - 헬렌.

"구별은 어느 곳에나 있어. 구별이 곧 운명인 걸." - 낸시.

"아무튼 나는 저주해요. 모든 것을." - 헬렌.

"헬렌, 그건 안 돼. 저주해선 안 돼. 저주는 자네에게 도로 돌아오는 독毒으로 되는 거야. 저주는 뿜어내는 독기와 같은 거야." - 낸시.

"그러나 나는 어떻게 할 수 없는 걸요." - 헬렌.

"우리가 할 일은 축복이다." - 낸시.

"비참 속에서 무얼 축복한단 말이에요, 낸시?" - 헬렌.

"태양, 가을, 우리의 생명, 미국의 모든 것." - 낸시.

"울면서도?" - 헬렌.

"한숨을 지으면서도." – 낸시.

"그렇게 해볼까? 지금부터." – 헬렌.

"우리가 오늘 비참하더라도 우리는 세상을 비참하게 만들진 않았어. 우리는 구별과 차별을 받아도 우리편에선 구별하지 않고 차별하지 않았다.

이 세상이 확실하게 아름다운 것은 이런 비참 속에서도 나는 이렇게 아름다운 마음을 가리고 있다는 것을 알 수 있지 않느냐고 말할 수 있을 만큼, 우리는 축복하는 마음을 잊어선 안 되는 거야." – 낸시.

"오오, 디어 낸시!" – 헬렌.

신상일은 이런 말들을 점차 음악처럼 듣게 되었다. 말의 내용이 중요한 것이 아니라. 주고받는 무드가 중요한 그런 대화가 있을 수 있다는 발견은 신통했다.

돌연 흐느끼기 시작한 헬렌의 손을 만지작거리며 낸시의 말이 계속되었다.

"아름답지 않아? 우리의 만남이. 회오리바람에 휩쓸려 여기 이렇게 모인 먼지 같은 인생 셋. 세상 사람들은 우리를 먼지로 알 거야, 쓰레기로 알 거야. 그러나 우리는 이 가을밤의 아름다움을 알아. 뉴욕의 가을밤, 가을밤의 뉴욕. 뿐만 아니라 헬렌의 이 맑고 신비스러운 눈. 나의 간절한 이 마음. 봐, 저게 별이 보이지 않아? 저처럼 별이 아름다운데 울긴 왜 울어.

신비롭지 않아, 우리의 만남이? 헬렌은 먼 옛날 아프리카를 통치하던 황제의 후손이고, 나는 아세아를 지배하던 제왕의 후손일지 몰라. 그 왕녀들이 운명의 파노에 휩쓸려 여기 이렇게 만난 거라. 얼마나 좋아? 내일 우리는 굶어서 죽을망정 슬퍼하지 말자고. 이 밤이, 이 만남이 이렇게 호사스럽고 안타깝고 아름다운데 눈물을 흘리다니…… 헬렌!"

신상일은 살큼 감동했다. 그러나 그러한 센티멘털리즘에 빠져들기엔 그의 마음이 너무나 굳어 있었다. 내일의 걱정이 그의 가슴을 억눌렀다.

"얘기만 하지 말고 뭘 좀 먹어요."

이 말에 그녀들은 신상일의 존재를 의식한 것 같았다.

"아아, 미스터 신!"

하고 헬렌은 눈을 껌벅거렸다.

낸시의 눈에도 놀란 빛이 있었다.

그 정도로 두 여자는 서로에 열중하고 있었던 것이다.

"음식이 전부 식어버리지 않았소."

신상일이 계면쩍게 말을 보냈다.

"음식이 식어도 마음이 식지 않았으면 되잖아?"

낸시가 헬렌에게 웃음을 보냈다.

"그럼요."

헬렌은 검은 달리아처럼 웃었다.

한국식으로 말하면 '잡채'라고 할 밖에 없는, 그런데 완전히 식어버린 요리를 세 사람은 맛있게 먹었다.

배가 부르고 난 후 낸시가 말했다.

"버번 한 잔쯤 했으면 좋겠다."

예산의 초과를 겁내어 한 말일 것이었다.

신상일이 버번 석 잔을 청했다.

맥주를 두 병쯤 마신 후의 버번이고 보니 기분 좋게 취했다. 나른한 느낌, 신상일은 막연하게

"왕후장상王侯將相 부럽지 않다."

는 생각을 해봤다.

다시 두 여인 사이에서 말이 오가기 시작했는데, 신상일이 그 대화의 주제가 되었다.

첫째는 불법체류의 문제를 해결해야 한다는 것이었다. 헬렌은 그런 문제에 관해선 전연 아는 바가 없었고 말은 주로 낸시가 하게 되었는데, 낸시의 안案이란 건 결국 아까 센트럴파크에서 한 얘기를 넘어서는 건 아니었다. 낸시의 설명을 듣자 헬렌이 깔깔대고 웃었다.

"이건 중대한 문제다. 웃을 얘기가 아냐!"

하고 낸시가 말했다.

"나는 문제가 중대하지 않아서 웃는 게 아니라, 그 법률이란 게 우스꽝스러워서 웃었어."

하며 헬렌이 웃음을 거두었다.

"뿐만 아니라 70세 노파의 남편인 미스터 신을 상상하는 건 웃기는 얘기가 아냐?"

하고 덧붙이기도 했다.

그런데 어떻게 된 셈인지 그녀들 사이엔 같이 살아갈 의논이 대두되고 있었다. 한마디로 말해 할렘의 엔젤 호텔에서 철수하여 낸시의 리버사이드 아파트로 옮겨, 신상일과 헬렌과 낸시가 동거하자는 의논이었다.

"내 아파트로 오면 호텔 비용 매달 백 달러는 고스란히 남을 것 아냐? 그 돈만 있으면 세 사람이 굶어죽진 않는단 말야. 그런데 지금 사정으론 언제 그 돈을 지불하지 못하게 돼 쫓겨날지 모르지 않아? 내 아파트에 있으면 쫓겨날 걱정은 없어. 돈이 없어도 하루 한 끼는 먹을 수가 있어. 내가 쿠바인 식당 일을 거들어주고 있으니까……."

신상일도 헬렌도 낸시의 제안을 반대할 만한 근거를 찾아낼 수가 없었다. 이렇게 해서 결국 삼인동거三人同居의 생활이 리버사이드江邊 아파트에서 시작되었다.

기묘한 생활?

그것은 정말 기묘한 생활이었다.

낸시의 고물침대를 벽 쪽으로 밀어놓으니 캔버스 침대 두 개쯤은 너끈히 들여놓을 수 있는 스페이스가 생겼다.

테이블은 책상으로도 식탁으로도 될 수 있어 세 사람이 쓰는 데 부족이 없었고, 밀린 돈을 갚을 수 있어 가스가 들어왔다. 가스가 있고 보니 인스턴트 식품을 이용할 수가 있었다. 1달러의 비용으로 세 사람 하루의 식료를 마련할 수 있었으니 그 이상 편리한 일이 있을 수 없었다.

"1일, 1달러, 3인. 우리는 지금 세계에서 가장 가난하게 그러면서도 가장 호사스러운 식사를 하고 있습니다."

하고 헬렌이 뽐낼 때가 있었다.

"인간의 두뇌는 그러니까 무궁한 거야. 뉴욕은 그러니까 좋은 도시야. 우리의 두뇌와 뉴욕의 은총이 이런 식탁을 만들었으니 말이다."

하고 낸시가 뽐낼 때도 있었다.

아닌 게 아니라 1일 1달러로 3인의 식탁을 성찬으로 만들 수 있는 건 낸시의 수완 때문이었다. 쿠바인 식당에서 파트타임으로 일하고 있는 덕분에 그녀는 야채상·어물상魚物商·푸줏간을 알고 있었다. 그런 가게에서 낸시는 상품商品으로선 당치 않고 버리기엔 아까운, 그러니 가지고 가는 사람이 없으면 버릴 수밖에 없는 물건을 헐값으로 구입할 수 있었다.

뉴욕 시민들의 식성은 상중하上中下를 막론하고 까다로워서 언제나 상품上品이 아니면 사질 않는다. 그런데 낸시는 극하품極下品 속에서 극상품을 가려내는 천재적 능력을 가지고 있었다. 시들어 볼 품 없는 캐비지나 배추 안에 새하얗고 신선한 속이 있다는 것을 알고 있었고, 고기를 떼어낸 뼈다귀에 앙상하게 붙은 살이 기막힌 맛이 있다는 것을 알았고, 토막으로 잘라낸 어두魚頭에 진미眞味가 있다는 것도 알고 있었다. 그러니 낸시는 1달러의 돈으로 백 명을 초대할 수 있는 식탁을 준비할 능력이 있었다.

언젠가 신상일이 물었다.

"이런 능력을 가지고 있으면서 왜 영양실조에 걸렸소?"

"뭣이건 탐하는 건 좋지 않아요. 난 쿠바인 식당에서 하루 한 끼, 아니 반 끼만 먹으면 그만이었으니까."

낸시는 신상일과 헬렌이 있으니까 그런 능력을 발휘한다는 뜻으로 말했다.

하여간 굶어 죽을 걱정은 없다로 되었다. 한 달 30달러면 세 사람이 살 수 있는 터전인데 굶어 죽을 걱정이 있었겠는가 말이다.

뉴욕의 가을은 깊어만 갔다.

허드슨강은 무한량의 과거를 싣고, 무한량의 미래를 향해 가을빛으로 흐르고 있었다. 하루 몇 번씩을 통과하는 유람선은 언제나 담뿍 관광객을 싣고 과거와 미래 사이에 있었다.

신상일은 허드슨을 바라보면 생각에 잠긴다. 유람선을 바라보면 또 생각에 잠긴다.

관광객! 관광객이란 무엇이냐? 수만, 수십만, 수백만의 눈에 비치는 뉴욕의 의미는 무엇이겠느냐!

그러나 그런 감상에 젖어보는 것은 한때이다. 날씨가 좋으면 의례히 "미스터 신, 센트럴파크에 나가시지 않을래요?" 하는 낸시의 간청이 있게 마련이다.

신상일은 바바리코트를 걸치고 손에 잡히는 대로 헌 잡지이건 페이퍼백을 들고 아파트를 나선다.

날씨가 좋을 때면 그 할머니는 언제나 그 벤치에 나와 앉아 있었다. 발밑엔 찰리가 졸고 있고, 몇 번 만나는 동안에 신상일은 그 노파와 퍽이나 친숙하게 되었다.

"좋은 날씨군요, 미세스 메리."

상냥하게 인사를 하고 신상일이 앉으면 메리 빈센트란 이름을 가진 할머니는

"오오, 뭇슈 신!"

하고 반색을 한다.

미국식으로 메리 빈센트지만 프랑스식으론 "마리 반상"이라고 한다면서, 그 할머니는 자기가 프랑스계라는 것을 무척 자랑으로 삼고 있는 눈치였다. 뉴올리언스에서 출생하여 거기서 결혼생활을 하다가, 20년 전 남편을 따라 뉴욕에 왔다는 메리는

"뉴올리언스는 좋은 고장이에요."

하고 입버릇처럼 고향 자랑이었다.

"그럼 왜 그곳에 돌아가서 살지 않고 뉴욕에서 외로이 사십니까?

이렇게 신상일이 물었더니 할머니는 7년 전에 죽은 남편을 회상하곤

"어찌 내 혼자 돌아갈 수 있겠수? 남편을 이곳에 묻어놓고."

하며 눈시울을 닦았다.

"아들딸도 없소?"

하고 신상일이 물은 적이 있었다.

어려운 질문이 아닌데도 대답이 없으니 뚜벅

"있어도 없는 거나 다를 바 없으니……"

하고 한숨을 섞었다.

낸시는 빨리 연애상황戀愛狀況으로 들어가도록 대화를 인도하라고 했지만, 신상일은 그런 노파를 상대로 어찌 경박한 말을 꺼내겠느냐는 심

정이었다.

　시월에 들어 어느 화요일.
　그날도 날씨는 청명했다.
　창가에 앉아 허드슨을 내다보고 있는데 낸시의 말이 귀에 들려왔다.
　"미스터 신!"
　"말해 봐요."
　"센트럴에 안 가실래요?"
　"……."
　"메리 할머니가 기다리지 않겠어요?"
　"기다릴지 모르지."
　"그럼 빨리 가보세요."
　"몇 번을 만나도 낸시가 바라는 대론 되지 않을 것 같애."
　이런 말이 오가고 있을 때 헬렌이 부스스 일어나 창가로 왔다. 헬렌
은 새벽에 돌아왔었다. 요즈음 관광객이 많아 밤거리 여자들의 경기가
좋아진 모양이다.
　"헬렌, 좀 더 자지 않고."
　낸시의 말이었다.
　"아냐, 오늘 할 말이 있어."
하고 헬렌이 하품을 하며 신상일 옆에 앉았다.
　헬렌이 새삼스럽게 할 말이 있다고 시작하는 일은 전혀 없었던 일이
라서 신상일은 긴장했다.

"낸시!"

"응."

"낸시는 미스터 신의 불법체류 문제를 걱정하고 그걸 해결하려고 미스터 신을 센트럴로 내 몰고 있는 거지?"

"그렇다, 헬렌."

"요컨대 미스터 신이 미국 시민하고 결혼을 하면 될 것 아냐?"

"그렇지."

"그럼 문제 없지 않아?"

일순 헬렌의 표정이 장난스럽게 되었다.

"문제가 없다는 건?"

낸시가 물었다.

"낸시는 뚜렷한 미국 시민이죠?"

"……."

"알렉스 페드콕의 부인, 낸시 페드콕이죠?"

"그런데 그게 어떻다는 거야?"

"그러니까 미스터 신의 불법체류 문제를 해결하려면 낸시와 미스터 신이 결혼하면 된다, 이 말이야."

신상일이 당황해서 얼굴을 붉혔다.

"헬렌, 너 무슨 소리하고 있다는 걸 알기라도 하니?"

낸시가 냉정하게 말했다.

"알고 있으니까 이런 말 하는 것 아냐?"

헬렌이 뽀루퉁하는 표정을 지었다.

"헬렌, 그런 말 마!"

"왜? 낸시는 미스디 신을 좋아하지 않나요?"

"그것과 이것과는 별개의 문제야."

"결혼했다가 싫으면 이혼하면 되잖아. 방편으로 그렇게 할 수도 있잖아."

침묵이 흘렀다.

헬렌이 다시 입을 열었다.

"미스터 신이 내키지 않는 노력을 하고 있는 걸 보니 딱해요. 70세의 노인에게 젊디젊은 사나이가 프러포즈한다는 것, 부자연스럽지 않아요? 얼마나 마음이 메스껍겠어요. 그러느니보다 아니, 불법체류가 문제라면 그걸 손쉽게 해결할 방법이 있는데, 뭐 주저할 것 있어요? 낸시, 결혼하세요! 미스터 신과. 두 분은 서로 사랑하고 있잖아요? 사랑하는데 왜 결혼 못해요. 결혼 못할 이유가 어디에 있어요?"

"헬렌, 그만!"

하고 낸시가 일어섰다.

"왜 그만 해요? 내 목적이 관철될 때까지 데모하겠어. 플래카드 쳐들고."

헬렌이 목청을 돋우었다.

"안 된다니까, 헬렌!"

"왜요, 왜 안 되는 거지?"

"이유가 있어."

"그 이유를 말해봐요."

"……."

"납득할 만한 이유를 듣지 못하면 난 더 큰 소리로 데모할 거다."

하고 고함을 쳤다.

"낸시, 미스터 신과 결혼하라!"

"헬렌, 조용히 못하겠어?"

"그러니까 이유를 말하든지, 결혼을 하든지 해요."

"내 이유를 말하지."

헬렌이 팔장을 끼고 낸시를 응시했다. 신상일은 그 광경에서 시선을 허드슨강으로 돌렸다.

등 뒤에 낸시의 말이 있었다.

"나는 알렉스 페드콕의 아내로서 죽고 싶어. 그러니 누구의 아내도 되고 싶지 않은 거야."

그 말을 신상일은 무감동한 기분으로 들었다. 당연한 말 같기도 했다. 알렉스 페드콕에 대한 낸시의 사랑은 존경할 만하다고도 생각했다.

헬렌도 그 말엔 대꾸하지 못했다.

"그렇다면 헬렌, 메리 빈센트 여사의 생각도 혹시 낸시의 생각과 같을지 모르잖아? 그럼 미스터 신의 공작은 불가능한 것 아닐까?"

헬렌이 이렇게 중얼거린 건 훨씬 뒤의 일이다.

신상일은 쑥스러웠다.

그래 일부러 쾌활한 척 꾸미고는

"나 센트럴파크에 갔다 올게."

하고 바바리코트를 걸쳤다.

낸시는 민첩하게 몸을 놀려 보온병에 커피를 넣었다. 그리고 종이컵 두 개와 함께 조그만 백에 넣어 신상일에게 내밀었다. 그리곤 생긋 웃고 말했다.

"같이 커피를 마시며 얘기해요."

메리 빈센트는 그 자리에 있었다. 찰리라고 불리는 개도 같은 자리에 있었다.

생각하니 일주일 만에 만나는 셈이었다.

메리는 활짝 웃으며

"너무 오래 뵈지 않아서 난 먼 곳으로 떠나지 않았나 했소."

하고 반기는 얼굴이었다.

"뉴욕을 두고 내가 어디를 떠나겠소. 더욱이 메리를 두고."

신상일이 다정하게 말을 꾸몄다. 말을 그렇게 꾸미고 보니 그 말에 전연 진실이 없는 것은 아니란 느낌이 들었다.

아아, 뉴욕을 두고 내가 어디로 떠날 수 있을 것인가? 이 외로운 노파를 센트럴파크의 벤치에 앉혀두고 어디로 내가 떠난단 말인가?

나의 센티멘털리즘에 감염된 양으로 메리의 눈시울이 경련했다.

"뭇슈 신을 만나지 못한다면 정말 쓸쓸할 거야!"

메리는 보채는 찰리의 머리를 쓰다듬었다. 그리고는 다시 얼굴을 들어

"1주일 동안 보질 못했는데 무슨 일이 있었어요?"

하고 물었다.

"무슨 일이라기보다도……."

신상일이 망설이자 메리는 그의 손을 잡았다.

"내가 도울 일이 있다면 도와드릴게 솔직히 말씀하세요."

"그저 외로울 뿐입니다."

"나같이 늙은 여자도 외로움을 견디며 사는데, 뭇슈 신같은 젊은이가 외로움을 견디지 못해요?"

신상일은 죽은 아내와 딸 얘기를 했다. 뉴욕에서의 권태로운 나날을 얘기하기도 했다.

"뭇슈 신의 거처가 어디지요?"

메리가 물었다. 거처를 물은 건 처음 있는 일이었다.

"리버사이드."

"리버사이드면 여기서 멀군요."

"그렇지도 않습니다."

"여기 나오지 않는 동안에 뭘하고 있지요?"

"허드슨강을 바라보고 있지요. 가끔 책을 읽고요."

"직장이 없나요?"

"내 처지로선 취직자리를 구할 수 없어요. 그러니 할 일 없이 허드슨강만 내려다보고 있는 거죠. 허드슨강을 내려다보고 있으면 가끔 묘한 유혹을 느낍니다."

"어떤 유혹을 느낀단 말입니까?"

"빠져버리고 싶은, 허드슨강과 하나가 되고 싶은 유혹입니다."

"어머나!"

메리는 몸을 꿈틀했다. 그리고는 바쁘게 덧붙였다.

"그런 생각 말아요. 그런 생각은 못써요."

"아닌 게 아니라 내가 죽으면 메리가 쓸쓸할 거다, 하는 생각을 안 해본 바는 아닙니다."

메리는 뭔가를 생각하는 듯하더니

"크리스마스가 오기 전에 우리집 청소를 했으면 하는데 도와주시겠수? 뭇슈 신."

했다.

"아베크 플레지르, 기꺼이 도우겠습니다."

메리는 프랑스어를 특히 좋아하기 때문에 가끔 프랑스어의 단어를 섞으면 거의 감동하는 버릇이 있었다.

"매년 청소를 도우는 사람이 있지만 금년엔 당신한테 부탁하기로 했소. 많은 돈을 줄 순 없지만 남하는 대론 할 테니까."

메리는 속삭이듯 했다.

"내 집에 한번 가보실래요?"

"메리가 일어서며 말했다.

"당신이 좋으시다면."

하고 신상일이 따라 일어섰다.

메리 빈센트의 집은 센트럴파크의 그 벤치에서 걸어 35분가량 걸리는 곳에 있었다.

메리는 한 손으로 찰리의 고삐를 잡고, 한 팔에 저자 백을 걸곤 천천히 걸으며 말했다.

"이곳까지 왔다 갔다 하는 것이 나의 유일한 운동인 셈이랍니다."

메리의 집은 50스트리트, 3번가. 그 일대는 고급주택의 취락이란 걸 알 수가 있었다. 집 앞에 늘어선 자동차들은 기기가 고급차였고, 길과 집 사이엔 화단이 가꾸어져 있었다.

메리의 집은 5층 건물의 맨 아래층, 현관을 들어서서 왼편에 있었다. 들머리는 꽤 넓은 홀이었다. 장식은 육중하고, 놓여 있는 소파며 의자도 고급품이란 인상이 있었다. 그러나 썰렁한 공기에 노녀老女의 고독을 느꼈다.

신상일은 메리가 이끄는 대로 먼저 부엌을 보았다. 잘 정돈되어 있었으나, 그 부엌의 5분의 4는 이용되지 않은 채 있다고 판단했다. 다음에 들어선 곳은 서재였다. 한국식으로 말해 15평 면적은 실히 될 것 같았다. 그림이 걸린 벽 부분과 도어 부분을 제외하곤 4면의 벽이 모두 책으로 덮여 있었다. 꽤 훌륭한 장서량이어서 감탄을 금할 수 없는 마음으로 두리번거리고 있었는데 메리의 말이 있었다.

"책 좋아하세요?"

"좋아합니다. 좋아하고말고요."

"내 남편도 무척 책을 좋아했죠."

"무슨 일을 하셨는데요?"

"건축설계가 직업이었는데 직업에 어울리지 않게 문학과 철학을 좋아했답니다."

서편 쪽 탁상에 백발의 영감 사진이 있었다. 신상일이 물었다.

"이분이 부인의 남편이신가요?"

"그렇습니다."

"픽이나 늙어 보이시네요, 부인에 비해서."

"나보다 30세가량이나 위였으니까요."

"오오, 그래요?"

"그러나 우리는 다정하게 살았답니다. 나는 그의 세 번째 마누라였죠."

"아주 온유한 인상입니다. 전체의 분위기가 존 듀이를 닮아 있군요."

"철학자 존 듀이를 말씀하시는 거죠?"

"그렇습니다."

"잘 보셨군요. 모두들 그렇게 말한답니다."

"이만한 책이 있으면 심심하시진 않겠습니다."

"천만에요. 난 이 서재에 있는 책엔 별반 흥미가 없어요. 난 연애소설, 그것도 농도가 아주 짙은 장면을 좋아한답니다."

"젊으신 탓이겠죠."

"사람의 마음이란 언제나 젊은 것 아녜요?"

할 때의 메리는 나이답지 않게 코게티쉬coquettish했다.

"사람은 자기가 젊다고 생각하면 젊은 겁니다."

신상일이 주간지를 편집할 때의 일을 회상하며 이렇게 말했다.

"좋은 말이군요."

하고 메리는

"뭇슈 신이 할 일은 이 서재의 먼지를 털고 깨끗이 하는 일입니다.

책을 팔아버리란 사람도 있지만 그렇게 하지 않는 까닭은 남편이 살고 있었던 당시의 분위기를 그냥 지니고 싶어서죠.“

하며 사이드 테이블에 쌓여 있는 책더미를 손가락으로 튀겼다.

먼지가 풀신했다.

“이거 보세요. 조금 건드리기만 하면 이 모양이니까요.”

메리는 혀를 끌끌 찼다.

서재에서 홀 쪽으로 다시 나오며, 서재 안쪽의 도어를 가리켰다.

“저기가 내 침실인데요, 침실의 청소는 내 손으로 하죠.”

홀로 나와 자리를 권하며 메리가 물었다.

“인스턴트밖에 없지만 커피 안 하겠소?”

메리는 분명히 “카이퓌이”라고 발음했다. 나는 대답 대신 상체를 일으키며

“인스턴트 커피 같으면 내가 만들죠.”

하고 일어섰다.

리버사이드의 생활에서 커피를 끓이는 것을 비롯해서 인스턴트 음식을 만드는 덴 신상일은 익숙해졌다.

“그래 주실래요?”

하며 메리는 신상일을 부엌으로 데리고 가서 가스 스위치의 위치, 접시와 컵이 있는 곳, 커피 통 등을 가리켰다.

신상일은 조심조심 커피를 만들어 홀에 기다리고 있는 메리에게로 가져갔다.

“썩 잘 끓였군요.”

한입 맛을 보더니 메리가 감탄했다.

신상일은 한술을 더 떴다.

"부인, 저녁 식사를 하셔야지 않습니까? 원하시는 게 있으면 내가 만들어드리죠."

"식사 걱정은 말아요. 나, 건너편 레스토랑에서 저녁 식사를 하게 돼 있으니까요."

천천히 커피를 마시고 나서 신상일이

"부인께선 한국요리를 먹어본 적이 있습니까?"

하고 화제를 바꾸었다.

"한국요리? 먹어보기는커녕, 그런 것이 있다는 걸 듣는 것도 처음이오."

"그럼 언젠가 한국요리집에 초대하겠습니다."

"고맙소. 그러나 나는 익숙하지 않은 음식은 먹지 않기로 하고 있소."

하면서도 메리는 한국요리에 관한 갖가지를 물었다. 신상일은 아는 대로 대답을 했다.

메리는 별로 그 말에 흥미를 느끼는 것 같지 않더니 다음과 같은 말을 했다.

"그럼 내일부터라도 오도록 하시오. 오전 중에 청소를 하고 오후엔 날씨가 좋으면 센트럴 공원에 갑시다. 나를 거기서 집에까지 데려다주는 것으로 당신의 일은 끝나는 거예요. 그렇게 해서 하루 15달러면 어때요?"

신상일은 하마터면 눈물을 흘릴 뻔했다. 너무나 고마워서다. 고맙다
는 말을 제대로 할 수가 없어서

"좋습니다, 좋습니다!"

하는 말만 되풀이 했다.

가을 해는 어느덧 저물어 있었다.

메리는 건너 편 레스토랑으로 신상일을 데리고 갔다.

그 레스토랑의 규모는 작았지만 격식이 높아 보였다. 깨끗하게 옷을
입은 늙은 웨이터가 공손히 메리와 신상일을 거리에 면한 좌석으로 안
내했다.

"마님, 오늘밤의 특별 메뉴."

하고 늙은 웨이터가 메뉴가 적힌 일람표를 정중하게 펴 보이며, 어느
곳에 손가락을 짚었다.

"그게 좋아."

메리는 말하고 신상일을 건너다보았다.

메뉴를 훑어보고 있었지만 무엇이 좋은지 알 까닭이 없어 신상일이

"부인이 시키신 걸로 나도 하겠다."

고 말했다.

포도주로부터 시작한 식사는 수프, 스모크드 피쉬, 굴 프라이, 연한
비프스틱, 파인애플, 커피, 이런 순서로 서서히 진행되었다. 식사 마지
막 코스에서 메리가 물었다.

"리쿼는 어때요?"

위스키나 버번을 한 잔 하자는 것이다. 신상일은 포복한 상태가 되

어 있어

"노오 생큐!"라고 했나.

식사 시간 어언 두 시간.

그 동안 무척이나 많은 얘기를 했다.

메리는 뉴올리언스의 세사기歲事記를 곁들여 자기의 소녀 시절의 얘기를 했다. 가족 얘기도 했다.

가족 얘기를 할 때의 메리는 눈물을 글썽했다.

"50세가 된 남편과 결혼하려 했을 때 아버지는 노하셨어요. 그때 아버지의 나이는 43세였으니까요. 그래도 나는 성년이 되길 기다려 결혼해버렸죠. 그 후로 난 아버지와 얘기할 기회를 갖지 못했어요. 불쌍한 아버지!"

메리는 눈물을 닦았다.

신상일은 20세의 소녀가 어떻게 50세나 되는 남자와 결혼할 생각을 했느냐고 묻고 싶었으나 삼갔다. 언젠가는 말할 때가 있으려니 싶어서였다.

메리는 냅킨을 접어 식탁 위에 놓았다. 그것이 식사가 끝났다는 신호인 것 같았다. 웨이터가 다가와서 무슨 카드 같은 것을 내었다. 그리고 낮은 소리로 말했다.

"피프티 투 달러스, 레이디."

식사 값이 52달러라고 하는 뜻일 것이었다.

메리는 웨이터로부터 볼펜을 건네받아 한 란에 52란 숫자를 적고, 백에서 3달러를 꺼내 웨이터에게 주었다.

식사는 그 집에 부쳐놓고 하고, 주말에나 월말에 값을 지불하는가 보았다. 하루 세끼의 식사에 줄잡아 100달러는 될 것이 아닐까? 그렇다면 한 달의 식비만으로도 3천 달러가 되는 셈이다. 메리 빈센트는 그리고 보면 이만저만한 부자가 아닌 것이다.

신상일이 리버사이드의 아파트로 돌아왔을 땐 밤 11시가 넘어 있었다. 헬렌은 거리에 나간 모양으로 없고 낸시만 혼자 창가에 앉아 있었다.

"오늘의 경과는 어때요?"

언제나 묻는 질문이 낸시의 입에서 나왔다. 신상일이 오늘 있었던 그대로를 말했다.

"나이스!"

낸시가 환성을 올렸다.

"그건 그렇고 식사는 했소?"

하고 신상일이 물었다.

"가리브에서 했어요."

가리브란 낸시가 도와주고 있는 식당의 이름이다.

이런 저런한 것을 보충 질문하고 난 후에 낸시는

"아무래도 신 선생님이 요리법을 배워야겠어요."

"왜?"

"그녀의 식사비가 한 달에 3천 달러는 안 되더라도 중간을 쳐서 1,500달러는 될 거예요. 선생님이 요리법을 배우면 그 1,500달러의 반으로 기막힌 식사를 제공할 수 있을 거란 말예요. 대체로 프랑스 취미라고 하니까 프랑스 요리를 배우는 거예요. 그렇게 해서 식사비를 반쯤 절약하게 뇌면…….

"요리법이 어디 일조일석에 배워지는 건가요?"

신상일은 일소에 붙였다. 뿐만 아니라 그런 짓을 하긴 싫었다.

"그렇다면 인스턴트 요리하는 거나 몇 가지 배워둬요. 소시지를 기름에 튀기는 방법이라든가, 캔에 든 식료품을 조미한다든가 하는. 캔에 든 식료품 가운덴 깜짝 놀랄 만큼 맛이 있는 게 있어요. 상류사회의 사람들은 캔 식품을 하층 인간들이 먹는 거라고 해서 도통 싫어하지만 요."

신상일은 메리가 살아가는 보람이 하루 한 번 센트럴파크에 나가는 것과 자기 집 건너편 레스토랑에서 식사하는 것이라고 짐작했다. 그래 그 짐작을 토대로 낸시의 권유를 거절했다.

14

신상일의 기묘한 생활이 시작되었다.

그런데 서재의 먼지를 털고 책을 정돈한다는 일이 그렇게 쉬운 일이
아니란 것을 곧 알게 되었다.

우선 서가書架의 아래쪽부터 시작하는 것이 좋은지, 위쪽부터 시작
하는 것이 좋은지 분간할 수가 없었다. 아래쪽 먼지를 털면, 그 먼지가
위쪽으로 날아올라 있다가, 위쪽의 먼지를 털면 아래쪽으로 내려앉을
터이니 그야말로 신화 속의 시시포스 모양으로 될 것이었다. 모처럼 바
위를 정상에까지 밀어 올려놓으면 굴러 떨어져, 다시 밀어 올려야 하는
일을 무수히 되풀이해야 하는 그런 꼴말이다.

신상일은 두서없이 하루를 지내곤 다음 날 용단을 내렸다.

서가 한 칸의 책을 모조리 바깥으로 꺼내 옥외에서 먼지를 털어, 마
른 행주로 서가의 그 부분을 닦곤 다시 갖다 놓는 방식을 취하기로 한
것이다.

그렇게 하려면 메리가 홀에 나와 있어선 안 되었다. 현관문을 수없이 들랑날랑 해야 하니 말이나. 그래 신상일이 메리에게 서재의 청소를 하는 오전 중엔 침실에서 나오지 않는 게 좋겠다고 제의했다.

그런데 메리의 대답은 싸늘했다.

"나는 내 일상생활에 지장을 끼치기까지 해서 서재를 청소할 필요를 느끼지 않는다."

는 것이었다.

신상일은 하는 수 없이 유일하게 외부로 향하고 있는 창문을 열어놓고, 창밖으로 책을 내밀고 먼지를 털 수밖에 없었다.

그러다가도 메리가

"산책할 시간이오."

하기만 하면 일손을 놓아버려야 하니 도무지 능률이 오르지 않았다. 아침 아홉 시에 도착하여 메리의 푸념을 한 시간 듣고 난 뒤 열 시쯤에 일을 시작하는데, 11시 반이면 메리의 산책이 시작되는 것이니 그동안의 작업량은 백 권 남짓한 책의 먼지를 터는 정도였다. 먼지의 총본산은 카펫인데 그런 식으로 나가다간 그야말로 백년하청百年下淸을 기다리는 격이 되고 말 것 같았다. 신상일은 이왕이면 능률적으로 작업을 해서 단시일에 실적을 올리고 싶었다.

한 가지 다행인 일은 메리가 신상일의 작업진도作業進度를 챙겨볼 생각을 안 한다는 점이었다. 그런 반면 메리는 신상일을 하인下人으로 취급하는 태도를 차츰 노골화했다. 자기는 찰리의 고삐를 끌고, 저자 백은 신상일에 들렸다. 그것까지 좋았는데 어느 날 신상일에게 자기보다

반 발자국 뒤에 따라오라고 일렀다.

"반 발자국보다 앞으로 나와서도 안 되고, 그보다 뒤져서도 안 돼. 그게 미님을 모시는 예의란 걸 알아야 해요."

신상일은 미국 사회의 내부에 작용하고 있는 카스트라는 것을 느꼈다. 사용인과 피사용인은 결단코 동격일 수 없다는 것을 메리는 말하고 있는 것이었다.

어느 날 밤 신상일은 낸시에게 그 얘길 했다. 낸시는 그건 당연한 현상이라면서

"그러나 태도가 그처럼 노골적으로 바뀐 덴 다른 이유가 있을 거예요."

했다.

"다른 이유란 뭘까?"

"그녀는 강간해주길 기다리고 있는 거예요."

"뭐라고?"

"그녀는 신 선생이 자길 강간하길 바라고 있는데 전연 그런 기미가 보이지 않으니까 신경질이 되어 있다, 이 말예요."

신상일은 실소했다. 낸시의 상상력이 때때로 병적일 경우가 있다는 것을 알고 있기 때문이다.

"제 말을 예사로 들어선 안 돼요. 그런 이유라도 없고서 어떻게 2주일 동안 잘 나가다가 갑자기 그런 소릴 하겠어요?"

"차츰 사용자 의식使用者意識이 돋아난 거겠지."

"물론 그런 원인도 있겠지요. 헌데 그런 의식이 돋아나게 한 원인은

내가 말한 그런 데 있을 거예요."

"70살의 노파가 아무리……."

"70살이 아니라 80살이라도 여자는 여자예요."

신상일은 비곗살이 붙어 보행이 민첩할 수 없을 정도로 되어 있는 메리 빈센트의 체구를 상기하곤

"낸시의 상상력은 기발하지만 진실과는 멀어."

그 토론을 끝맺으려고 했다.

"신 선생님은 맹꽁이야!"

낸시가 뱉듯이 말했다.

"그래 난 맹꽁이요."

신상일이 웃었다.

"맹꽁이가 무슨 찬사인 줄 아세요?"

낸시의 말투가 신경질적으로 들떠 있었다. 곧 다음과 같은 말이 보태졌다.

"여자의 마음을 그렇게도 모르는 맹꽁이!"

그 말에 신상일은 낸시를 돌아보았다. 낸시의 눈이 이글이글 타고 있었다.

"아아, 여기 여자가 있었구나!"

신상일은 눈이 번쩍 뜨이는 느낌이었다. 낸시는 뼈와 가죽만 남아 있었다. 비아프라의 난민들을 찍은 사진에 끼어 놓아도 조금의 위화감이 없을 만큼 피골상접皮骨相接한 몰골인 것이다. 게다가 자신의 말로 알렉스 페드콕으로부터 폐결핵肺結核을 물려받아 불원 죽을 것이라고 했다.

그런 까닭에 신상일은 애처로운 과거를 지닌 폐인을 낸시에게서 느꼈을 뿐 여자를 느낄 수가 없었던 것인데, 그날 밤의 그 눈초리에 아득히 사라져간, 전성시대의 낸시, 낸시린 여자를 돌연 발견한 기분으로 되었다.

차라리 느끼지 못한 것만도 못한 해프닝이었다.

신상일이 화제를 바꿨다.

"곧 겨울이 닥쳐오는데, 뉴욕의 겨울은 그야말로 살인적이라는데 무슨 월동대책이 있어야 하지 않을까?"

"헬렌이 돌아오면 의논을 하죠."

"헬렌과 의논할 게 뭐 있어? 당신은 이곳에 오래 살았으니까 문제의 테두리를 대강은 알게 아뇨?"

"내가 헬렌과 의논하고 싶은 건 그런 게 아닙니다. 우리 셋이 이 겨울을 기해 동사체凍死體가 되어볼 각오가 있느냐 없느냐를 의논해보자는 거예요."

낸시의 병적인 발작이 또 시작되었구나 하는 마음으로 이엔 응수하지 않고, 신상일은 메리 집에서 가져다놓은 헌 시사 잡지를 폈다. 메리는 그 잡지 꾸러미를 버리라고 했지만, 신상일은 그 가운데 볼 만한 것이 있을 거라고 생각하고 리버사이드의 아파트에 갖다놓았다.

책을 펴들고 있는 신상일의 등을 향해 낸시는 따끔한 익살을 퍼붓고 싶었으나 가까스로 참는 모양이었다. 아까 한 자기의 말에 어쩌면 신상일의 마음이 상했을까 몰라서였다.

어느덧 신상일은 책에 빨려 들어갔다. 그 열중의 도가 낸시의 눈에 보인 듯했다. 한참을 기다린 연후 낸시가 물었다.

"신 선생님, 무엇을 그렇게 열심히 읽고 계시죠?"

"10년 전의 잡지를 읽고 있소."

"10년 전의 잡지?"

"2천 년 전 희랍의 기사를 현대에 남아서 읽는 기분이나. 10년 전의 기사를 읽는 기분이나 맞먹을 것 아닌가 싶소. 2천 년 전이나 10년 전이나 과거라는 점은 일반이고, 그것이 또한 현대에 살아 있다는 점도 일반이고."

"10년 전의 무슨 기사예요?"

"10년 전에 쓴 백 년 전 인물에 관한 에세이."

"백 년 전의 인물이면?"

"에이브러햄 링컨."

"선생님 링컨을 좋아하세요?"

"좋아하지."

"저도 좋아해요. 너무너무 좋아해요. 현재 어떻게 쓰고 있죠? 그 에세이."

"링컨 서거 백주년 기념 에세이."

"그것 읽어주실 수 없어요?"

"읽어 보지."

하고 신상일이 시작했다.

"그는, 그란 링컨을 말하는 거요. 그는 결코 교외족郊外族 미국인들이 앞차의 범퍼에 뒷차의 범퍼가 닿을 만큼 꼬리를 문 자동차를 타고 지친 모습으로 집엘 돌아가는 꼴을 보질 못했다. 그는 주말의 휴가를 이용하여 대륙횡단의 자동차 여행을 하는 미국인을 보질 못했다. 그는 또한 젊은 실무사들이 유리로 간박이 한 사무실에서 토론을 벌여 더러는 합의하고, 더러는 반대하는 광경을 보지 못했다.

그는 또한 비정한 대조직의 비호 아래 살기도 하고 죽기도 하며, 명함 크기 만한 묘비명을 남기는 현상도 보지 못했다. 그는 또한 비인간적인 거대한 규모 속에서, 자기가 자기의 주인이고자 주장하는 사람의 소리를 듣지 못했다. 그는 개인, 또는 개인주의란 용어를 사용하지 않았다. 그가 사용한 용어는 인간이며 자유였다. 그러나 그는 조직 속의 인간, 즉 조직적 인간이란 것을 알고 있었다.

어느 의미에서 그 자신이 조직적 인간이었고 조직적 인간으로서 훌륭했다. 그에게 있어 민주주의란 개인의 주장과 사회의 주장을 조절하고 화해시키는 이법理法이었다. 그는 반은 민화民話로서 된 인간이고, 반은 학교 교과서로서 된 인간이었다. 그는 그의 얼굴이 새겨진 동전처럼 피로해 있고, 그런 까닭에 언제나 친숙한 느낌을 주는 인간이었다. 일세기 전 그는 인간의 역사상에 가장 극적인 해방운동을 추진했었다. 역사가들 가운데 남북전쟁南北戰爭이 노예해방을 위한 전쟁이 아니라고 주장하는 사람들이 있을 테지만 세계는 남북전쟁의 결정적인 과제가, 타인의 생명과 자유를 임의대로 지배를 할 수 있는 권능을 사람이 가질 수 있는 것인지 없는 것인지에 있었다는 사실을 알고 있는 것이다.

그는 해방운동을 추진한 인물이기도 하며 동시에 합중국의 통일에 이바지한 인물이기도 하다. 그는 말했다. "노예에게 자유를 줌으로써

만이 자유인에게 자유를 주게 되는 것이다"고. 톨스토이는 그를 위대한 개인주의자라고 했다. 그러나 이 말은 위대한 인물을 이데올로기의 신봉자로 격하格下시켰다고 말할 수밖에 없다. 에이브러햄 링컨은 결코 개인주의자가 아니며, 위대한 개인이다. 다시 말하면 그는 미국인의 상상력이 미치는 한에 있어서 가장 위대하고, 가장 고전적이며, 가장 원형적인 개인인 것이다."

신상일이 읽기를 끝내자 낸시는 깊게 한숨을 쉬었다. 뭔가에 감동했을 때의 낸시의 버릇이었다.

"미국이란 나라는 참으로 복 받은 나라예요!"

낸시가 이렇게 중얼거린 것은 상당한 시간이 지난 뒤였다.

"그런 인물을 죽이는 놈이 있는 데도 복 받은 나라인가?"

뜻밖에 신상일이 이런 말을 했다.

"복이 있으면 화禍가 있는 것 아녜요? 링컨 같은 인물을 암살하는 놈이 있다는 사실, 그것이 또한 미국의 생명력이에요. 생명력엔 도의심道義心이 있을 수 없잖아요. 모든 윤리와 도의를 무시하고 폭발하는 생명력, 그 소용돌이 속에서도 윤리와 도의를 찾으려는 선구자·순교자, 기막힌 드라마가 아녜요? 미국이란 나라는 장대壯大한 드라마예요."

신상일은 낸시를 멍청하게 바라보았다. 피골이 상접한 몰골의 어디에 저렇게 격렬한 지성이 있는가 해서다. 낸시의 번뜩이는 지성에 한두 번 놀란 그가 아니었지만, 낸시의 그날 밤의 그 말엔 정말 탄복했다. 그러나 신상일은 다음과 같이 낸시를 자극해 보았다.

"광인狂人들이 한 일을 긍정하는 건 옳지 못합니다."

"생명력의 극한에 발광發狂이 있는 거예요. 천재는 광기狂氣라는 사실을 모르고 하시는 말씀은 아니시겠죠? 제겐 상관 마시고 끝까지 읽어보세요. 그리고 좋은 대목이 있으면 큰 소리로 읽어주세요."

하곤 낸시는 자리를 창가로 옮겨 앉았다.

"헬렌은 돌아오지 않을 모양인가?"

신상일이 그 기사를 마저 읽고 일어나서 기지개를 펴며 말했다.

두 시가 넘으면 헬렌은 돌아오지 않는다. 아침에 돌아온다.

낸시와 신상일은 대강 두 시까진 헬렌을 기다려준다.

두 시가 10분쯤 지났을 때 도어 앞에 서는 기척이 있었다. 신상일은 얼른 도어를 열었다. 그날 밤의 헬렌은 시바의 여왕처럼 화려한 웃음을 띠고 방안으로 들어서며

"오늘밤 우리 파티해요!"

하고 양팔을 번쩍 들었다.

한 손엔 술병이 있고 백이 걸린 팔의 손엔 종이 꾸러미가 있었다.

"오늘밤은 퍽 기분이 좋은 모양이군."

낸시가 반겼다. 어느 때의 헬렌은 의기소침하여 비 맞은 병아리처럼 움츠리고 들어와선, 말없이 욕실로 가선 이빨을 닦고 캔버스 침대에 쓰러지듯 몸을 던져 자버리는 것이다.

낸시는 술병과 꾸러미를 탁자에 내려놓으며

"내 오늘 코리언 글로서리에 갔다 오는 길예요. 미스터 신이 좋아하는 김치와 북어를 살라고요."

하고 수선을 피웠다.

　김치와 북어가 있는데 파티가 없을 수 없다.

　심야의 향연이 시작되었다.

　헬렌이 몸을 팔아 번 돈으로 사들고 온 술과 안주로 파티를 한다는 건 심야의 향연다운 빛깔의 농도를 더욱 짙게 하였다.

　버번 한 잔이면 취하는 낸시가 엉뚱한 화제를 꺼내놓았다.

　"헬렌 들어봐! 우리 한국의 속담에 차려놓은 밥상도 먹지 못하는 자는 머저리다 하는 게 있어."

　"그런 말은 우린 남부南部에도 있어요."

　헬렌이 맞장구를 쳤다.

　"그런데 이 가운데 머저리가 존재한다, 이거야."

　"이 가운데 머저리가?"

　"헬렌, 그게 누군지 알아 맞춰봐."

　"나는 아닐 테고. 난 적극적으로 먹을 걸 헌팅하는 사람이니까."

　"나도 아냐. 차려놓은 밥상 구경도 못할 처지니까."

　"그럼, 머저리는 미스터 신 아냐?"

　헬렌이 장난스럽게 눈동자를 굴렸다.

　검은자위와 흰자위가 선명하게 교차했다. 그리고는 물었다.

　"내겐 그 이유를 알 권리가 있을 것 같은데."

　"있지, 있고말고."

하곤 낸시는 익살을 부렸다.

　"글쎄 헬렌, 이럴 수가 있니? 3번가 50번지 저택의 주인이 될 수 있

고, 백만장자 과부의 상속인이 될 수 있는 찬스를 놓치고, 늙은 백인녀
白人女의 하인下人이 되었다는 사실, 이게 될 말이기나 해?"

"낸시, 난 산술은 겨우겨우 이해할 수 있지만 대수는 전연 몰라. 대
수적代數的으로 얘기 말고 산술적으로 해봐, 낸시."

"헬렌, 지금 신 선생님이 사귀고 있는 그 여자는 강간당하길 기다리
고 있는 거야."

"레이프?"

하고 헬렌은 풀쩍 뛰었다.

"그렇다니까."

"그럼, 그것 절대 안 돼!"

"왜?"

"백인 여자들은 대개 흑인들에게 강간당하길 바라요. 그래 놓고 문
제가 생기면 엄살을 하는 거야. 결과는 린치, 투옥, 말 말아, 낸시! 그건
차려놓은 밥상이 아니고 차려놓은 덫이야, 덫. 큰일 나, 큰일이. 그 덫
에 걸려들면 끝장이야 끝장!"

헬렌의 흥분은 장난스런 꾸밈이라곤 할 수 없었다.

신상일은 여자들의 대화엔 아랑곳 않고 술잔만 들이키고 있었는데
헬렌의 태도엔 심상찮은 것을 느꼈다. 낸시도 사실을 느낀 모양으로 차
근차근 물었다. 헬렌의 얘기는

"백인녀는 강간을 바라고 강간을 당해요. 그래놓고 고소하는 거예
요. 흑인과의 관계를 계속하다간 그들의 사회에서 배척당할까 봐. 백인
녀가 고소하면 흑인은 맞아 죽을 수밖에 달리 길이 없어요. 누가 흑인

의 말을 들어주나요? 뉴욕에서도 그런 일이 있었어요.

백인 집의 하우스 보이로 있던 흑인 소년이 그집 안주인을 강간한 거예요. 분명히 여자가 유혹한 거예요. 그런데도 그 흑인은 사형을 당했어요. 미스터 신, 조심해요! 어떤 도발이 있어도 응해선 안 돼요. 내 짐작으론 미스터 신에게 매일 15달러씩 주는 게 아까워진 거예요. 강간을 도발해서 당한 척 한 번 맛을 보곤 싫으면 당장 고발해서 경찰에 넘길 거고, 좋으면 고발하겠다고 위협해서 공짜로 부려먹으려는 속셈이다, 이 말예요.”

“음 그럴 수도 있겠군.”

하고 낸시도 헬렌에게 동의했다.

신상일로선 어처구니가 없었다. 메리 빈센트의 태도엔 강간을 도발하는 어떤 힌트도 없는데, 두 여자는 멋대로 상상력을 동원해서 엉뚱한 토론을 벌이고 있으니 말이다.

신상일은 그런 터무니없는 말 그만하라고 일갈하고 싶었으나 그러진 못했다. 낸시는 그럴 턱이 없지만 헬렌은 자기 앞에서 백인을 옹호하는 말만 하기라도 하면 단번에 적의를 발동하여 수습하지 못할 상황이 되어버리기 때문이다.

낸시는 백인 여자의 도발에 사로잡혀 관계를 맺고 이윽고 강간죄로 몰려 죽은, 그녀의 표현을 빌면 백인 여자의 덫에 걸려 죽은 흑인의 얘기를 다음다음으로 엮었다.

“그 얘긴 그만 하고 앞으로의 대책을 세우자.”

고 낸시가 제의했다.

헬렌이 신상일에게 얼굴을 돌렸다.

"미스터 신, 그 집에 드나든 지 얼마나 되었죠?"

"오늘로서 3주일."

"임금은 받았나요?"

"아직."

"주불週拂이 관례일 텐데요."

"월말 계산으로 하자고 했어."

"그것 이상하지 않아요?"

"이상할 것 없어. 앞집 식당에 대한 지불도 월말에 하게 돼 있어. 은행에서 돈이 나오는 날이 월말인 모양이더군. 그래서……."

"그렇게 해석할 수도 있겠지만…… 헌데 그녀의 태도가 변하게 된 건 언제쯤에요?"

"1주일 전? 아마 그 무렵부터 일 거야."

"그럼 말요, 미스터 신. 내일부터 행동을 각별히 조심해요. 내일부턴 그 여자의 침실에 드나들지 말아요."

"이때까지도 드나든 일 없는 걸. 아직 한 번도 메리의 침실에 들어가본 적은 없으니까."

"그게 또한 덫일지 몰라요. 아니면 그 후에 생각해낸 일인지도 모르고."

"그 후에 생각해낸 일이라니 그게 뭔데?

"미스터 신이 자기에게 덤벼들도록 도발할 생각 말예요."

"아직은 그런 기미가 전연 없어."

"그러니까 내일부터 조심하란 말예요. 하루 15달러이면 일요일 빼고 매주 6일, 90달러. 4주일이면 4, 9, 36. 360달러. 그 350달러가 아까와지기 시작했는지도 몰라."

"한 끼 4,50 달러의 식사를 하는 사람이 그럴 리가?"

"노인의 인색함은 상상을 초월하는 거예요. 더욱이 백인 노녀의 인색은 말도 못해!"

헬렌의 입에 걸리면 백인은 인간 이하로 떨어지기 마련이라서 신상일은 그저 웃고 있기만 했다.

헬렌은 정색을 하고 말을 이었다.

"혹시 내일쯤, 아니면 모레쯤, 아니면 임금을 지불해야 할 전날쯤, 미스터 신을 침실로 불러들일지 몰라요. 그때 절대로 응해선 안 돼요. 침실이 아닌 곳에서도 허리가 아프다, 등이 아프다, 다리가 아프다 하며 만져달라는 청이 있거든 역시 응해선 안 돼요. 뭔가 트집을 잡히기만 하면 만사 끝나는 거예요. 임금을 못 받는 건 물론이고 경찰서로 가야 해요. 잘못하면 전기의자, 강제송환 같은 건 문제도 안 돼요. 강제송환당하기 싫어 모처럼 낸 꾀가 지옥으로 강제 추방되면 수지가 맞지 않아요? 안 그래요?"

"그런 일이 없을 테니 걱정 마, 헬렌."

하고 신상일은 존 듀이를 닮은 남편을 가진 메리가 그런 계책을 쓰리라곤 상상도 못할 일이라서 실소를 터뜨렸다.

그런데 낸시는 심각했다.

"내 아이디어가 비극적 결과가 안 되도록 조심하세요. 내가 아까 한 말은 전부 취소하겠어요."

시계가 세 시를 쳤다.

"중국에 옛날 기杞란 나라가 있었는데, 그 나라의 백성들이 하늘이 떨어질까 봐 걱정했대서 기인지우杞人之憂라는 말이 남아있어. 기우杞憂라고도 하지. 그러니 그런 기우 그만하고 잡시다."

하고 신상일이 자기의 캔바스 침대로 걸어갔다. 서너 잔 한 술이 몸에 홱 돌아 다리가 휘청거렸다.

낸시와 헬렌은 그래도 할 얘기가 남았는지 계속 지껄이고 있었다.

15

그로부터 3일 후의 일이다.

신상일이 열심히 서재의 정리를 하고 있는데 침실에서 메리가 불렀다.

먼지 터는 손을 멎고 귀를 기울였다.

"손을 씻고 빨리 이리로 좀 와요."

하는 소리가 들렸다.

신상일의 뇌리에 헬렌의 말이 스쳤다.

일단 욕실로 들어가 손을 씻고 옷에 묻은 먼지를 털기는 했지만 침실의 문을 열 기분이 되질 않아 도어 앞에 서서 말했다.

"무슨 일이십니까, 마담?"

"이리로 들어와요!"

"……"

"빨리 도어를 열어요!"

신상일이 도어를 열었다.

난방이 잘 되어 있는 방의 온기가 향수와 체취의 내음에 섞여 코를 찔렀다. 보다도 메리는 담요를 제치고, 엷은 슈미즈 바람으로 거의 나체에 가까운 자태로 비스듬히 침대 위에 누워있는 양이 괴상했다. 먼빛으로지만 나이답지 않게 피부는 피둥피둥하고, 걷혀 오른 슈미즈 자락 밑으로 다갈색의 털이 밀생해 있는 음부가 노출되어 있었다. 헬렌의 말이 이젠 명령조로 뇌리에서 메아리쳤다.

"절대로 침실엔 들어가선 안 돼!"

신상일은 도어 바깥에 우뚝 선 채 움직이지 않았다.

"뭐하는 거야, 빨리 들어오지 않고!"

메리가 소리쳤다.

"들어갈 수 없습니다."

신상일은 이렇게 말을 겨우 했다.

"허리가 아파서 그래. 무릎에 통증이 있고. 좀 만져줘야겠어. 뭇슈 신, 빨리 들어와요."

메리의 말이 간청하는 투로 바뀌었다.

"어쩌면 헬렌의 말 그대로……."

신상일은 헬렌의 지레 짐작에 감탄하는 마음이 되면서 말했다.

"아프시면 의사를 불러 드리겠습니다."

"의사까진 필요 없어요, 뭇슈 신!"

메리는 애원하는 눈초리가 되었다.

"아무튼 전 침실에 들어갈 수 없습니다."

"부탁이에요, 뭇슈 신. 허리와 무릎을 가볍게 마사지 해줄 정도이면 돼요. 뭇슈 신은 친절한 사람 아뇨?"

"도와드리고 싶긴 하지만 남자가 여자의 침실에 들어간다는 것은 ……."

"내가 요구한 일이니 괜찮지 않수?"

"안 됩니다."

"왜 안 된다는 거요. 나는 당신의 호의를 믿고 이 집에 드나들게까지 했는데 왜 안 된다는 거요?"

"나는 내 고국에서 배운 도덕을 지킬 수밖에 없습니다. 내 조국에선 남편 이외의 남자가 부인의 침실엔 절대로 들어가지 못하게 되어 있습니다."

"그렇다면 당신은 내가 위급한 병에 걸려도 본 체 만 체 하겠구먼?"

"그럴 리가 있겠습니까. 빨리 의사를 불러드리겠습니다."

"그러지 말고 뭇슈 신. 5분가량이면 돼요. 내 허리를 조금만 만져줘요."

"그렇게 할 수 있었다면 벌써 했을 겁니다. 감기 들겠습니다. 문 닫 겠어요."

하고 신상일은 도어를 소리 나지 않게 조심스럽게 닫고 서재 한구석에 놓여있는 소파에 앉아 담배를 피워 물었다.

헬렌의 편견 섞인 말 때문에 메리에 대해 지나친 오해를 한 것이 아닐까, 하는 반성이 생겨났다. 메리 나이쯤 되면 팔다리가 쑤시고, 허리가 아픈 증세가 있기 마련인 것이다. 조그만한 호의로서 노인의 고통을 달래줄 수 있었던 것을 헬렌의 말 때문에 매정스럽게 굴지 않았나 하는 뉘우침이었다.

한편 헬렌의 충고가 없었더라면 큰일 날 뻔했다는 의식도 없지 않았다. 당초 접근도 못하게 하던 침실로 갑자기 들어오라는 행위 자체가 이상하지 않는가? 엷은 슈미즈 차림으로 음부를 마구 노출시키고 있는 자태는 도발이 아닌가…….

이렇게 생각하면 이렇게, 저렇게 생각하면 저렇게 되는 상황이고 보니 신상일의 사고思考는 지쳤다. 다시 일을 시작하려고 해도 힘이 솟아나지 않았다.

"어차피 오늘로서 마지막이다. 임금이나 받아가지고 가야지……."

오늘이면 사흘이 모자라는 4주일이다. 그 임금만으로도 어쩌면 다가오는 겨울을 넘길 수 있는 자금이 될지 모른다는 속셈으로 신상일은 불안한 마음을 누를 수가 있었다.

침실에선 기척이 없었다. 메리가 만일 자기를 얽어매기 위해 책모를 꾸민 것이라면 실패를 자인하는 동시 무슨 대책을 궁리하고 있을 것이고, 그렇지 않고 단순히 도움을 청한데 불과한 것이었다면 자기의 매정스러운 태도에 분노를 느껴 역시 무슨 대책을 강구하고 있을 것이 틀림없다고 신상일은 추측했다. 하여간 그 귀추는 기대해볼 만한 것이었다. 떠날 각오를 이미 하고 있는 바엔 불안할 것도 없었다.

신상일은 일어서서 하던 일을 다시 시작했다. 그날의 일은 동편 서가의 아래쪽을 소제하는 일이었는데, 그곳은 몇 개의 보조서가補助書架가 종횡으로 놓여 있는 데라서 서재의 주인 아니고선 아무도 접근하지 않을 곳인 성 싶었다. 그런 만큼 먼지의 퇴적이 심했다. 신상일은 마스크의 끈을 단단히 매고 그 구석의 청소를 시작했다. 먼저 그곳에 진열되어 있는 책을 꺼냈다. 서가 아래, 벽 쪽으로부터 있는 곳에서 열 권이 한 세트로 되어 있는 총서叢書가 나왔는데 표피表皮에 새겨진 글자는 희랍 문자였다. 희랍어를 알 수 없지만 그 호화로운 장정으로 보아 고대古代 희랍철학을 총망라한 전집이 아닌가 했다.

신상일은 그걸 꺼내 안고 창가의 사이드 테이블 위에 놓았다. 하나같이 피장본皮裝本이며 육중하고 금박金箔으로 된 배문자背文字 등으로 해서 마제스틱한 느낌이었다. 그중 한 권을 들어 먼지를 털곤 책을 펴보았다. 밀집된 희랍문자의 뜻을 알 수는 없어 그저 건성으로 넘겨보고 있는데 어느 군데에서 선뜻 눈에 뜨인 것이 있었다. 보니 백 달러 지폐였다.

"이곳에 백 달러 지폐가 웬일일까?"

싶었지만 해답이 나올 질문은 아니었다. 그 백 달러를 제쳐놓고, 이번엔 유념해서 책장을 넘겨보았지만 나온 것은 그 백 달러 지폐 한 장 뿐이었다. 다음 책을 폈다. 그리고는 책장을 홀홀 넘겨보는데 그 책에서도 백 달러 지폐 한 장이 나왔다. 다음 책에도 다음 책에도 백 달러 지폐가 한 장씩 나와 열 권 세트로 된 그 전집에서 도합 천 달러의 돈이 나왔다.

신상일의 가슴이 두근거렸다. 얼른 그 지폐를 책 아래 깔아놓고 이마의 땀을 닦았다. 물론 식은땀이다. 마음을 진정시키고 그 돈의 내력을 궁리해보았다.

아내 몰래 용돈을 숨겨 놓은 것일까? 그런 공산이 크다. 은행에 있는 돈을 쓰려면 공공연한 이유가 있어야 한다. 아내 모르게 돈을 써야 할 필요가 없지도 않았을 것이니, 그것을 아내의 눈에 띄지 않을 책 속에 숨겨 두었을 것이란 추측은 그럴 듯하다. 희랍어로 된 책에 메리의 관심이 있었을 까닭이 없었을 테니 말이다.

'그렇다면 이 돈은 메리가 모르는 돈일 것이 틀림없다.'

이 추측이 또한 신상일의 가슴을 더욱 두근거리게 했다. 신상일은 그 돈의 처리 방법을 궁리하는 마음으로 되었다. 방법은 세 가지가 있을 뿐이다. 하나는 메리에게 알리는 것이고, 하나는 도로 책 속에 넣어 두는 것이고, 하나는 신상일 자신이 착복하는 것이다. 이윽고 이자택일二者擇一로 좁혀 들었다. 책 속에 그냥 넣어 둔다는 것은, 먼 훗날 그 책들이 처분되었을 때 그 책을 펴는 최초의 사람의 횡재가 될 뿐이니까 말도 안 되니, 결국 메리에게 알리느냐, 신상일이 그걸 착복하느냐로 되었기 때문이다.

신상일은 뜻밖인 문제에 부딪혀 고민하기 시작했다. 신상일의 가난은 여부없이 그 돈의 착복을 요구했고, 신상일의 결벽潔癖은 그럴 수가 없는 것이라고 중얼거렸다. 이를테면 착복하라는 말은 명령을 닮아 강했고, 그럴 수 없다는 말은 푸념을 닮아 약했다. 그러자 메리가 원망스럽기도 했다. 메리가 그런 태도를 보이지만 않았더라도 신상일은

"메리, 여기서 돈이 나왔소!"

하고 소년처럼 쾌활한 소리를 질렀을 것이 아닌가 말이다. 그런데 메리가 엉뚱한 수작을 하는 바람에 그런 기분으로 될 수 없었던 것이 아닌

가? 좀 더 구체적으로 말하면 메리로부터 임금을 받아낼 자신만 있었더라도 그 돈을 착복하고자 하는 유혹을 이처럼 강하게 느끼진 않았을 것이다.

헬렌의 말은 단정적이 아니었던가? 360달러가 아까워 메리가 무슨 수작을 할지 모른다고. 헬렌의 그 말이 또한 신상일의 의식을 더욱 혼란케 하고 있는 것도 사실이었다.

신상일은 일손을 놓아버리고 창밖에 기대서서 바깥을 보았다. 건너편 집 벽에 가을의 햇살이 따스했고, 빌딩과 빌딩으로 해서 서툴게 그어진 기하학적선幾何學的線으로 쪼개진 뉴욕의 하늘이 오늘따라 유난히 푸르렀다.

생각은 이미 오래 전 고인故人이 된 이 서재의 주인이 희랍어로 된 전집의 각 권마다 백 달러 지폐를 한 장 한 장 끼어 넣은 마음에 미쳤다.

"어떠한 마음의 작용으로……."

"어떠한 목적으로……."

이렇게 생각하다가 신상일은 영감靈感과도 같은 상념에 사로잡혔다. 서양 사람에겐 동양인이 상상할 수도 없는 로맨틱한 기질이 있다는 사실에 상도想到한 것이다. 이를테면 무의무탁無衣無託한 노인이 죽을 때 그 유산을 몇 년도年度 어느 지방의 전화번호부 몇 페이지 몇 째 칸, 몇 째 줄에 기재되어 있는 사람에게 주라는 유언을 쓰는 경우, 어느 도시 어느 번지 내에 사는 나와 똑같은 이름을 가진 사람에게 주라고 유언을 쓰는 경우가 있다는 얘기…….

여기서부터 신상일의 상상력에 날개가 돋기 시작했다. 메리의 죽은 남편은 메리 몰래 돈을 쓰기 위해서 이 책속에 돈을 감춘 것이 아니고, 자기가 죽고 난 후 최초로 이 책을 펴는 사람에게 선물할 요량으로 돈을 끼워놓은 것이 아닐까? 회랍어로 된 책을 읽고자 하는 사람이면 상을 줄 만한 사람이다, 이렇게 생각했을지 모르고, 설혹 그렇지 않더라도 이 책을 사는 사람이면 그만한 칭찬을 받아도 될 만하다고 생각했을지 모른다. 하여간 이 책과 메리는 무관한 존재이니 시간의 조만早晩은 있을망정 남의 손으로 건너가기 마련이라고 생각하고, 아무튼 자기가 죽은 후 최초로 이 책을 펴든 사람에게 줄 양으로 백 달러를 끼어놓은 것일 게다, 돈을 끼어놓고 그 노인은 혼자 회심의 웃음을 웃었을지 모른다. 책에서 백 달러를 발견하고 놀라는 사람의 표정을 상상하고……그리고 다음과 같이 중얼거렸을지도 모르지…….

"이것은 평생을 호학好學하며 지낸, 그러나 무명의 인사가 당신에게 선사하는 돈이다. 배가 고프면 이걸로 음식을 사먹고, 춥거든 이걸로 두터운 옷을 사 입어라. 사랑을 하고 있는 사람이면 이걸로 데이트 자금으로 하고, 학문을 좋아하는 사람이면 이걸로 좋은 책을 사도록 해라……'

이런 상상이 진실에 가깝다면 내가 이 돈을 가졌다고 해서 나쁠 것이 없지 않은가? 그가 죽은 후 최초로 이 책을 펴본 사람은 나니까, 라는 생각이 들었다.

신상일은 여기서 또 하나의 아이디어를 얻었다. 그 아이디어는 신상일의 마음을 가볍고 기쁘게 했다.

신상일은 메리가 나타나기만을 기다렸다. 메리는 벌써 다른 문을 통해 침실에서 벗어난 모양으로 홀 쪽에서 사람이 움직이는 소리가 들려왔다.

"뭇슈 신."

하는 메리의 소리가 홀 쪽에서 들렸다.

"예스, 마담."

신상일은 먼저 대답을 보내놓고 천 달러의 지폐는 탁상 위에 책으로 덮어 놓은 채 《희랍어전서》 가운데 한 권을 들고 홀로 나갔다.

메리는 외출할 차비를 차리고 있었다. 아까 있었던 해프닝은 전연 없었던 것처럼 그녀의 얼굴은 평화스럽기만 했다.

신상일은 그러한 그녀의 태도와 표정을 위선偽善으로 봐야 할 것인지, 자기의 짐작으로 오해한 것으로 쳐야 할 것인지 분간할 수 없는 마음이 되어 우물쭈물했다.

"산책을 나갈 텐데 들고 있는 게 뭐죠?"

메리가 물었다.

"사실은 저 할 말이 있습니다."

신상일이 조심스럽게 태도를 꾸몄다.

"말씀하세요."

신상일의 말투 탓인지 메리의 표정이 금세 굳어졌다.

"아까는 부인의 불편을 덜어드리지 못해 죄송했습니다. 그러나 그건 내가 받아온 도덕교육 때문입니다. 용서해주십시오. 헌데 그런 일이 있고 보니 부인을 모시기가 거북해졌습니다. 오늘로써 난 이 일을 그만둘까 합니다."

"그만두다뇨?"

메리의 얼굴이 놀람으로 변했다.

"그런 일이 있고도 날 옆에 붙여둘 수 있겠습니까?"

"그런 일이 있었다뇨? 나와 뭇슈 신 사이에 아무 일도 없었지 않아요. 내가 뭇슈 신에게 도움을 청한 일이 있고, 뭇슈 신이 그걸 거절한 일이 있었을 뿐 아녜요? 인생엔, 아무 사람과 사이에 언제나 O. K.만 있으란 법은 없어요. 예스도 있고 노도 있는 거죠. 우리가 받은 교육환경이 달라 의사소통이 안 된다는 것은 불편하고 불행한 일이지만, 그건 사과할 일은 못되는 것이 아닐까요?

메리는 억양도 없이, 감정의 빛깔도 없이 느릿느릿 말했다.

"제 생각은 그렇다는 걸 말씀드린 것뿐입니다. 한데 부탁이라고 한 것은, 책을 정리하다 보니 이런 책이 열 권 있었습니다. 희랍어로 된 전집입니다. 가능하다면 나에게 줄 임금 대신 이 책을 주실 수 없을까 하는 겁니다."

메리는 그 책을 잠시 유심히 쳐다보더니 물었다.

"뭇슈 신은 희랍어를 아세요?"

"조금 알 정도입니다만 이 기회에 희랍어 공부를 할까 해서요."

"그렇다면 뭇슈 신이 그 책을 가지세요. 내가 갖고 있어봤자 읽을 수 있게 될 것도 아니니까요."

"고맙습니다."

"뭇슈 신은 내 집에서 일하기가 싫다고 하셨죠?"

"예."

"그럼 임금을 계산해드리죠. 미국 사람은 일단 약속한 걸 변경하진 않습니다. 책은 선물로 드리겠어요."

하고 메리는 백에서 수표책을 꺼내더니 4백 달러란 숫자를 써넣고 사인을 했다.

"뉴욕시티 뱅크이면 어느 지점에서든 찾을 수 있을 거예요. 난 집에 현금을 두지 않아요."

메리는 수표를 건네며 슬픈 표정을 했다. 신상일은 자기의 짐작이 잘못된 것이라고 느끼고 후회하는 마음이 되었다. 그러나 이미 일은 결정되어버린 것이다.

신상일은 서재로 돌아와 열 권의 책을 끄나풀로 묶었다. 탁상 위의 돈은 그를 괴롭혔다. 그러나 신상일은 그 책을 얻을 수 있으면 그 돈은 내 돈이란 억지 합리화合理化를 고집했다.

"책갈피에 백 달러짜리 지폐를 꼽아 놓은 사람의 로맨티시즘에 보람을 주기 위해서라도……."

이것이 얼마나 옹색하고 추악한 자기변명인가를 잘 알면서도 신상일은 이윽고 그 돈을 집어 바지 포켓에 쑤셔 넣었다.

가난한 학생이 그 책을 폈을 때 백 달러를 발견하고 기뻐하는 모습을 상상한 것이 로맨티시즘이었다면, 책 주인의 그 로맨티시즘이 본의 아니게 신상일로 하여금 절도 행위를 유발하게 만든 셈이 아닌가, 신상일은 와락 슬픔이 솟았다. 그러나 그 슬픔은 가난의 슬픔과 가난의 공포를 이겨내지 못했다.

메리는 떠나려는 신상일의 손을 잡고 다정한 말을 잊지 않았다.

"다시 센트럴파크에서 만납시다."

"안녕히 계십시오. 다시 만납시다."

하는 말을 남기고 3번가 50번지의 그 집을 하직했다.

10여 일이 짧은 동안이었지만 인생에 있어서 하나의 에포크를 그은 느낌으로 신상일의 감회는 깊었다.

16

뉴욕에 겨울이 깊었다.

허드슨이 차가운 빛깔로 흘렀다.

"금년 겨울은 천국과 같아."

하며 훈훈하게 타는 오일 스토브 옆에 앉아, 헬렌과 낸시는 흐뭇해했다.

얼마간 계속될지 모르는 그 훈훈한 겨울의 낙원이 신상일의 절도행위에 의해 마련된 것이라면, 인생의 행복이란 너무나 서글프다.

"따뜻한 방에 앉아 겨울의 허드슨을 보는 것과, 춥디추운 방에서 벌벌 떨며 허드슨을 보는 느낌은 전연 달라요."

하며 어느 날 낸시는 홀쩍홀쩍 울기 시작했다. 그때 헬렌은 방에 없었다.

신상일은 그 까닭을 묻지도 않았다.

울어야 할 원인과 동기가 얼마나 많겠는가 싶어서였다. 천재 디자이너로서의 화려한 인기, 너무나 활달했기 때문에 생겨난 갖가지의 오해.

끝내 재능을 펴지 못하고 영락을 자초한 사람. 너무나 깊은 정을 가졌기에 사랑에 빠져, 영영 헤어 나올 수 없는 늪에 빠져든 박행薄幸한 여인……

옛날의 아름다움은 온 데 간 데 없고, 눈언저리와 눈동자에만 그 흔적을 간신히 남기고 있는 낸시의 울고 있는 모습을 곁에 하고 앉았기란 정말 따분했지만 어쩔 수가 없었다. 거리는 영하 20도를 밑도는 추위인 것이다.

"알렉스에게 단 하루라도 이런 겨울날을 지내게 했더라면……."

낸시는 이런 외마디 소릴 지르더니 이윽고 목청을 놓아 울기 시작했다.

"이웃 방 사람이 들을라! 울어도 좋지만 소리 내지 말아요."

신상일이 타일렀다.

"이웃 방이 들으면 어때요? 뉴욕 시장이 듣고 앰뷸런스를 보낼 만큼 크게 울고 싶어요."

하고 낸시는 양팔을 들고 몸부림을 치더니 울음을 그쳤다. 그리고는 넋두리가 시작되었다.

"알렉스는 겨울에 대한 공포가 심했어요. 있는 대로 담요를 뒤집어쓰고 벌벌 떨며 지냈어요. 겨울엔 그림을 그리지도 못하고 죽어지내는 거죠. 그가 자살한 것은 가을이었어요. 결국 다가오는 겨울에 대한 공포에 질려 죽은 거예요. 추우면 각혈咯血이 심했고요.

불쌍한 알렉스! 아마 나도 언젠가 알렉스처럼 각혈할 거예요. 그땐 어떻게 하죠? 신 선생님을 불쾌하게 하고 헬렌을 겁먹게 하구……. 허

228

드슨강에 몸을 던지기만 하면 그만일 터지만 그건 너무나 무서워요."

신싱일은 낸시의 병세가 진행되어가고 있다는 것을 알고 있었다. 저녁나절이면 가죽만 남은 양 뺨에 곤지라도 찍은 것처럼 붉은 반점이 나타나고, 갑자기 기침이 시작되면 심히 한 시간은 호흡곤란으로 고통을 느끼곤 했기 때문이다.

"그러지 말고 병원에 가보지."

신상일은 천 달러 남짓한 돈을 가지고 있다는 느긋한 마음과 안타까운 심정으로 가끔 이렇게 권고를 해보는 것이지만 낸시는 고개를 살래살래 흔들었다.

"병원에 가기만 하면 격리隔離돼요. 어차피 죽을 형편인데 고독하고 처참하게 죽긴 싫어요. 날 신 선생님과 헬렌 옆에 있도록 해주세요."

이토록 애원하는 것을 들으면 강제로 끌고 갈 수도 없었다. 그래도 헬렌은 영리했다. 어디에선가 늙은 흑인 의사를 끌고 와서 두 달치의 처방을 얻어 낸시를 위한 약을 사왔다. 그 약 때문에 낸시는 지금 소강상태小康狀態를 유지하고 있는 터였다.

매일처럼 허드슨을 내려다보고 있으면 허드슨이 말을 하기 시작한다.

'어째서 대서양변의 이 장소에 이처럼 거대한 도시가 형성되게 되었는지 아는가?'

하는 질문으로 비롯된 허드슨의 얘기는 끝 간 데를 모른다. 그것도 또한 오일 스토브의 협력이 있었기 때문일 것이다. 사람은 추위 이외의 말을 듣지 못한다. 설혹 허드슨이 천래天來의 음악을 연주한다고 해도 추위는 사람의 귀를 닫게 만들고, 심장을 얼어붙게 한다. 얼어붙은 심장이 무슨 소리에 감응하셨는가.

이것은 낸시의 사상이다. 낸시는 알렉스의 얘기를 하며

"추우면 추위 이외의 아무것도 보지 못해요. 춥고 배고픈 눈은 추운 의상을 두른 죽음밖엔 보지 못해요. 그런데 지금 우리는 추위 이외의 소리를 들을 수 있고 추위 이외의 것을 볼 수가 있으니 얼마나 행복해요."

하고 신상일에게 허드슨의 얘기를 들으라고 했다.

허드슨은 말한다.

'1600년대 초까지만 해도 맨해튼은 인디언들이 살고 있던 조그만 부락이었지요. 인디언들은 근처 원시림에서 나는 야생의 능금을 따먹기도 하고 고기잡이를 하기도 하며 편하게 살았던 겁니다……

헨리 허드슨이 맨해튼을 발견한 것은 1609년, 1622년, 당시의 총독 피터 뮤니트가 인디언으로부터 60길더 당시의 환산율로 쳐서 24달러로 사들인 겁니다……

단돈 24달러란 말입니다. 지금 이렇게 거창한 맨해튼의 값이 24달러였다니 놀라지 않을 수 있어요?……

그게 불과 3백 년 전의 일입니다. 지금 어떻게 되어 있는지 아십니까? 맨해튼의 부동산세不動産稅만 해도 연간 72억 달러, 건물 평가 70억 달러라고 합니다……

허드슨이 헨리 허드슨의 이름을 쓴 채 3백 년을 흐르는 동안 24달러
가 수천억 달러의 재산으로 불어났다는 얘기지요. 불과 백 명 내외의
인구가 1천만으로 불어나고요…….

　뿐만 아니라 이곳에서 연출된 갖가지의 희비극喜悲劇을 어찌 말로 다
하겠습니까. 허드슨에 빠져 죽은 사람의 수가 얼마나 될까요? 아무도
모릅니다. 시체가 떠오르기 전에 고기밥이 된 것도 상당수일 것이고 대
서양으로 흘러내려 찾을 수 없게 된 숫자도 엄청나니까요…….

　뉴욕에서 자살한 자, 그 수도 알 수가 없습니다. 살해당한 자, 그 수
도 알 수 없습니다. 굶어 죽은 자, 그 수도 알 수 없습니다…….

　성공한 자도 부지기수겠죠. 가령 루스벨트 같은 사람, 그 사람은 뉴
욕 지사를 하다가 대통령이 된 사람이죠. 그러나 지금은 죽고 없습니
다…….

　록펠러! 성공자의 귀감이지요. 그런데 록펠러 3세는 인도네시아의
식인종食人種들에게 잡아 먹혔습니다. 그들 인도네시아의 식인종들은,
자기들은 알지도 못한 채 세계에서 제일 비싼 고기를 먹은 셈이죠. 세
계에서 가장 번화하고 편리한 뉴욕을 두고, 그 호사스런 저택과 음식을
두고 록펠러 3세는 무엇 때문에 인도네시아의 정글까지 가서 식인종들
에게 잡아먹혔을까요? 잡아먹히려 일부러 그곳까지 갔다는 얘기도 되
지 않겠습니까? 운명입니다…….

　나, 허드슨은 운명을 말하려는 겁니다. 아니 허드슨이 운명이지요.’

　허드슨이 얘기는 긴 데글 노튼다.

맨해튼의 남부에 성벽城壁을 둘러치고 독립행정시獨立行政市를 만든 것이 1653년. 그러나 지금은 월가街란 이름만 남고 성벽은 없어져 버렸다. 어느덧 뉴욕의 불모不毛의 땅으로부터 활기 넘치는 새 도회로 급속한 발전을 하게 되었던 것이다.

신대륙을 개척하기 위해선 구대륙으로부터 막대한 물자가 들어와야 하는 것인데, 그 대부분이 뉴욕을 거쳤기 때문에 발달의 속도는 빨랐다.

뉴욕을 발전시킨 가장 큰 원인은 허드슨강에 있다. 허드슨을 통해 멀리 중서부中西部와 오대호五大湖까지 연결할 수가 있다. 모든 물자가 뉴욕에 모여들게 된 원인이 여기에 있다. 이처럼 허드슨은 뉴욕을 만들고 미국을 만들었다. 신상일은 겨울의 경치 속을 흐르는 허드슨의 얘기를 들으며 세계지리와 세계역사를 자기 가슴속에 새겼다.

허드슨·아마존·나일·갠지스·양자강·한강…… 이들 갖가지 강에 얽힌 사연들의 슬픔이여! 사람에게 눈물이 있듯이 지구엔 강이 있다고 할 것인가. 신상일은 서투른 시를 써볼 마음까지 가꾸게 되었다.

'그러나 나는 시를 써선 안 된다. 사랑하는 아내와 딸을 보호하지 못한 주제에 무슨 시냐? 무슨 노래냐!'

신상일의 나날은 여전히 음울했다.

그의 일견 안온한 겨울의 나날은 메리의 서재에서 훔쳐낸 천 달러의 돈으로써 지탱되어 있는 것이다. 하지만 신상일은 그 돈을 훔쳤다는 사실을 뉘우치고 있는 것은 아니었다. 그런 사실 자체가 슬프기만 한 것이다.

크리스마스를 지내고 새해에 들어서자 맹렬한 한파가 들이닥쳤다. 어느 날 밤 헬렌이 지쳐서 돌아왔다.

신상일은 그녀의 이마에 손을 대봤다. 손바닥이 따끈할 정도의 열이 있었다.

"빨리 가서 누워!"

하고 신상일은 오일 스토브의 심지를 돋우고 물을 끓였다. 있는 대로의 담요를 들어다 헬렌을 덮었다.

낸시가 식당에 나가고 없어 신상일은 어쩔 줄을 몰랐다. 웬만하면 재잘거리기라도 할 것인데 헬렌은 말이 없었다. 그것이 더욱 안타까웠다.

물을 끓여 설탕을 타서 헬렌에게 가지고 갔다.

"헬렌, 설탕물을 마셔!"

감고 있던 눈을 뜨며 헬렌은 웃으려고 하는 모양이었으나 웃는 표정이 되질 않았다.

"헬렌, 어떻게 된 거야?"

헬렌은 입술을 달싹거렸다. 그런데 말은 되질 않았다.

신상일은 스푼으로 설탕물을 떠 넣어주었다. 한 숟갈, 두 숟갈, 세 숟갈, 글라스가 비어버리도록 헬렌은 물을 마셨다.

그만큼 갈증이 심했던 모양이다.

"아, 참! 아스피린이 있었구나."

신상일은 낸시가 먹던 아스피린을 찾아내어 헬렌에게 먹였다.

헬렌은 스스르 잠에 빠져들었다.

신상일은 잠든 헬렌을 보며.

"아아, 이 아이가 죽기라도 하면 어쩌지?"

하는 생각으로 몸을 떨었다.

헬렌과 낸시. 그 가운데 누구라도 죽으면 도무지 살아갈 수 있을 것 같지 않았다. 신상일은 어느새 들어버린 헬렌과의 정을 생각했다.

"헬렌이 없었더라면 나는 벌써 죽었을지 모른다."

라는 상념이 솟기도 했다.

가혹한 운명 속에 나타난 헬렌! 절망한 신상일에게 운명이 보내준 검은 천사.

"제발 죽지만 말아다오!"

신상일은 어떤 신을 상대로 한 것이 아니라, 그저 비는 마음으로 되었다.

"낸시는 오늘 따라 왜 이렇게 늦을까?"

낸시는 오늘 아침 기침을 하면서 식당엘 나갔다. 여느 때엔 점심시간쯤에 나가 저녁 일곱 시가 되면 돌아오는 것인데, 열한 시가 지났는데도 돌아오지 않으니 불안할 수밖에 없었다.

신상일은 의자를 헬렌의 머리맡 근처에 갖다 놓고 앉았다. 이 밤 따라 헬렌의 검은 얼굴빛이 바래진 녹빛깔로 보였다. 건강할 때의 헬렌은 에보니를 닮아 윤기와 광택이 흘렀었는데…….

신상일이 헬렌을 통해 안 것은, 아니 발견한 것은 검은 빛깔의 아름다움이다. 검은 빛깔엔 생명의 순수함이 응집되어 있는 듯한 밀도가 있다. 순수하고 밀도가 있고 깊이가 있는 검은 빛, 정이 들면 들수록 오묘하고 정다워지는 빛, 이에 비하면 백인白人의 하얀 얼굴, 황인黃人의 누

234

런 얼굴은 불결하기 짝이 없었다. 흑인의 검은 빛이 지닌 정밀과 우아함을 잃었다는 것, 이것도 헬렌의 덕택인 것이다……

어느새 헬렌의 눈이 뜨여 있었다.

신상일은 깜짝 놀랐다.

"어때, 기분이?"

눈동자가 약간 움직였다.

머리를 짚어 보았다.

여전히 열은 높았다.

"낸시가 오면 의사를 부르자."

보일까 말까 헬렌이 머리를 저었다.

"미스터 신!"

하고 헬렌이 가냘프게나마 입을 연 것은, 그리고도 한시간쯤 지나서였다.

"왜?"

"낸시가 왜 아직 안 돌아오죠?"

"글쎄다."

"이런 일이 또 있었어요?"

"없었는데……."

"걱정이 되는데요."

"낸시 걱정은 말고 헬렌 걱정이나 해!"

"내 걱정은 왜?"

"열이 나 있으니까!"

"그래도 나는 이렇게 누워 있는 걸. 미스터 신이 옆에 있고."

"빨리 열이 내려야 할 텐데……."

"열이야 내리겠지 뭐."

"그런데 갑자기 어떻게 된 거야?"

헬렌은 다시 눈을 감으며 중얼거렸다.

"크리스마스를 전후해서 오늘까지 2주일 동안, 난 한 사람도 만나지 못했어요."

"……."

"추운 거리를 너댓 시간 헤매고 있었는데도 말에요…"

"……."

"추위에 지치고……, 그런데 미스터 신!"

"응."

"추우면 남자들의 그것 얼어붙는 건가?"

"남자들의 그것이라니?"

"미스터 신은 바보야. 페니스말야, 페니스. 추우면 그게 얼어붙어?"

신상일은 실소失笑할 밖에 없었다. 그 대신

"헬렌, 병이 낫더라도 이젠 거리에 나가지 마!"

"어떻게 살고?"

"내가 먹여줄게."

"불법체류자가?"

"불법체류자라도 방법은 있어."

"웃기지 말아요."

"겨울 동안만이라도 나가지 마!"

"남자들의 그것이 얼어붙으니까?"

"말을 그렇게 하지 마. 생각해볼게. 되게 춥든가 덥든가 슬프든가 하면 사람이란 그런 생각을 못하게 되는 거야. 이 추운 겨울에 관광객이 있을 까닭도 없고 말이야."

"그건 그럴듯해."

"그러니까 거리엔 나가지 마. 또 이렇게 아프면 큰일 아냐? 그 대신 내 용돈을 주지 백 달러쯤 말야."

"그런 여유가 어디 있어요?"

"메리 집에서 번 게 있어."

"거지반 다 썼을 텐데!"

"아직도 남아 있어."

"그러나 그건 안 돼요! 앞으로도 길고 긴 인생을 살아야 하니까요."

그날 밤 낸시가 돌아온 것은 오전 한 시가 넘어서였다. 쿠바인 식당에서 쿠바 망명인들의 잔치가 있었는데, 그것을 끝까지 돌봐주느라고 늦었다는 얘기였다.

그때 헬렌은 잠들어 있었다. 신상일로부터 헬렌이 아프다는 말을 듣자 낸시는 황급히 헬렌에게로 가서 머리를 짚었다.

"심한 열이군!"

"세 시간 전부터 그래."

"세 시간 전부터?"

낸시는 놀래는 표정이 되더니 금시에 눈물이 글썽했다.

"아아, 이 불쌍한 것!"

낸시의 말이 너무나 질박해서 신상일은 목이 메었다. 너무나 불쌍한 여자가 또 하나 너무나 불쌍한 여자를 보고, 아아 이 불쌍한 것이라고 울먹일 때, 역시 너무나 불쌍한 이 사나이는 어떻게 해야 하느냐 싶어 서였다.

"이 아이를 거리에 내보내지 말도록 해야겠어."

하고 낸시는 탁자 옆으로 돌아와 이곳저곳 포켓을 털기 시작했다. 1달러 지폐, 5달러 지폐, 코인 등이 다음다음으로 나왔다.

"내가 수고한다고 손님들이 준 팁이에요. 같이 세어봐요."

총액이 180달러 50센트였다.

"신 선생님이 내놓은 돈에 이것을 보태면, 헬렌을 거리에 내보내지 않고도 석 달은 살 수 있겠죠?"

신상일은 오픈으로 되어 있는 비행기표를 상기했다.

"내 비행기표를 팔면 5백 달러는 될 건데……."

"그건 안 돼요!"

낸시는 신상일의 말문을 막았다. 낸시는 언젠가 신상일이 그런 제안을 했을 때, 이민국 관리들에게 적발되었을 경우에 돌아갈 비행기표를 가지고 있으면 순순히 본국 송환으로 끝내지만, 그렇지 않았을 땐 유치장에 수용되는 등 굴욕적인 처우를 받아야 한다면서 거절했던 것이다.

"낸시, 나는 죽어도 고국으로 돌아갈 생각 없어. 붙들려 본국 송환이 될 경우면 죽을 수밖에. 그러니 이 비행기표를 팝시다. 그래서 돈을 만

들어 헬렌이 거리에 안 나가도 되도록 합시다."

"좋아요. 나도 신 선생님을 떠나보내고는 살 수 없어요. 이 애도 그렇고요. 그럴 경우는 같이 죽는 거죠."

신상일이 낸시의 손을 잡았다.

커튼 틈으로 뉴저지의 불빛이 보였다. 보이지 않으나 허드슨은 흐르고 있을 것이었다.

"이 리버사이드의 아파트에서 신상일과 나, 그리고 헬렌이 버틸 수 있을 때까지 버티다가 죽는 거예요. 그렇죠?"

이렇게 말하는 낸시의 눈의 눈물이 아름다웠다.

두 사람은 헬렌의 침대 옆으로 가서 잠자는 헬렌의 얼굴을 지켜보았다.

17

강철빛이었던 허드슨의 강물빛에 부드러운 색감이 섞였다.

봄이 오는가 보았다. 리버사이드 드라이브의 가로수에도 물이 오르는 기색이었다.

얼마나 고대했던 봄이던가. 신상일은 오랜만에 센트럴파크에 나가 보았다. 그 벤치에 메리의 모습은 보이지 않았다. 노녀가 외출하기엔 날씨가 아직 쌀쌀한 탓일 것이었다.

아파트를 돌아오다가 강변 공원에서 잠시 쉬었다. 그때 뒤쪽에서

"혹시?"

하는 한국말이 들렸다.

돌아보았다. 24, 5세로 보이는 젊은 여자가 베레모에 베이지색 코트를 입고 어깨엔 빽을 메고 손을 포켓에 넣은 자세로 서있었다.

신상일은 다음 말을 기다렸다.

"한국인이시죠?"

"그렇습니다만······."

"저 아파트에 사시죠?"

여자는 신상일이 살고 있는 아파트를 가리켰다.

"그렇습니다."

"나도 저 아파트에 살아요. 503호에요."

"아, 그렇습니까?"

했지만 신상일은 자신의 방 호수를 대진 않았다.

"선생님은 뭘 하시는 분이죠?"

"별로 하는 일이 없습니다. 당신은?"

"학생이에요."

"콜럼비아의?"

"예, 그래요."

"무슨 공부를 하십니까?"

"영문학을 하는 셈입니다만······"

하는 태도에 코겟트리가 있었다. 썩 잘난 편은 아니었지만 육감적인 매력이 넘쳐 있었다.

신상일은

"혹시 이 여자가?"

하는 생각을 해보았다.

지난여름, 흑백 두 청년을 불러들였다가 경찰을 출동시키기까지 한 사건의 주인공은 아닐까, 하고.

'그러나 그럴 리가······.'

했던 것은, 그런 사건을 일으켜놓고 같은 아파트에 머물러 있을 순 없을 것이란 짐작 때문이었다.

"같은 아파트에 있으면서도 서로 모르고 지냈으니……."

하다가 그녀는 곧 다음과 같이 말을 보탰다.

"하기야, 십 년을 이웃하고 살면서도 옆에 누구가 있는질 모르고 지내는 것이 미국 아파트의 생활풍토이기도 하니까요."

신상일은 낸시를 아느냐고 물으려다가 말고

"당신 말고도 저 아파트에 사는 한국인이 있습니까?"

하고 물었다.

"아마 있는 모양이에요. 확인은 못했지만요. 이민국 관리가 가끔 절 찾아와요. 그리곤 이 아파트에 한국인으로서 불법체류자가 있는 모양인데 아느냐고 묻곤 하거든요."

신상일은 덜렁 겁이 났다.

"그래서 그 사실을 알려주려고 아파트 거주자의 명부를 챙겨보았지만 한국인 명의론 나밖에 없었어요. 그런데 선생님은 누구의 명의로 된 방에 사시죠?"

"나는 어떤 미국인에게 세 빌려 들었을 뿐이니까요. 방은 그 사람 이름으로 되어 있죠. 헌데 기억은 하지 못해요."

"몇 호실이에요? 가끔 놀러가도 되지 않을까요?"

"나에겐 동거인이 있습니다. 그래서……."

"동거인은 여자? 남자?"

"남자입니다."

"그 남자는 뭘 하는데요?"

"상사에 다니는 사람입니다."

신상일은 왠지 불안해서 그 여자와의 대화를 끝내려고 했으나, 여자는 전화번호까지 써주며

"전화하시고 놀러오세요."

하곤 이름을 물었다.

"이름은 신."

하고 어릴 때 부르던 이름을 댔다.

"신효동입니다."

"지금 바쁘지 않으세요?"

공원에서 빈둥빈둥하고 있는 처지라서 바쁘다는 소리가 쉽게 나오질 않았다.

"안 바쁘시면 같이 브로드웨이로 나갑시다. 난 오랜만에 브로드웨이에나 가서 섹스영화라도 볼까 해서 나왔어요."

"그럴 여가는 없습니다. 지금부터 만나 볼 사람이 있어서요."

"그럼 또 만납시다."

하고 걸어가다가 돌아서더니 말했다.

"제 이름은 이숙경이에요."

여자가 멀어져 가자 겨우 안도의 숨을 내쉬고 신상일은 생각했다.

"초면의 사람을 보고 섹스영화를 보러 간다는 소릴 예사로 할 수 있는 심장이란 어떻게 되어 있는 걸까? 저런 것을 활달하다고 할 수 있는 걸까. 미국에서 교육을 받으면 저런 여자가 되는 걸까!"

아파트로 돌아와 낸시가 오길 기다려 이숙경을 만난 얘기를 했다.
낸시가 새파랗게 질린 얼굴이 되었다.

"흑백투쟁을 일으킨 바로 그 여자예요."

하고 낸시는

"그러나 그게 문제가 아니고 이민국 관리에게 신 선생님의 존재를
알린다는 것이 문제예요."

하며 어쩔 줄을 몰랐다.

신상일은 이름도 대지 않고 호수도 말하지 않았으며, 동거인이 남자
라고 속였다고 했다.

"그래도 한국인이, 명부에 없는 한국인이 이 아파트에 있다는 사실
을 확인하기만 하면 그만예요. 어떻게 하죠?"

한국말로 하고 있었다. 낸시의 당황해하는 품을 알고 헬렌이 옆으로
와서 물었다.

"무슨 일이 생겼어요?"

낸시의 소상한 설명이 있었다.

"미스터 신과 낸시는 즉시 결혼할 것! 이것밖엔 해결책이 없어요."

낸시가 신상일의 눈치를 살폈다.

신상일은 우물쭈물했다. 사태가 너무나 뜻밖인 방향으로 진행되었
기 때문이다.

"미국에선 남자가 프러포즈 하게 돼 있습니다."

헬렌은 장난기도 없이 말했다.

신상일은 그래도 어물어물했다.

"시간 없어요! 빨리 프러포즈 하세요."

헬렌은 냉령소가 되었다.

"빨리!"

신상일은 뚜벅 말했다.

"나와 결혼해주시렵니까?"

"진심으로 원하세요?"

낸시의 얼굴은 굳어 있었다.

"진심으로 원합니다."

"그럼 승낙하죠."

낸시는 이렇게 말하고 물건들을 챙기기 시작했다.

"뭘 하는 거요?"

신상일이 물었다.

"결혼수속이 끝날 때까진 여기 있어선 안 되겠어요. 다른 데로 피해야죠. 결혼수속을 끝내자면 1주일은 걸려요. 공증인이다, 뭐다 하고요."

낸시의 설명이었다.

"우리 모두 할렘의 엔젤 호텔로 가요. 거기서 1주일쯤 지내죠 뭐."

낸시의 제안이었다.

한 시간 후 신상일과 헬렌은 엔젤 호텔로 갔다.

결혼식은 할렘의 흑인 교회에서 흑인 목사의 집전으로 거행되었다. 참석한 하객은 대부분이 쿠바에서 온 이민들이었다. 교회의 의식을 빌릴 필요는 없었으나 신상일의 모호한 법적 지위를 보충하기 위해선 그런 절차가 편리하다는 것과 어떤 신神이건 두 사람의 결혼에 신이 관여하는 것이 바람직하다고 의견을 모았기 때문이다.

결혼수속, 이민국과의 절충, 시민권의 획득 등 일체의 사무는 쿠바 출신의 변호사가 맡아주었다. 이렇게 해서 신상일은 불법체류자로서의 불안한 신세를 면하게 되었는데, 그러기 위한 비용으로 거금 3백 달러가 들었다. 그러나 신상일은 미국이란 나라의 고마움을 뼈저리게 느꼈다.

두 사람의 결혼을 가장 기뻐한 건 헬렌이었다. 결혼 후에도 세 사람의 생활엔 변동이 없다는 다짐을 실행하기 위해 헬렌은 신상일과 같이 모든 수속이 끝나길 기다려 리버사이드의 아파트로 돌아왔다.

그들이 리버사이드의 아파트로 돌아온 지 삼일 후, 이민국 관리들의 습격을 받았다. 허탈한 것은 물론 이민국 관리들이었다. 낸시가 제반 증명서류를 제출할 수 있었기 때문이다.

이민국 관리가 돌아가고 난 뒤 낸시가 말했다.

"이숙경이란 여자의 밀고가 확실하지만, 우린 이숙경을 욕하지 맙시다. 도리어 감사를 드립시다. 그 여자 덕택으로 우린 부부가 되고 당신은 시민권을 얻을 수 있었으니까요."

방의 3분의 2, 3분의 1의 공간으로 나눠 칸막이를 했다. 3분의 1의 공간을 헬렌이 차지하고, 3분의 2의 공간은 신상일과 낸시가 차지했다. 그렇다고는 하나, 평상시엔 같이 어울려 있다가 잠을 잘 때만 그렇게 나뉜다는 뜻이다.

불법체류의 신분에서 벗어나사 신상일의 남성이 되살아났다. 그런데 놀랄 수밖에 없었던 것은, 그 뼈와 가죽만 남은 낸시의 어느 곳에도 그처럼 풍부하고 격렬한 정염이 숨어 있었던가 싶을 만큼 낸시의 욕망이 강렬하다는 사실이다.

낸시는 헬렌이 없기만 하면 낮에도 신상일을 요구했다. 밤엔 헬렌이 잠들었건 깨어 있건 아랑곳없이 정염을 발산했다.

"아아, 이대로 죽고 싶어요!"

하는 것이 신상일의 품안에서의 낸시의 말버릇이었다.

이렇게 되고 보니, 리버사이드의 봄은 아늑하고 달콤하고 행복한 나날이었다. 앞으로의 계획을 세우게도 되었다.

쿠바인들의 협력을 얻어 코리안 레스토랑을 해보자는 계획이 구체화되었다. 그렇게만 되면 헬렌이 일자리도 얻게도 된다.

장소는 어디가 좋을까?

낸시는 그리니치빌리지가 좋겠다는 안을 냈다.

신상일은 낸시와 헬렌을 데리고 그리니치빌리지 이곳저곳을 헤맸다. 그런 결과 신상일은 그리니치빌리지에 관한 견식을 갖게 되었다.

그리니치빌리지 일대는 가난한 곳인지 부자들이 사는 곳인지 분간할 수가 없었다. 가난한 화가·음악가·연극인이 살고 있는 것은 사실이지만, 뜻밖에 호사스런 일면도 있기 때문이다. 값이 비싼 음식을 파는 카페나 살롱이 만원을 이루고 있는가 하면, 공원의 벤치에 앉아 싸구려 샌드위치로 허기를 면하고 있는 사람들도 있는 것이다. 깜짝 놀랄 정도의 미술품이나 골동품이 가게에 진열되어 있는 것을 보면 그만한 수요를 그 지대가 가지고 있다는 뜻으로 되는 것이고, 히피 스타일, 거지 스타일을 한 정체불명의 족속들이 범람하고 있는 가운데 뜻밖인 거물들이 불쑥 나타나기도 한다.

어느 날 신상일은 낸시와 헬렌과 함께 워싱턴 광장의 녹지대를 건너 뉴욕 대학의 뒤쪽을 걸어보았다. 그런데 서쪽 셸리단 광장이 있는 곳으로부터 동쪽 3번가에 이르기까지 가도 가도 적갈색赤褐色의 건물이 이어져 있는데, 그 벽돌 건물의 벽면에 흰 페인트로 '로프트'라고 쓰인 곳이 있었다. 상일이 낸시에게 물었다.

"저것, 로프트loft란 게 뭐지?"

"로프트란 창고란 뜻인데요. 저기엔 대개 화가들이나 무용가들이 살고 있어요. 전에 창고였던 장소를 이곳저곳 칸을 막아 각기 나름대로의 연구로 장식을 하고 살고 있는 거죠. 알렉스도 저런 로프트에서 살았어요. 내가 리버사이드로 데리고 가기 전엔요. 봄·여름·가을까진 지낼 만한데 겨울엔 견디지 못할 만큼 추워요. 스팀이 있기나 하나, 스토브가 있기나 하나, 영하 20도 30도의 추위를 몇 장의 담요와 체온만으로 지탱하려고 하니 그 고통이 보통이겠어요."

그 로프트가 연속되어 있는 곳을 지나면 7번지에서 바로오가街에 이르는 중심부가 나온다. 유명한 카페가 있고, 극장이 있고 초상화가가 있고, 골동품점이 있다. 뭐라고 표현할 순 없으나 어떤 향수가 서려 있는 듯한 그런 곳이다.

신상일이 말했다.

"이런 곳에 가게를 내서 고기를 굽고 곱창 같은 것을 구워 싸구려 술을 곁들어 팔면 격에 맞을 것 같다."

이에 대해 낸시는

"이곳은 무슨 까닭인지 엄청나게 집값이 비싼 곳이에요."

하고 좀 더 걸어보자고 했다.

한참을 걷다가 3번가의 삼각형 모서리에 이르자 낸시는 조그만 한 커피점 안으로 들어갔다. 신상일과 헬렌이 뒤따랐다.

길에서 3단 계단을 내린 곳에 입구가 있고, 바닥은 벽돌을 깐 그대로였다. 주변의 벽에서 천정까지 옛날 연극과 음악회의 포스터가 꽉 차게 발려 있었다. 한구석에 피아노가 뚜껑이 열린 채 놓여 있었다. 그런데 가게의 분위기를 보아 정해진 연주자가 있는 것 같진 않았다.

낸시의 설명이 있었다.

"누구이건 연주하고 싶으면 연주해도 좋다는 뜻으로 저렇게 뚜껑을 열어놓고 있는 거예요. 조금 기다려보세요. 누군가가 연주할 테니까."

웨이터가 메뉴를 가지고 왔다. 그런데 그것이 커피의 메뉴라는데 신상일은 놀랐다. 아마 20종은 넘을 커피 이름이 열거되어 있었기 때문이다. 낸시는 헬렌과 무슨 말을 주고 받더니

"카푸치노 석 잔!"

하고 주문했다.

이윽고 한국의 작은 밥그릇쯤 되는 그릇에 보기만 해도 농도가 짙을 성 싶은 커피가 담뿍 남겨져 왔다. 신상일은 커피에 설탕을 타 먹는 버

롯이 아니었지만, 그 커피만은 설탕 없인 마실 수 없을 정도로 썼다.

"나이스!"

를 연발하며 헬렌은 커피를 즐겼다.

커피를 마시고 있는데 몸집이 큰 흑인이 쑥 들어서더니 주인하고 인사를 주고받곤 피아노 앞에 앉았다.

장난스럽게 몸을 흔들고 눈동자를 굴리며 연주하기 시작했는데, 음악엔 전연 소양이 없는 신상일로서도 감탄하지 않을 수 없는 음량이 흘러나왔다.

"베르디의 곡이에요."

낸시가 나직이 속삭였다.

과연 명연주라고 할 수 있었다.

그 곡이 끝나자 저편 자리에 앉아 있던 청년이 박수를 쳤다. 연주자는 그곳을 보고 꾸벅 절을 하곤 다시 연주를 시작했다. 아까 것보다도 더욱 감미로운 음색이며 선율이었다.

"저건 쇼팽."

하고 낸시는 눈을 감고 들었다.

쇼팽이 끝나자 그 흑인은 다시 아까의 청년이 박수를 쳤는데 이번엔 그쪽을 보지도 않고 일어서서 훌쩍 바깥으로 나가버렸다.

"유명한 음악가 같은데!"

신상일이 감탄했다.

"설마 델로니어스 몽크는 아닐 테고……."

낸시가 말하자 언제 근처에 와 있었던지 주인이 말했다.

"그 사람이 바로 델로니어스 몽크입니다."

낸시의 놀란 표정이 볼 만했다.

주인이 저편으로 가고난 뒤 낸시가

"델로니어스 몽크는 세계적인 피아니스트에요. 그런 사람이 여기에 ……."

하곤 덧붙였다.

"뉴욕은 매일처럼 어디에선가 기적이 나타나는 곳이에요."

청년 둘이 들어와 옆자리에 앉아 타블로이드 신문을 펴들었다. 표제가 '빌리지 보이스'였다.

신상일이 그 신문을 눈으로 가리키며 물었다.

"저게 그리니치빌리지에서 발행하는 신문인가?"

"저건 광고신문이에요. 빈 로프트가 있다든가, 배우 채용시험이 있다든가, 소극장에선 무슨 연극을 하고 있다든가 하는 것을 소개하는 신문이죠."

"배우 채용시험?"

"매주 어딘가에 배우 채용시험이 있어요."

하더니 낸시는

"우리 여기까지 온 김에 연극이나 하나 보고 갈까요?"

하고 상일과 헬렌의 눈치를 살폈다.

"3, 3은 9. 9달러?"

헬렌이 찬성하지 않는 표정으로 말했다. 신상일은 그 표정으로 말뜻을 알았다. 입깅료가 일인낭 3달러, 셋이면 9달런데 그런 돈을 써서야 되겠느냐는 뜻이다.

"9달러로써 행복을 사보는 것도 좋지 않아?"

신상일도 연극을 보고 싶었다. 뉴욕에 온 지 벌써 1년이 가까워 오는데 극장에 간 적이 없었던 것이다.

"헬렌, 모처럼의 호사를 한 번 해보자꾸나!"

헬렌은 눈동자를 굴리며 고개를 끄덕했다.

빌리지 하우스의 극장엘 가자고 하고서 낸시는

"지금 거기선 〈동물원 이야기〉와 사무엘 베케트의 〈그랫프 사무엘 베케트〉를 하고 있을 거예요."

하고 했다.

〈동물원 이야기〉를 쓴 에드워드 올비는 전도가 촉망되는 신진 극작가라는 것이며, 이 연극은 4년째 연속공연하고 있다는 것이다.

"알렉스는 이 연극을 보고 싶어 했는데 결국 보지 못하고 죽었어요."

하고 낸시는 눈물을 닦았다.

"새 남편 앞에서 먼저 남편 얘기는 말라, 하는 게 어느 에티켓 교본에 있다고 하던데. 낸시, 조심해요!"

헬렌의 익살에 신상일도 낸시도 웃었다.

빌리지 하우스 극장으로 가려면 동에서 서로, 아까 걸었던 길을 거꾸로 걸어야 하는데 그 도중에서 오간 얘기들이다.

보통 아파트의 반 지하실을 개조해서 만든 이 극장은 채소점 바로 옆에 있었는데, 홍백색紅白色으론 어우른 파골라에 그다지 크지 않은 글자로 씌어져 있어, 주의 깊게 보지 않으면 눈에 띄이지도 않을 정도였다.

객석은 백 개쯤이나 될까. 손님은 객석의 반쯤 차 있었다. 커튼도 없는 좁은 무대에 조명기구가 노출된 채 있는, 살벌하고 빈약하기 짝이 없는 풍경이기도 했다. 관객들 대부분은 블루진에 점퍼 차림이었는데, 더러 턱시도의 예복을 갖춘 신사들의 모습도 있었다.

"턱시도 차림의 신사들도 있군."

신상일이 나직이 속삭이자

"빈약한 장소일수록 극장으로서 존경해주겠다는 마음을 먹었을 거예요. 이것이 미국이란 겁니다."

하고 낸시가 속삭였다.

연극이 시작되었다.

무대는 센트럴파크의 나무 그늘에 있는 벤치. 하얀 와이셔츠에 넥타이를 맨 단정한 중년의 사나이가 책을 읽고 있다. 보기만으로도 건실한 소시민이다.

청년이 돌연 나타났다. 대단히 흥분한 기색으로 중년의 사나이에게 말을 걸었다.

"동물원에서 무슨 사건이 있었는지 알고 있습니까?"

중년 사나이는 너무나 돌연한 질문이라서 말끄러미 청년을 쳐다본다.

"난 동물원에서 왔습니다. 나는…… 내일 조간신문에 날 겁니다, 그 사건의 얘기가. 오늘밤 텔레비전에서 방영할지도 모르죠. 헌데 당신은 텔레비전을 가지고 있소?"

"두 개 가지고 있습니다."

"그럼 결혼하셨군요."

"물론."

"무슨 까닭으로 그런 짓을…… 헌데 아이는?"

"아이는 둘이요."

"그 이상 만들지 않을 겁니까?"

"둘이나 있으면 그만이죠."

"그러나 그건 당신의 뜻이 아니라 부인의 의사겠죠?"

"그게 당신에게 무슨 관계가 있소? 쓸데없는 소리 말아요."

그래도 청년은 당혹하는 빛이 없이 코에 걸린 묘한 발음으로 중년신사에게 이것저것 묻는다.

"동물원에서 있었던 사건 얘기를 하기 전에 좀 더 물어보고 싶은 게 있는데 괜찮겠습니까? 내겐 사람들과 이야기할 기회가 없거든요. 때때로 누구하고라도 얘기가 하고 싶어진다, 이겁니다. 친구가 되고 싶기도 하고요……"

중년신사는 억지로 참는 눈치였다. 자기의 체면을 유지하기 위해서도, 선량한 시민의 의무로서도, 청년의 무례함에 관대하려고 애쓰는 태도가 역력히 보였다. 청년은 중년신사의 그런 마음엔 아랑곳 않고 터무니없는 말을 지껄여 재긴다.

"나는 남색가男色家입니다. 헌데 그게 뭐 나쁩니까?"

하다가

"나는 웨스트사이드의 다락방에 방 하나를 볼종이로서 칸막이 하고 둘이 살고 있죠."

하는 말도 하고

"칸막이 저편엔 이빨이 시커먼 흑인 남색가가 살고 있는데요. 그자는 일본식인 묘한 옷을 입곤 하루 종일 화장실에만 왔다 갔다 하고 있고요. 다락방이 또 하나 있는데 그 방에도 누가 살고 있긴 한데 누군진 몰라요. 나는 한 번도 그 자를 보지 못했으니까, 앞으로도 볼 수 없을 겁니다. 천지가 뒤엎어져도 볼 수 없겠죠."

중년신사는 동칠십번지東70番地의 고급 아파트에 두 아이와 아내와 고양이와 잉꼬 두 마리와 살고 있는 처지의 신분이다. 청년의 이야기가 듣기 싫기만 하다. 그러나 참는다. 청년은 계속 지껄인다.

"나는 이를테면 영원한 방랑자입니다. 양친도 없고 애인도 없고 어느 한 사람과도 뚜렷한 관계를 맺어본 적도 없고요. 내가 사는 아파트의 3층에 아침부터 저녁까지 소리를 죽여 울고만 있는 여자가 있는데 나는 그 여자의 얼굴을 본 적도 없으니까요. 동물도 그래요. 어떤 물건에도 애착이 없고요. 자고 있는 침대도 그 침대에 서 있는 버러지도……."

이어 청년은 하숙집 여주인이 기르고 있는 개와 자기와의 관계에 관한 긴 얘기를 한다.

"나는, 그 언제나 나만 보면 짖어대는 개를 회유하려고 했지요. 안 돼요, 그게. 그래서 그 개를 죽일 작정을 했죠. 결국 그 두 가지 다 실패하고 말았어요. 요컨대 개와 나는 타협해버린 겁니다……."

개에 관한 긴 얘기를 듣곤 중년신사는 싫증을 노골적으로 표명한다.

"나는 알 수가 없소. 당신이란 인간을 알 수도 없고 당신 하숙집 여주인과 여주인의 개도 전연 알 수가 없소."

중년신사가 모르는 것은 당연하다. 청년의 사고방식을 알 까닭이 없는 것이다. 중년신사는 자기와 자기 주변에 있는 것을 열심히 지키는 사람이다. 아내와 아이들을 위해서, 두 대의 텔레비전과 고급 아파트를 위해서, 두 마리의 잉꼬와 고양이를 위해서…… 그가 하고 있는 노력은 연 수입 1만 8천 달러를 확보하는 데 끝나는 것이 아니고, 아침저녁으로 아내와 아이들에게 키스를 해줘야 하고 고양이와 잉꼬에게 먹이도 주어야 한다. 이 일요일 오후, 한 권의 책을 들고 순간적인 고독을 즐기려고 한 것이지만, 이것도 따지고 보면 집에 돌아가서 혼신의 노력을 하기 위한 준비적 휴식인 것이다. 그런데 지금 눈앞에 있는 이 청년은 자기의 고독과 불안을 탓하기에 앞서 과연 그만한 노력을 했단 말인가?

중년신사는 말한다.

"난 집으로 가야겠소."

"조금 더 있다가 가시오, 조금만 더요."

"아냐, 잉꼬에게 먹이를 주어야 할 시간이요. 고양이도 기다리고 있을 테고. 아무튼 가야겠어."

그러자 청년은 까닭모를 소리를 냅다 지르면서 싸움을 건다. 청년은 중년신사에게 덤벼들어 진신을 간질이기 시작한다. 그래 놓곤 이번엔 신사가 앉아 있는 벤치를 내놓으라고 조른다. 신사를 밀쳐내려고까지 하며 벤치를 뺏으려고 한다. 온순한 중년신사의 마음속에 소유所有에 대한 본능적인 욕망이 솟아오른다. 신사는 분연히 일어서서 청년에게 대항한다. 청년은 어디에 숨기고 있었던지 나이프를 빼든다.

그런데 이상도 하다. 청년은 나이프를 땅위에 던지며 중년신사에게

"그걸 주워요."

하고 강요한다.

"당신이 그걸 가지면 나와 방불한 싸움이 된다, 이거야. 알겠지?"

"난 싫다."

중년신사가 거절하자 청년은 신사에게 침을 뱉고 덤벼들어선 목을 조르며 뺨을 때리기도 한다. 견디다 못해 신사가 나이프를 들었을 때

"이렇게 되길 난 기다렸다."

하며 청년이 돌진해 와선 그 나이프 위를 덮친다. 나이프는 청년의 배를 찔렀다. 중년신사는 소리가 되질 않는 비명을 지르며 나이프를 던지곤 뒷걸음친다.

"고마워 피터, 이제 됐다. 참으로 고마워요! 아아, 피터. 나는 걱정했었다. 당신이 나를 뿌리치고 가버리지나 않을까 해서…… 이것이 동물원에서 발생한 그 사건이었어요."

청년은 땅 위에서 몸부림치며 그러나 묘한 미소를 띠고 죽어간다.

극은 이렇게 끝났다.

의미를 파악하지 못했지만 신상일은 뒷맛이 썼다.

낸시도 헬렌도 비슷한 느낌이었던 모양으로 극장을 나와 십여 미터 걸을 동안에 서로 말이 없었다.

한참을 걷고 나서야 낸시의 말이 있었다.

"빌리지에 온 김에 영감님을 만나볼까 했는데 오늘은 그냥 돌아가야겠어요."

"그럽시다."

하고 신상일이 동의했다.

〈동물원 이야기〉는 보지 않은 것만 못했다. 아파트로 돌아오고 난 후에는 그 연극을 둘러싼 토론이 있었는데 각기 뒷맛이 쓴 모양으로 헬렌은

"그런 걸 연극이라고 쓰고 있는 사람도, 그걸 연극이라고 하고 있는 사람도, 그걸 연극이라고 보러 가는 사람도 모두 머저리야 머저리!"

하고 고개를 살래살래 저었다.

"그러니까 동물원 이야기라고 했는지도 모르지. 사회를 동물원이라고 보고, 그 동물원에서 발생한 사건이란 식의 비유. 그렇다 치더라도 사람들을 송두리째 무시한 연극이었어. 아아, 기분 나빠!"

하고 낸시도 우울한 표정이었다.

신상일인들 좋은 감정일 수가 없었다.

"그걸 쓴 사람은 에드워드 올비라고 되어 있던데, 관중을 조롱하기 위해서만, 오직 그 목적으로만 쓴 것이 아닐지. 거기엔 풍자도 없었어.

비극도 없었어. 그렇다고 해서 무슨 독특한 니힐리즘이 있는 것도 아니
고……."

하고 중얼거렸다.

　"사실을 말하자면 말야."

하고 헬렌이 이런 얘기를 시작했다.

　"뉴욕엔 그 이상의 난센스, 그 이하라고 해야 할까?

　그 이하의 난센스도 있어. 하루 종일 울기만 하고 있는 여자, 하루
종일 마약이나 술에 취해 있는 사람, 거대한 물건 때문에 여자를 얻지
못하는 남자, 임포가 되어 절망하는 사람, 컨트에 버터를 발라 가지곤
개에게 핥게 하면서 살고 있는 여자, 개를 아내로 한 남자, 색에 미친
딸을 달래는 아비, 닥치는 대로 겁탈을 하려고 덤비는 불량배 등, 이 도
시를 한거풀 벗겨 보면 그야말로 추악하기가 이를 데 없어. 그 추악한
인종 가운데의 하나가 분명히 나이기도 하지만, 오늘의 그 연극은 도대
체 뭐야? 죽기 위한 트릭으로서도 어처구니가 없고, 패잔한 룸펜의 깔
끔하게 사는 소시민에 대한 반항이라고 하기엔 너무나 시들하고, 나는
그곳에 갖다버린 9달러가 아까워 죽겠어!"

　"그러나 인생이 그 모양이어선 안 되겠다는 느낌만은 얻을 수 있지
않았어? 허무주의도 좋다, 그러나 좀 더 스마트 해야겠다. 자살도 좋
다, 그러나 좀 더 스마트 해야겠다. 아무에게나 무엇에게나 흥미가 없
어졌다, 그러나 남들이 보이지 않는 곳에 가서 숨어 사는 견식쯤은 있
어야겠다 그런 걸 배웠다는 것만으로도 9달러의 가치는 있다고 보는
데 ……."

낸시는 이렇게 주워 넘기고 있었지만 그녀 자신 무슨 얘기를 하고 있는지 모르는 것 같았다.

"추악한 것을 화제로 하면 얘기가 추하게 될 수밖에 없다. 음탕한 화제이면 얘기도 음탕하게 된다. 난센스가 화제로 오르면 얘기의 내용은 난센스. 아무래도 작자 올비는 무슨 복수를 꾀하고 있는 것 같다. 어처구니 는 화제를, 그것을 본 사람의 가정마다에 독소처럼 뿌려 한동안이나마 사람들을 불쾌하기 위해……."

그렇고 그런 연극이 장장 4년 동안이나 연속적으로 공연되고 있다는 사실은 무엇을 뜻하는 것일까? 그것도 뉴욕이 지닌 생리작용의 하나일까? 병리현상의 하나일까?

요컨대, 하고 신상일은 헬렌과 낸시를 돌아보며 말했다.

"철저하게 인간을 멸시하기 위해 쓰인 작품 같아. 잉꼬와 고양이에게 먹이를 주고, 아내와 딸들에게 하루 몇 번씩 사랑한다는 증거로서 키스를 하고, 성냥통 백 배쯤 되는 크기의 아파트를 지키기 위해서 기를 쓰는 안타까운 소시민을 경멸할 필요는 없는 것이 아닌가?

잉꼬와 고양이도 가지지 않은 사람이 만만세란 말인가? 나는 가정 하나를 지키지 못해 이처럼 절망하고 있는데…… 헬렌에게 예쁜 블라우스 하나 사주지 못해 이렇게 안타까운데, 도대체 그자는 어쩌자고 그런 연극을 써서 사람의 간을 뒤집어 놓는가 말이다."

신상일은 말하는 동안 까닭도 없이 흥분의 도가 높아가는 스스로를 발견했다.

"인간이란 백번 좌절할망정 보다 착한 것을 지향해야 하는 것이다.

백 번 실패를 하더라도 보다 아름다운 것을 지향해야 하는 것이다. 어떤 곤란이 있어도 모두들 보다 화려하게 살도록 애써야 하는 것이다. 그런데 올비는 인간의 이러한 소박한 소망을 짓밟으려 하고 있는 것이 아닌가……. 이왕 죽으려면 고운 달밤에 죽고 싶다. 내가 죽은 뒤에도 청명한 날씨는 계속되어야 한다."

낸시와 헬렌이 갑자기 흥분한 신상일을 멍청히 바라보고만 있었다. 신상일이 말했다.

"난 뉴욕이 두려워졌어. 〈동물원 이야기〉가 4년 동안이나 공연되고 있는 뉴욕이 두려워졌어."

그러자 낸시가 깔깔대고 웃었다.

"당신, 뉴욕의 인구는 천만에 가까워요. 그 천만 가까운 인구 가운데 백 명이 그걸 보러 가는 거예요. 뉴욕과 〈동물원 이야기〉 사이에 어떤 관계가 있다면, 그건 뉴욕의 청과시장과 그 청과시장에 살고 있는 쥐들과의 관계만 한 거예요."

헬렌이 신상일 옆으로 와서 목을 안았다.

"내가 길거리의 여자로 타락했다고 해서 여자 전부가 타락한 건 아니잖아요. 미스터 신, 자아, 허드슨이나 봅시다. 허드슨처럼 마음을 크게, 넓게, 깊게 가져요! 미스터 신이 우울해 하면 천지가 모두 우울해져요. 빌리지 하우스의 극장에서 〈동물원 이야기〉를 4백 년 계속 공연을 한다 해도 우리완 무관해요. 자아, 허드슨을 보세요!"

18

쿠바인들이 도와주겠다고 한다는 그 말을 근거로 레스토랑을 만들 계획을 세운 것이지만, 신상일은 그걸 공상으로밖엔 생각하지 않았다.

그랬는데 뜻밖에도 낸시가 일하고 있는 식당의 주인이 신상일을 만나자는 요청을 해왔다. 카르로스란 이름의 그 사나이는 50세가 넘는 사람이었는데, 본업은 식당업자가 아니고 쿠바 망명객들의 지도자였다. 원래는 카스트로와 한 패였는데 카스트로가 친소적親蘇的으로 급선회하는 바람에 절교하기에 이르렀다는 경력의 소유자인 만큼, 라틴 기질로써 명랑하긴 했지만 약간 소피스트케이트한 데가 있는 인물이었다.

카르로스가 말했다.

"낸시 성을 도와주고 싶어요. 그러나 이때까지의 낸시는 도와주려고 해도 건강이 너무 나빴기 때문에 건강에 주의하라고 충고할 수 있었을 뿐, 달리 방도를 찾지 못했소. 그랬는데 당신과 같은 건강한 남편이 생겼으니 우리도 도울 만하다는 생각을 하게 된 거요.

들건대 코리안 레스토랑을 하겠다고 하는데 그것 참 좋은 아이디어입니다. 낸시가 만든 한국음식을 먹어보았는데 우리의 구미에도 썩 잘 맞았소. 처음엔 손님이 없겠지만, 부지런히 하고만 있으면 언젠가는 성공할 거요. 뉴욕에 모여 있는 사람들은 갖가지니까 한국음식과 같은 전통 있는 음식이 손님을 끌지 못할 까닭이 없을 테니까요."

　이에 대해 신상일은

　"호의는 고맙습니다만 레스토랑 하나 차린다는 것은 이만저만한 자본이 들 것이 아닌데, 그리고 우리들은 목하 무일 푼의 상태인데 아무리 당신들이 도와준다고 해도 그런 거액을 어떻게……."

　카르로스는 허허 하고 호방하게 웃곤,

　"미국이란 나라에선 돈 없이 살 수 없습니다. 돈이 절대적이죠. 그런 만큼 돈을 이용하는 방법이 기막히게 발달되어 있는 나라이기도 하죠."

하며 다음과 같은 설명을 했다.

　2만 달러의 돈으로 40만 달러의 집을 살 수가 있다. 20년쯤 상환으로 은행이 맡아주기 때문이다. 그런데 그 2만 달러의 돈을 서로 믿는 처지가 되기만 하면 쉽게 융통할 수가 있다는 것이다. 현재 뉴욕에 쿠바인이 10만 명가량 살고 있는데 그 가운데 천 달러쯤은 아무런 부담감 없이 낼 수 있는 사람이 만 명이 된다. 그 가운데서 특별히 당신에게 동정심을 가진 사람 30명만 골라내어 한 사람당 천 달러씩 내게 한다. 그럼 3만 달러를 모을 수 있다. 2만 달러로 40만 달러 상당의 가게를 마련하고 1만 달러를 운영 자본으로 하면 만사는 O. K.로 진행된다는 것이다.

"그런데 낸시 성은 오랫동안 우리 식당을 도우는 가운데 많은 쿠바 인들의 호감을 사고 있소. 당신과 같은 훌륭한 남편이 생겼으니 무슨 사업을 하겠다고 하면 무조건 도울 사람이 아마 백 명도 넘지 않을까 하오. 성공하면 갚아 주기로 하고요. 이건 내 경험이지만 근거가 약한 외로운 사람들이 시작할 장사로선 식당이 제일입니다. 돈을 못 벌어도 먹고 살기엔 지장이 없거든요. 게다가 당신 나라 사람들도 약 1만 명가 량 뉴욕에 있다고 하니, 그 가운데 백 명만 단골로 하더라도 초창기엔 이럭저럭 꾸려나갈 수 있을 거요. 그러니 서둘러 가게로 할 만한 건물 을 물색해서 나에게 연락해주시오."

카르로스의 말은 이처럼 친절했다.

그러나 신상일에게 내키지 않는 마음이 생긴 것은, 초창기에 한국인 단골 백 명쯤을 잡아야 한다는 카를로스의 말 때문이었다.

신상일이 낸시에게 말했다.

"당신이나 나나 한국인 사회에서 완전히 따돌림을 받는 사람이오. 이런 처지에 한국 식당이 가능할 것 같소?"

"그걸 생각지 못했군요!"

낸시도 풀이 죽었다.

신상일은 양장점을 하면 어떻겠느냐는 제안을 했다. 낸시의 디자이 너 기술을 상기했기 때문이다.

"뉴욕은 상류사회를 제외하곤 디자이너가 소용없는 곳이에요. 레디 메이드가 범람하고 있는 곳이니까요. 변두리에 양장점을 차려선 레디 메이드에 이겨낼 수가 없어요."

낸시는 고개를 살래살래 흔들었다.

이런 까닭으로 결단을 내리지 못하는데 시간은 계속 흘렀다. 그런데 그 시간이 지겹지 않았던 것은 신상일과 낸시의 사랑이 날로 고조되어 가고 있었기 때문이다.

사랑하는 마음을 육체로써 확인하고, 육체를 통해 사랑을 높여가는 반복 가운데 낸시와 신상일은 앞날에 닥쳐올 비참을 생각할 겨를조차 없었다.

헬렌이 낸시를 대신해서 쿠바인 식당에서 일하게 된 것도 그들의 마음을 가볍게 했다. 헬렌은 언제 밤거리에서 방황한 적이 있었던가 싶을 정도로 건강한 몸매와 신선한 얼굴을 되찾고 있었다.

허드슨강 리버사이드의 아파트에 진정 봄이 온 것이다.

허드슨의 강바람이 무르익은 봄 향기를 싣고 방안으로 불어들고 있었다. 이른 저녁이었다.

"창문을 닫아줘요."

낸시가 침대에 누운 채 말했다.

강바람이 시원했지만 신상일은 잠자코 창문을 닫았다.

"이리로 와요."

낸시의 눈이 젖어 전등불빛에 유난히 빛났다.

"안아줘요!"

낸시가 속삭이자 신상일의 몸이 후끈 달아올랐다. 그러면서도 상일은 이상한 일이라고 생각한다. 뼈와 가죽만 남은 저 육체에 어쩌면 저렇게 격렬한 정염이 깃들어 있는가 하고. 이상한 건 낸시만이 아니다. 낸시의 그러한 육체가 상일의 관능官能에 불을 붙이는 그 정도가 또한 묘한 것이다. 상일이 낸시를 껴안으면 독수리가 참새를 안은 것만큼이나 된다. 낸시는 관능만으로 형성된 육체로 화한다.

"알렉스의 기억이 희미해지기만 해요."

그날 밤 낸시는 상일의 품에 안겨들면서 속삭였다.

"나도 아내에 대한 기억이 희미해져 간다."

는 말이 나올 뻔 했는데 상일은 참았다.

"이상해요."

"뭣이?"

"아무래도 이런 사랑은 동족끼리만 해야 되는 모양이죠?"

"그건 또 왜?"

"알렉스와는 이렇게 되질 않았으니까요."

"……."

"왠지 일체가 되질 않았어요. 어디엔가 무리가 있었으니까요. 그 무리를 사랑으로 마음으로 대신하긴 했지만 그래도 뭔가 틈새가 있었다, 이거예요. 그런데 당신과는 전연 그런 느낌이 없어요. 완전한 합일이에요. 내가 당신이 되어버리는 걸요. 당신이 내 속에 살고 있는 걸요."

"……."

"아아, 이대로 죽어버렸으면 해요. 이대로 죽어버렸으면……."

바로 그 순간 신상일은 낸시의 몸이 불덩어리가 되어 있는 것을 느껐다. 다음 순간 낸시의 숨이 가빠져 가고 있었다. 그러면서도 낸시는 상일의 허리를 안은 팔을 풀려고 하지 않았다. 상일은 지기의 몸을 낸시로부터 떼려고 했다.

"안 돼요, 당신 안 돼요!"

낸시의 신음은 애절했다.

그러나 상일은 그냥 있을 수 없었다. 억지로 낸시의 팔을 풀고 침대에서 내려섰다. 탈진한 사람 같은 낸시의 얼굴을 보며 상일이 옷을 입었다.

돌연 낸시의 몸이 꿈틀하더니 고개를 아래로 하고

"대야, 대야, 세숫대야!"

라며 손을 저었다.

상일이 얼른 대야를 갖다 받쳤다.

"쿨룩!"

하는 기침과 함께 낸시는 피를 토하기 시작했다. 상일은 어떻게 할 바를 몰랐다. 낸시는 계속 피를 토했다. 조그만한 대야가 넘칠 만큼 되었다. 상일은 낸시의 등을 어루만지며

"낸시, 낸시!"

하고 울먹거렸다.

이때 헬렌이 들어섰다.

그 광경을 보고 기겁을 한 양 일순 화석化石처럼 섰더니

"의사를 불러 오겠어요."

하고 달려 나갔다

30분쯤 지나 헬렌이 데리고 온 의사는 언젠가 한 번 온 적이 있는 늙은 흑인 의사였다. 흰 구레나룻이 듬성듬성 나있는 자신의 얼굴처럼, 낡아 흰 자욱이 있는 가방에서 청진기를 꺼내 이곳저곳 진찰을 하고 낸시의 맥박을 짚었다. 그리고 한참을 있더니 송아지 눈 같은 큰 눈에 슬픔을 담고 말했다.

"중태입니다."

그리고 사이를 두고 말을 보탰다.

"입원을 시켜야겠소. 내가 적당한 병원을 소개하겠소."

"난 병원엔 안 가요!"

하는 낸시의 자지러드는 듯한 소리가 있었다.

"병원엘 가면 살 수가 있어요. 병원에 안 가면 죽습니다."

의사가 조용히 타일렀다.

"병원에 가도 죽어요!"

낸시의 응수였다.

이어 낸시는 혼수상태에 빠졌다.

의사는 탁자 있는 곳에 가서 처방을 쓰고, 병원을 상대로 한 소개장을 썼다.

"곧 이 약을 사 먹이고, 정신을 차리거든 병원으로 데리고 가시오. 카톨릭 계통의 시료병원이오. 무료로 입원시켜 줄 겁니다."

의사는 가방을 들고 나가려다가 말고 신상일의 귀에 대고 낮은 말로

"만일 다소 회복하는 일이 있더라도 섹스는 삼가시오. 섹스 이즈 페이털, 섹스가 치명적이오."

했다.

　의사는 알몸으로 누워 있는 낸시의 모습에서 얼마 전에 있었던 성애 장면을 짐작한 모양이었다.

　낸시가 의식을 회복했을 때 신상일이 타일렀다.

　"병원엘 갑시다."

　"병원엔 뭐 하러요?"

　"병을 고쳐야지."

　"제 병은 낫지 않아요."

　어떻게 그런 단정을 하지?

　"자기 병은 자기가 알아요. 누구보다도요."

　"그렇더라도 다만 얼마라도 오래 살아야 할 것 아냐?"

　"병원에서 오래 살면 뭘 해요."

　"그래도…….".

　"병원에서 1년을 더 사는 것보다 당신 곁에 하루 더 있는 것을 택하겠어요, 전."

　낸시는 이렇게 말하고, 다시 타이르려고 하면 손을 저었다.

　"제 신경을 시끄럽게 만들지 말아요."

하고.

　요컨대 낸시의 말은 자기가 병원에 입원하기만 하면 격리 수용되어 면회를 제대로 할 수 없을 뿐 아니라, 죽어서야 그 병원에서 나오게 된다는 것이다.

　"사람은 끝끼지 희망을 잃어선 안 돼!

신상일이 이렇게 말하면 낸시는

"제 희망은 단 한 시간, 단 일 분이라도 당신과 같이 있는 거예요."

하고 질라 말했다.

그런데 난점이 있었다.

섹스는 치명적이라고 하는데도 조금 숨을 제대로 쉴 수 있는 형편이 되기만 하면 낸시는 신상일에게 안달을 했다. 그리고 응하지 않으면

"지금 당장 죽여줘요!"

하고 몸부림치는 것이다.

몸부림칠 때의 그 광태는 당장에라도 무슨 파국을 이끌어올 것만 같아서 겁을 먹게 했다. 그래서 그 광태를 진정시킬 목적으로 신상일은 낸시를 안게 되는 것인데, 그리고 나면 후회를 하곤 했다.

별 도리 없이 구실을 꾸미며 나돌아 다닐 수밖에 없었다. 그러한 어느날, 상일은 50번가 3번지에 있는 메리의 집을 찾아보았다. 봄이 시작된 이래 가끔 센트럴파크의 그 벤치에 나가보았는데도 메리의 모습을 볼 수 없어 궁금했던 참이었다.

늦은 봄빛이 거리에 깔려 있고 플라타너스의 가로수가 싱싱한 신록으로 치장하고 있었는데, 메리의 집 창문은 굳게 닫혀 있었다.

상일은 초인종을 눌러보았다.

아무런 대꾸가 없었다. 귀를 기울여 보았더니 사뿐한 발소리와 함께 끙끙거리는 개소리가 들렸다. 찰리가 혼자서 놀고 있는 것이려니 했다. 찰리가 홀에 나와 있다면 메리가 옆에 없을 까닭이 없다는 짐작이 들었다. 메리와 찰리는 언제나 붙어 있었기 때문이다. 상일은 거의

1분 동안이나 초인종을 누르고 있어 보았지만, 여전히 반응은 없고 끙끙거리는 개소리만 높아져갔다. 도어를 힘껏 밀어 보았으나 까딱도 하지 않았다.

상일은 건너편의 레스토랑으로 가서 낯익은 흑인 웨이터를 불렀다.

"저 집 할머니 언제 보셨소?"

"어젯밤 식사를 하고 가셨는데요."

"아무리 초인종을 눌러도 반응이 없습니다."

"산책하러 간 거나 아닐까요?"

하더니 흑인은

"아니지."

하고 자기의 말을 부인하곤 덧붙였다.

"산책을 나가도 식사를 한 후에야 하는데……."

"같이 한번 가봅시다."

"가봅시다."

하고 흑인은 신상일을 따라 나섰다. 식당 안엔 손님이 하나도 없었던 것이다.

초인종을 누르다가 도어를 두들겨 보고 하다가 흑인이 중얼거렸다.

"집안엔 없는 모양인데……"

"개가 있는 것 같던데요. 그 부인은 개를 집에 두곤 나가질 않습니다."

신상일이 말했다.

흑인은 도어에 귀를 대고 있다가

"개가 있는 소리도 없는데."

하고 신상일을 돌아보았다.

"틀림없이 무슨 사고가 난 겁니다."

신상일은 말했다.

"그렇다면 경찰에 알려야지."

흑인은 레스토랑으로 돌아갔다.

이윽고 정복을 한 경찰관이 두 사람 오토바이를 타고 나타났다. 신상일이 대강의 경위 설명을 했다.

경찰관들은 초인종을 눌러도 반응이 없는 것을 알자, 유리 창문을 이곳저곳 둘러보며 집안의 동정을 살피려고 했다. 그러나 커튼 때문에 아무것도 볼 수 없었을 것이었다.

경찰관 하나가 오토바이를 타고 어디론가로 사라지더니 조금 지난 후 직공 차림의 사나이를 데리고 다시 왔다. 열쇠 전문의 직공이었다.

드디어 도어가 열렸다.

홀엔 아무도 없고 침실까지의 문이 죄다 열려 있었는데, 침대 위에 메리의 알몸이 있었다. 실오라기 하나 걸치지 않은 알몸이 다리 하나를 침대 아래로 떨군 채 비스듬히 누워 있었는데, 늙은 여자 것 같지 않게 체육이 붙어 피둥피둥한 허벅다리 사이에 괴상한 것이 꽂혀 있었다. 그런데 그 괴기한 것은 부릉부릉 진동음을 내고 있었으며, 그 끝이 코드가 되어 전기 소켓에 이어지고 있었다.

가까이에 가서 이마를 짚어 본 경찰관이 말했다.

"죽었어!"

"혼자서 즐기다가 천국을 갔구먼……."

하고 다른 경찰관이 소켓에서 코드를 빼들었다. 부릉부릉하던 소리가 없어졌다. 이어 그 경찰관이 메리의 음부에 꽂힌 괴물을 빼내려고 하자 다른 경찰관이 말렸다.

"검사관이 올 때까진 그냥 둬두는 것이 나을 걸……."

"허나 이 꼬락서니가 어디……."

"도덕적 문제가 아니라, 이건 경찰적 문제야."

"70세도 넘긴 여자로 보이는데."

"얼굴은 그렇지만 피부로 봐선 60? 50?"

"60대라도 70세 가까운 나이야."

"그런데도 이런 짓을 해야 할까?"

"난 80세 가까운 여자가 젊은 사내와 살고 있는 걸 봤어."

"결과적으로 쾌락의 극한에서 심장마비를 일으켰다, 이것 아닌가?"

"멋지게 죽은 셈이군!"

경찰관이 이런 소릴 주고받는데 흑인 웨이터가 정중하게 말 사이에 끼어들었다.

"담요나 시트라도 덮어주는 게 죽은 사람에 대한 예의가 아닐까요?"

경찰관은 서로의 얼굴을 잠시 보고 있더니 하나가 시트를 빼내어 시체를 덮었다.

그러자 경찰관 하나가

"난 본서에 갔다 올게."

하고 후다닥 뛰어나갔다.

흑인이 말했다.

"이왕이면 그 허벅다리 속에 꼽혀 있는 걸 빼버리면 어떨까요?"

"그건 안돼!"

경찰관의 대답이었다.

"죽은 것은 확실하고 원인도 확실한데 왜 안 된다는 겁니까?"

"경찰적으로 안 돼!"

"경찰적이란 무슨 뜻입니까?"

"사인死因이 과학적으로 규명될 때까진 시체의 상황을 변경할 수 없다는 것이 경찰적이오."

흑인 웨이터는 눈을 껌벅거리며 방에서 나가려고 했다.

"당신 좀 여기 남아 있어요. 증인이 돼줘야 하니까요."

"필요할 때 부르시오. 난 건너편 레스토랑에서 일하는 사람이니까요."

신상일은 도리 없이 시청 사람들이 나와 장례를 치르는 동안 입회인으로서 남아 있어야 했다.

사인은 심장마비. 그 동기는 인공성구人工性具에 의한 자극이 너무 심한데 있다고 하고, 그 성구제작자를 추궁해볼 필요가 있다는 결론이 나왔다.

메리의 변호사는 탁상에 있는 전화번호로 찾아낼 수가 있었다. 그 변호사가 보관하고 있는 유언엔, 서재의 책은 메리 남편의 모교인 뉴욕 대학의 도서관에 기증한다는 조목밖에 없었기 때문에 가옥·보험·기타 유산의 처리는 뉴올리언스의 친척을 불러 처리할 수밖에 없다고 했다. 그런데 메리의 유산은 은행에 예치되어 있는 것만으로도 50만 달러를 넘어 있었다.

신상일은 메리의 죽음을 통해 미국이란 나라에 있어서의 장례葬禮를 알았다.

뉴올리언스에서 메리의 친척들이 나타나, 자기들이 50만 달러의 유산상속자라는 것을 확인한 때문인지 쾌활하게 일을 진행시켰다. 첫째의 질문이

"이 근처에서 가장 좋은 퓨네럴 파알라가 어디냐?"
는 것이었다.

퓨네럴 파알라란 장의사葬儀社를 말한다. 이에 대한 흑인 웨이터의 대답은

"조금 멀긴 하지만 셀리단 스퀘어 근처에 좋은 퓨네럴 홈이 있다."
는 것이었다.

장의사를 홈, 또는 파알라라고 이름 지은 연유를 신상일은 알고 싶었다. 뉴올리언스에서 온 중년의 신사는 흑인 웨이터가

"이 사람은 한때 노부인의 어시스턴트였다."
고 소개하자 신상일더러 장의사를 데려다달라고 했다.

흑인 웨이터가 가르쳐준 길을 따라 셀리단 광장까지 갔다. 장의사는 곧 찾을 수 있었다. 잡화점·완구점·바가 즐비하게 늘어서 있는 거리의 일곽에 '퓨네럴 홈'이란 간판을 얌전히 걸고 사뭇 우아한 차림으로 장의사는 있었다.

바깥에서 보니 한 장 유리로 된 도어 안에 큼직한 소라고동 모양을 본 뜬 하얀 덮개의 램프에 맑은 불이 켜져 있고, 바닥은 모조대리석模造大理石이 반들반들 윤을 발하고 있었다. 그리고 그 위에 진홍색 융단이 모조대리석의 바닥 일부를 보일 만큼의 스페이스로 깔려 있었다. 한눈으로도 구석구석에 먼지가 없을 정도로 깨끗하다는 것을 알 수가 있었다. 죽음의 내음이란 어느 한 군데서도 찾아볼 수가 없고, 다소곳한 행복감마저 느끼게 하는 분위기였다.

그러한 분위기를 확인하고 나서 신상일은 유리로 된 도어를 어깨로 밀고 들어섰다. 저편 구석에서 소리 없이 일어선 사람이 있었다. 반들반들 벗겨져 머리가 달걀형으로 윤택이 나 있는 초로의 사나이가 의사가 입는 하얀 옷을 입고 신상일의 말을 기다렸다.

"죽은 사람이 있어서요."

"동양인입니까?"

그 사나이의 질문이었다.

"아닙니다. 백인입니다."

"여자? 남자?"

"여자입니다. 할머니지요."

"대강 어떻게, 비용은?"

사나이의 말과 태도는 어디까지나 비즈니스 라이크했다.

"구체적인 것은 그 가족들과 의논하셔야 할 겁니다."

하고 신상일이 어드레스를 그에게 주었다. 사나이의 얼굴에 생기가 도는 것 같았다. 그 어드레스로 고급주택가라는 것을 알았기 때문이 아닌가 싫었다.

몇 시간 후, 메리의 시체는 그 장의사로 옮겨져 갔다. 영원의 길을
떠나기 위해 화장化粧을 해야 한다는 것이다.

오장 육부를 말끔히 들어내어 그 대신 향료를 곁들인 물질을 집어넣
어 다시 봉합한 후 방부제를 주사하고, 얼굴에 핏기를 소생시키곤 예쁘
게 예쁘게 화장을 했다. 그리고는 꽉 가득히 넣은 꽃에 묻혀 무덤으로
갔다.

신상일이 보기엔 그것은 장례식이 아니라 우아한 축제 같았다. 장례
도 또한 그들에겐 일종의 유희인 것이다. 슬퍼하는 사람은 아무도 없는
메리의 장례, 그녀의 죽음으로 해서 친척들을 기쁘게 한 하나의 모멘
트. 인정도 사랑도 없는 사람들에게 물려줄 바에야 좀 다르게, 생색나
게 쓸 수도 있었지 않았을까 싶은 막대한 돈.

메리의 시체는 센트 패트릭교회의 묘지에 매장되었다.

이 묘지는 뉴욕시민으로서도 'VIPS'가 아니면 차지할 수 없는 것이
라고 했다.

장례식이 끝났을 대 뉴올리언스에서 온 사람 가운데의 하나, 제임스
메콜드라고 자기소개한 중년의 사나이가 신상일의 어깨를 안으며 말
했다.

"이 길로 메리 집으로 갑시다."

신상일은 그의 의도를 알 수 없어 잠자코 그를 바라보았다.

"메리의 유품 가운데 당신이 마음에 드는 것을 골라 가지십시오. 기념으로 말입니다. 당신은 메리가 이 세상에서 마지막으로 사귄 사람 아닙니까?"

제임스 메콜드의 말엔 그런대로 정감이 있었다.

신상일은 고개를 끄덕였다.

그런데 유품을 나눠 갖기 전에 메리의 집에서 소동이 벌어졌다. 머리가 반백인 초로의 사나이와 같은 나이 또래의 또 하나의 신사가 나타나더니 다음과 같은 선언을 했다.

"나는 폴 빈센트의 고문 변호사이고, 이 사람은 폴 빈센트의 아들이며, 그러니 메리 빈센트의 아들이기도 합니다."

반백의 사나이가 한 말이었다.

아연 긴장된 공기가 돌았다.

"신문에서 부고를 읽고 달려왔소."

폴 빈센트의 아들이 말했다.

그러자 뉴올리언스에서 온 사람들이 각기 자기소개를 했다.

하나는 자기 이름과 함께 메리의 조카라고 했고, 하나는 메리의 질녀라고 했고, 하나는 메리의 동생이라고 했다.

"유언장은 없었소?"

변호사라고 자칭한 사람이 물었다.

"서재의 책을 뉴욕 대학에 기증하라는 것밖엔 없습니다."

메리의 변호사가 대답했다.

"그럴 까닭이 없을 텐데."

하고 빈센트의 아들이 중얼거렸다.

"특별한 유언장이 없으면 법률대로 시행하면 되는 것이니까."

반백의 사나이는 메리의 변호사에게 재산목록을 보여 달라고 요구했다.

"보여주는 것은 어렵지 않은 얘깁니다만, 저분들의 동의를 얻어야 합니다."

하고 메리의 변호사가 턱으로 뉴올리언스에서 온 사람들을 가리켰다.

"그럴 필요도 없을 것 같소."

제임스 메콜드가 말했다.

"법률에 의해 유일한 상속자인 사람이 요구하는 건데 왜 필요가 없다는 거요?"

반백의 사나이가 반박했다.

"우리는 당신들이 누구인 줄을 모르오. 장례식이 끝난 뒤 돌연 나타나서 그런 말을 한다고 해서 신빙할 수는 없지 않소?

제임스 메콜드의 말이 거칠게 나왔다.

반백의 사나이는 명함을 꺼내 탁자 위에 놓으며

"나는 어윈 베네트라고 하는 변호사인데 5번가에 사무실을 가지고 있소. 죽은 메리의 남편 폴 빈센트의 유언을 집행한 사람은 나요. 어디 서류를 뒤지면 그 증거가 나올 것이오."

하고 방안을 두리번거렸다.

그러더니 홀 한쪽에 놓여 있는 검은 가죽의 수첩이 눈에 뜨이자 그것을 집어들이 I자 인덱스 부분을 폈다.

"보시오. 여기 내 이름이 나타나 있지 않소?"

그러자 메리의 변호사가 자기의 명함을 꺼냈다.

"나는 리처드 존슨이오. 메리의 변호사는 바로 나요."

"메리 빈센트가 무슨 까닭으로 당신을 변호사로 선임했는진 모르지만, 나는 폴 빈센트로부터 그의 아들 마크 빈센트를 보호해달라는 위촉을 받고 있는 사람이오. 그래도 재산목록을 제시하지 않을 거요?"

"법정에서 대답하겠소."

리처드 존슨의 말이었다.

어윈 베네트가 마크 빈센트를 방 한구석으로 데리고 가더니 잠깐 동안의 밀담이 있었다. 그리고는 돌아오자마자 선언했다.

"메리의 아들 마크 빈센트의 소청에 의해 이 집에서 여러분이 퇴거하길 바라오!"

"무슨 권리로 그런 말을 하오?"

메리의 변호사 리처드 존슨이 맞섰다. 일촉즉발의 험악한 분위기였다.

요컨대 상속을 둘러싼 시비가 벌어진 것이었다. 그리고 그건 쉽사리 결론을 낼 수 없는 문제일 것이었다.

신상일은 슬며시 바깥으로 나왔다. 아무도 그에게 관심을 두는 사람이 없었다. 그는 느릿느릿 걸음을 지하철역이 있는 곳으로 떠어놓았다.

"사람은 죽고 상속문제의 시비만 남았다."

메리는 일종의 화근禍根만 남겨놓은 셈이다. 그런데 그건 신상일관 관계없는 일인 것이다.

10미터쯤 걸었을까

"미스터 신!"

하고 부르는 소릴 등 뒤에 들었다.

신상일이 멈춰 서서 뒤돌아보았다. 제임스 메콜드가 달려오고 있었다.

숨을 가쁘게 쉬며 제임스가 한 첫말은 이랬다.

"미스터 신이 가버리면 어떻게 해요?"

"내가 거기에서 무얼 합니까?"

"당신은 메리와 마지막까지 같이 있은 사람 아뇨?"

"내가 오기 전에 그녀는 죽어 있었소."

"그런 뜻이 아니라 당신은 메리 마지막의 친구 아닙니까?"

"그렇겐 말할 수 있겠죠."

"그러니까 메리 마지막의 가장 가까운 사이가 아니었소?"

"가까운 사인지 아닌지, 그건 메리의 마음에 있겠죠."

"어때요, 미스터 신. 당신의 증언이 필요하오."

"내게 증언할 건덕지라곤 없는데……."

"메리의 유언을 당신이 들었다고 하면 돼요."

"유언을 듣지도 안 했는데요."

"참 답답하군! 들었다고 하면 된단 말이오."

"듣지도 않은 것을 들었다고 해야 할 필요가 뭔데요?"

"아까의 상황을 보셨죠? 메리의 아들이라고 하나, 그는 빈센트 전처가 낳은 아늘이고 메리완 아무런 관련도 없는 사람이오. 그런 사람이

법률적으로만 모자관계라고 해서 유산을 차지한대서야 말이 되겠수?
거기 비하면 나의 메리는 핏줄이 통해 있는 친형제다, 이겁니다. 유산
은 당연히 내가 받아야죠.

뿐만 아니라 메리의 임종에 누가 있기라도 했더라면 메리는 반드시
자기의 재산을 나에게 넘겨주라고 유언을 했을 것이오. 그건 필연적이
오. 그 필연을 당신이 증언해달라는 겁니다. 메리는 죽기에 앞서 그 재
산을 뉴올리언스에 있는 자기의 동생 제임스 메콜드에게 물려줄 의사
를 비쳤다고요."

신상일이 어이가 없었다. 그래 잘라 말했다.

"나는 그런 거짓말을 할 수가 없소!"

"왜 그게 거짓말이 되는 거요? 죽은 메리의 대변代辨이오. 마음엔 있
으면서 말하지 못하고 죽은 그 한을 당신이 풀어주는 거요. 알겠죠?"

"난 모르겠소."

하고 신상일이 걸음을 계속하려 했다.

제임스가 막아섰다.

"내 부탁을 들어주기만 하면 10만 달러를 드리겠소."

"노오!"

신상일은 단호하게 떨치고 제임스를 피해 걷기 시작했다. 제임스는
따라 걸었다.

"말 한마디에 10만 달러면 나쁜 장사가 아닐 텐데 왜 그래요?"

"난 거짓말을 못하오!"

"거짓말 가운데도 여러 가지가 있지 않소? 진실을 위한 거짓말이란

것도 있는 거요."

"나는 한 번 노 했으면 그만인 사람입니다."

"그럼 20만 달러 드리겠소."

"……."

"20만 달러 드린다니까요!"

제임스의 태도는 너무나 집요했다.

신상일의 가슴에 살큼 유혹의 싹이 돋았다. 단 한마디에 20만 달러! 20만 달러, 아니 10만 달러도 팔자를 고칠 수가 있다. 고국의 빚을 다 갚고, 떳떳하게 귀국할 수 있는 돈. 낸시를 전지요양시킬 수도 있는 돈. 그 돈만 있으면 만사가 해결된다…….

그러나 미국의 법률이 어떻게 되어 있는 건 몰라도 법정에 서서 그 한마디 했다고 해서 저편으로 갈 유산이 이편으로 올 수 있을 정도로 호락호락하진 않을 것이었다.

신상일의 눈 앞에 어윈 베네트란 변호사의 날카로운 눈이 나타났다. 법정에 선다는 상상만으로 가슴이 움츠러드는 기분이었다.

"노오!"

신상일은 다시 한 번 단호하게 발음해 놓고 걸음을 빨리 했다.

제임스는 그래도 따라오며 조르더니 주소와 전화번호라도 알려달라고 했다.

"리버사이드 582, 703호, 전화는 없다."

란 대답을 하고 겨우 제임스에서 풀려났다.

불과 몇 분 전에까지만 해도 손에 잡힐 듯 했던 50만 달러가 비눗방

울처럼 사라질 형편이 되고 보니, 제임스 메콜드도 환장할 밖에 없었으리라. 그 심정에 약간의 동정은 했지만 신상일은 그의 유혹을 물리친 건 잘 된 일이라고 여겼다.

냄시는 움푹 들어간 눈을 가까스로 뜨고, 들어서는 신상일에게 힘없는 미소를 보였다.

"오늘은 또 어딜 가셨어요?"

"직장을 구할 양으로 이곳저곳 돌아다녔어."

신상일은 죽음이란 단어를 들먹이기가 싫어 메리에 관한 얘기를 냄시에게 하지 않았다.

"뾰족한 수가 없었죠?"

"없었어."

"내일도 그럴 테죠?"

"아마……."

"그런데도 내일 또 나가실 거죠?"

"가만 있을 수야 없겠지."

"내 곁에 가만 있을 수 없겠죠?"

냄시의 신경질이 시작하는구나, 하고 신상일은 침대 옆으로 가서 냄시의 손을 잡았다. 미지근한 체온이 느껴졌다.

"안아줘요!"

냄시의 눈이 이글거리기 시작했다.

"안 돼!"

"왜 안 되지요?"

"몰라서 묻나?"

"난 몰라요."

"낸시가 건강을 회복하는 날 얼마든지 안아주지."

"당신, 날 알아주기 싫어 매일 거리를 쏘다니는 거죠?"

"그런 건 아냐."

"아니면 안아줘요."

"의사의 말 듣지 못했어?"

"의사는 엉터리야!"

"의사의 말을 들어야지."

"의사의 말 듣고 멍청하게 오래 사는 것보다 당신에게 안긴 채로 죽고 싶어!"

"난 낸시가 오래오래 살았으면 하는데……."

"오래 살지 못하게 돼 있지 않아요?"

"아냐, 조심만 하면 오래 살 수 있어. 건강을 회복할 수도 있구."

"싫어, 싫엇! 당장 날 안아줘요. 안아줘!"

신상일이 벌떡 일어섰다.

"사람이 그처럼 의지가 약하고서 어떻게 살아? 최소한도나마 의지란 걸 가져봐요! 병을 낫게 하는 건 의지력이야, 의지력!"

"내 생명은 내가 알아. 나는 앞으로 한 달을 넘기지 못해요. 그 한 달을 어떻게 사용해야 하죠? 한 달 동안 당신에게 안기려고 안달을 하다가 죽어야 하나요? 내 소원을 들어주지 않고 있다가 내가 죽은 후 당신은 울 것 아녜요? 이왕 죽는 판인데 왜 그 소원을 들어주지 않았나 하고요."

"말 너무 오래 하지 말아요. 피로할 뿐이니까."

"당신이 날 안아주면 이런저런 말 안 하고 피로하지도 않을 것 아녜요……. 자 안아줘요, 당신!"

낸시의 광란은 걷잡을 수 없이 되었다. 신상일은 상의만을 벗어놓고 침대 위로 올라가 낸시를 담요 채 안았다.

"이렇게 안는 것 싫어요!"

낸시는 굼틀거리며 소리를 질렀다.

그러나 신상일은 담요 채 안은 포옹을 풀지 않고 눈을 감았다. 감은 눈 사이로 눈물 방울이 떨어졌다.

"낸시, 낸시! 날 살려줘! 나는 낸시를 오래오래 살게 하고 싶어. 낸시에게 다소의 의지력만 있으면 그것이 가능하다고 의사가 말했어. 낸시 하고 싶은 대로 다 하면 낸시는 금방이라도 죽어. 낸시가 죽으면 나도 살지 못해. 낸시 나를 불쌍히 여기거든 내 말을 들어!"

그래도 낸시는 아랑곳 하지 않고 몸부림을 치는데 그 동작이 너무나 과격했다. 그대로 두면 다음 순간 결정적인 파국이 날 것 같은 공포에 질렸다.

신상일은 포옹을 풀고 담요를 제쳤다. 낸시는 언제나 하는 버릇으로 슈미즈 한 장으로 하반신은 알몸이었다. 뼈와 가죽만 남은 낸시의 몸에서 살아 있는 부분은 오직 그 부분뿐이었다. 낸시는 빠르게 손을 놀려 신상일의 밴드를 풀었다. 종이 한 장 들어 올리지 못할 만큼 쇠

약해 있는 그녀의 몸이 그럴 때만 힘을 뿜어내는 것이니 이상할 밖에 없었다.

신상일은 낸시의 몸속으로 들어가며 괴기한 인공성구를 사타구니 속에 박고 절명한 메리의 몰골을 상기했다.

"이것을 인간의 업, 여자의 업고라고 하는 것일까?"

신상일은 되도록 몸을 담근 채 조용히 있으려고 하는데 낸시는 필사적으로 몸을 작동시키려고 했다. 신상일은 그 작동에 페이스를 맞추어 주지 않을 수 없었다. 그런데 클라이맥스에 오르려는 듯 낸시의 몸이 격렬한 경련을 하더니 다음 순간 바람 빠진 풍선처럼 되었다. 상일의 허리를 안고 있던 낸시의 손이 스스로 미끄러져 내렸다. 낸시의 몸에서 급격하게 체온이 사라져 가는 것이 느껴졌다. 신상일은 얼른 침대에서 내려와 낸시를 응시했다.

가냘픈 숨소리는 있었으나 낸시의 몸은 죽은 거나 다를 바가 없었다. 완전히 인사불성人事不省의 상태였다. 의식을 잃은 것이다.

아래층 공중전화로 뛰어가 헬렌을 불렀다.

"낸시가 죽어간다! 의사를 데리고 빨리 왔으면 좋겠다!"

겨우 이렇게 말해놓고 상일은 방으로 돌아왔다. 낸시는 생사의 접경에서 헤매고 있었다.

늙은 흑인 의사는 낸시의 몸을 점검해 보곤 신상일을 흘겨보았다. 성교의 흔적을 확인한 때문이었을 것이다.

헬렌이 변명했다.

"미스터 신은 어쩔 수 없었어요. 낸시는 병적이거든요."

"앞으로 한 시간? 30분? 어떻게 할 방도가 없군!"

의사의 말은 우울했다.

그날 밤 낸시 성은 숨졌다. 196×년 6월 10일 11시였디.

운명하기 직전 낸시의 의식은 순간 또렷해진 모양이었다.

"내가 죽거든 부모님한테 전해줘요! 저 백 속에 주소가 있어요. 헬렌, 미스터 신을 잘 부탁해! 여보, 헬렌을 잘 돌봐줘요! 낸시는 행복했어요. 헬렌 때문에 당신 때문에, 안녕!"

이것이 낸시 성, 즉 성옥진의 유언이었다. 한때 천재 디자이너로서의 명망이 높다가 세론의 올가미에 걸려 실의의 늪에 빠져, 끝내 그 늪에서 헤어나지 못하고 35세를 일기로 생을 끝낸 성옥진!

그 최후를 지켜보기 위해 신상일은 리버사이드의 그 아파트에 기류寄留한 셈으로 되었던가…….

19

죽음처럼 단순한 사실은 없다.

특히 뉴욕에선 그렇다.

곤충처럼 죽을 수도 있다. 지렁이처럼 죽을 수도 있다. 쥐처럼 죽을 수도 있다.

죽음의 종류가 갖가지인 만큼, 매일매일 발생하는 죽음의 양 또한 엄청나다. 그 형식 또한 다채롭다. 어느 죽음은 일류 시체미용원屍體美容院에서 살아 있을 땐 꿈꾸어 볼 수도 없었던 아름다운 모습으로 치장되고, 꽃에 파묻혀 성가대의 노래를 타고 천국 가까이의 묘지에 가는가 하면, 어느 죽음은 시청의 트럭에 마치 죽은 쥐새끼들처럼 쓰레기와 함께 얹혀 실려 가서 드디어는 연기가 되고 재가 되는데, 그 재가 가는 곳은 지옥 가까이에 있는 어느 장소인 것이다.

이를테면 천국과 지옥을 결정하는 것은 돈일 수밖에 없는데, 낸시의 운명은 시청의 처리에 맡길 수밖에 없었다. 그런데 쿠바인들의 호의가 있어서 죽음이 요구하는 최소한도의 예의를 지킬 수 있었고, 장지는 허드슨강이 내려다보이는 언덕 위의 쿠바인들 묘지로 결정되었다.

낸시는 드디어 카운트다운을 끝내고 카운트레스, 즉 헤아릴 수 없는 시간의 바다로 들어갔다. 성옥진이란 이름이 새겨진 조그만한 비석을 앞세우고, 그녀 자체가 영원으로 되어버린 것이다.

'이제 나는 무엇을 할까, 어떻게 살까?'
하는 벅찬 문제가 신상일을 가로 막았다. 헌데 그런 걱정을 할 필요가 없었다. 장지에서 돌아오자마자 신상일은 병석에 눕게 되었다.

'나는 가는 곳마다에 죽음을 뿌렸다.'
는 감회와 동시에 신상일은 고국의 두메에 묻힌 아내와 딸, 메리 빈센트의 죽음, 낸시의 죽음을 차례차례 음미했다. 그리고 생각했다.

'나는 이대로 죽어도 할 말이 없다.'
라고.

과로로 인한 몸살쯤으로 신상일의 병을 여기고 있던 헬렌이, 그 병세가 결코 단순한 것이 아니라고 깨달은 것은 며칠 후의 일이다.

신상일이 피를 토한 것이다.

헬렌이 늙은 흑인 의사를 데리고 왔다. 낸시의 임종을 지켜 본 그 의사였다. 의사는 신상일을 진찰하고 나서

"엑스레이 사진을 찍어봐야 확실한 것을 알겠지만……."
하는 전제를 두곤 침울하게 말했다.

"폐결핵이 틀림없을 것 같소. 그것도 상당히 중증인……."

그 말을 듣자마자 헬렌은 울음을 터뜨렸다. 그 울음이 너무나 슬펐다. 의사가 계속 말을 이었다.

"그렇다고 해서 절망할 필요는 없소, 헬렌! 의지만 있으면 이 병은 고칠 수가 있으니까……."

헬렌은 눈물을 닦고 일어섰다. 그리고는 결연한 얼굴로 변하더니 신상일을 똑바로 보았다.

"미스터 신! 낸시는 자살한 거나 다름없어요. 자기의 병을 고치기 위한 의지를 조금도 발휘하지 않았죠. 그래서 죽은 거예요. 미스터 신, 약속해줘요! 병을 고치도록 의지력을 발휘하겠다고요. 그렇게만 약속해주면 헬렌도 용기를 내겠어요. 열심히 일을 해서 약값을 마련할게요. 미스터 신이 약속하지 않으면, 아니 못하겠다면 지금 당장 같이 죽어요! 허드슨강에 빠져 죽읍시다. 요즘은 춥지도 않아요. 기분 좋게 죽을 수 있을 거예요. 미스터 신!"

신상일은 뭐라고 대답할 수가 없었다. 힘도 없는 데다가 목구멍이 꽉 막힌 것 같아 말이 나오질 않았다. 멍하니 눈을 뜨고 허허롭게 헬렌을 바라보고만 있었다.

의사가 다시 말을 보탰다.

"헬렌의 말이 옳아요. 의지력만 발휘하면 당신은 당신의 병을 고칠 수가 있고, 따라서 건강을 회복할 수가 있소. 그러니까 미스터 신, 헬렌에게 약속하시오. 의지력을 발동하겠다고! 그렇게 하겠다면 나도 협력하겠소, 약은 무료로 대주겠소. 병원도 주선하겠소."

"고마워요, 닥터. 그런데 병원에 가지 않고 여기서 이대로 병을 고칠 수는 없을까요?"

하며 헬렌이 울먹였다.

의사는 한참을 생각한 후에 말했다.

"안 될 것도 없지. 미스터 신이 의지력만 발동한다면 내가 매일 와보도록 할 것이고…"

"고마워요 닥터!"

하고 헬렌은 신상일의 어깨를 흔들었다.

신상일은 말없이 고개만을 끄덕였다. 그의 눈엔 눈물이 담뿍 고였다.

"됐어요, 미스터 신!"

헬렌은 신상일의 이마에 키스했다.

그로부터 신상일의 투병생활이 시작되었다.

엑스레이 사진을 찍어본 결과, 신상일은 폐결핵 3기에 접어들고 있었다.

"그러나 걱정할 건 없어."

하며 흑인 의사는 파스와 나이드라짓드 등의 복용약을 주고 세밀한 식이법食餌法을 지시했다.

"약도 약이지만 영양섭취가 가장 중요하오."

하며 신선한 야채, 신선한 생선, 신선한 고기를 들먹이기도 했다.

그리고 의사는 매일 신상일에게 와서 주사를 놔주었다. 자기가 오지 못할 땐 간호원을 보내 주사를 놓게 했다.

헬렌은 쿠바인 식당에 계속 나가면서 낮에도 한 번은 꼭 들렀다. 하루 세 끼의 식사를 신상일이 거르지 않도록 하기 위해서였다. 헬렌은 거의 식욕을 잃고 있는 신상일의 식욕을 돋우는 데에 있어 선수였다.

가령 오렌지를 권하면서

"이것 봐요. 황금의 은혜죠? 캘리포니아의 풍광을 모조리 응집해서 여기 이렇게 탐스럽고 아름다운 과일이 만들어진 거예요. 이게 어떻게 뉴욕의 마켓까지 온 줄 아세요? 대륙간열차를 타고 왔어요. 수만 마일을 달려 온 거죠. 기차 바퀴의 그 힘찬 소리."

하고 기차 바퀴가 굴러가는 소리를 흉내까지 냈다.

달걀을 권할 땐

"이건 켄터키에서 온 달걀. 생명의 은총. 미스터 신을 위해서 스스로의 생명을 단념하고 이곳으로 온 거예요. 미스터 신의 생명에 합일하여 보다 큰 생명의 보람을 다하려고요."

고기를 권할 땐

"오하이오의 방초를 먹고 싱싱하게 자랐대요. 한참 사랑할 나이가 되었는데 그 사랑까지 단념하고 시카고의 도살장 가길 지원한 건, 오로지 미스터 신에게 스스로를 진상進上하기 위해서였다나요? 대견하지 않아요? 그 갸륵한 마음! 미스터 신의 사랑에 자기의 사랑을 보태려고 한 거죠. 자, 그 호의에 보답하기 위해서라도 맛있게 드셔야죠."

생선을 권할 땐 알라스카가 나오고, 캄차카가 나오고, 플로리다가 화제에 올랐다.

이렇게 헬렌은 자기의 지식 총량總量을 활용해서 신상일의 식욕을 돋우기에 최선을 다했다.

그러한 어느 날 신상일이 물었다.

"이 신선한 과일·채소·고기·생선은 비쌀 텐데 어떻게 구했지? 매일 말이야."

헬렌은 상냥하게 웃으며 말했다.

"내가 식당에서 어느 정도의 일을 하는지 모르죠? 세 사람 몫을 내가 해요. 청소를 하고, 접시를 닦고, 음식을 나르고, 또 청소를 하고, 접시를 닦고…… 주인이 말해요. 헬렌은 꼬박 3인분의 일을 한다고요. 그러나 1인분 이상의 임금은 받지 않거든요. 그 대신 물건을 가지고 오는 거예요. 주인의 양해 하에서요. 과일은 단골 가게에서 하나 둘씩 얻어요. 헬렌에게 대단히 소중한 사람이 병들어 있다는 말을 듣고 모두들 공짜로 줘요. 결과적으로 이 근처의 모든 사람들의 성의가 미스터 신의 치료를 위해서 쏟아지고 있는 셈이에요. 그러니 걱정 말아요."

기특하고 반가운 말이었다.

신상일은 가끔 중얼거렸다.

"헬렌! 나의 천사!"

허드슨강에서 불어오는 바람 덕택으로 무더운 여름도 별일 없이 넘겼다. 가을의 발자국 소리가 들렸다.

신상일은 기동을 하게끔 되었다.

의사의 권고에 따라 산책을 즐기기도 했다.

리버사이드의 공원 벤치에 앉아 어린이들이 노는 모습도 보고, 바로 발 아래로 흐르는 허드슨의 흐름을 즐기기도 했다. 하루 몇 번씩을 지나가는 유람선에 가끔 손을 흔들어 주면 환호의 소리와 함께 저편에서도 손을 흔들기도 했다.

말을 나눌 수도 없는 공간을 사이에 두고, 눈 깜박할 찰나의 시간에 서로 알 길이 없는 사람들끼리의 다소곳한 교감交感으로 해서, 신상일은 살아 있다는 그 단순한 사실에도 무언가 의미가 있다는 것을 깨닫기도 했다.

신상일은 이윽고 허드슨강으로부터 고향의 소식을 들을 수 있게도 되었다. 서울을 둘러싼 산봉우리들이 허드슨의 흐름 위에 신기루蜃氣樓를 드리우는 것이다. 어느 때는 인수봉에서 대성문으로 이르는 오솔길이 역력하게 전개되기도 하고, 도봉산의 석벽을 기어오르던 젊을 때의 자기 모습이 완연히 나타나기도 했다.

때에 따라선 고국의 산을 걷고 있는 자기에게 신상일이 말을 걸 때도 있었다.

— 상일아!

— 말해보렴.

— 있었던 것이 없어지진 않겠지?

— 한 번 있었던 것은 없어지지 않아.

— 지금 네가 걷고 있는. 그 오솔길. 그 오솔길에 새겨진 너의 발자욱은 영원히 사라지지 않겠지?

— 그렇고 말고.

— 지금 눈에 보이진 않지만, 확실히 있었던 그 시간의 그 발자욱이 아닌가?

— 시간은 흘러가는 것이 아니야. 그 시간 그 시간이 정착되는 거야.

있었던 시간이 없어질 까닭이 있나.

　— 나는 지금 허드슨의 강변에 있다.

　— 나는 아직도 도봉산 석벽을 기어오르고 있다.

　— 너와 나는 어떻게 되는 걸까?

　— 너는 허드슨 강변의 내 속에 살아 있고,

　— 나는 바위를 기어오르는 네 속에 살아 있고…….

　— 그렇다면 나에게도 살아 있는 의미가 있는 걸까?

　— 있고 말고!

　— 무슨 의미?

　— 널 사랑한 사람, 네가 사랑한 사람, 그리고 내가 사랑하는 풍경을 위해서 넌 살아야 한다. 그 기억을 간직하고 있는 것만으로도 의미가 있다.

　— 그럴 테지.

　— 네가 살아있는 한, 네 아버지와 어머니, 네 아내와 딸, 메리 빈센트와 낸시 성은 여기 이렇게 살아 있는 게 아닌가.

　— 지상에 육체로만 살아 있는 것이나 어느 사람의 상념想念 속에 살아 있는 것이나 마찬가지가 아닌가.

　— 그렇다면 나도 오래 살아야 하겠군.

　— 오래 살아야 하고 말고.

　— 헬렌을 위해서도 오래 살아야지.

　— 암 그렇고 말고! 헬렌을 위해서, 헬렌을 위해서 오래 살아야 한다…….

"건강이 퍽 좋아졌군."

흑인 의사는 만족한 듯 밀했다.

신상일은 흑인 의사의 진찰실에 있었다.

기동이 자유스러우니 노의사를 아파트까지 오게 할 필요가 없었던 것이다.

"그리니치빌리지까지 가도 되겠습니까?"

신상일이 물었다.

"그리니치빌리지까지가 아니라, 아프리카까지라도 갈 수 있겠소."

라는 의사의 대답에

"그럼 아프리카에 사자 사냥이나 하러 가볼까?"

하고 신상일이 농담을 했다.

"사자 사냥은 아직 일러요."

의사는 농담 같지 않게 덧붙였다.

"넉넉잡고 내년 가을까지 기다려 봐요. 이대로의 경과 같으면 그맘 때쯤 사자 사냥을 할 수 있을지 모르지."

"모든 것이 닥터 헬레이의 덕택입니다."

"헬렌의 덕택이지요."

하다가 의사는 말을 고쳤다.

"미스터 신의 의지가 병을 고친 거요."

"그러나 당신이나 헬렌이 없었더라면……."

"의지가 있는 곳에 길이 트이는 거니까, 나와 헬렌 대신 또 누군가가 나타났을지도 모르지요."

"아닙니다. 닥터 헬레이는 명의사名醫師입니다."

"그건 틀림없어. 나는 명의사요. 이건 결코 자만이 아닙니다. 내가 명의시리야만 환자들이 빨리 완쾌될 수 있습니다."

"닥터 헬레이는 명의사 가운데서도 명의사입니다."

"고맙습니다."

"서양에선 명의의 대표자로서 히포크라테스를 치지요?"

"그렇지."

"우리 동양에선 편작扁鵲이란 사람을 명의의 상징적 인물로 치고 있죠."

"그 얘기 좀 들려주겠소?"

신상일은 가난한 지식으로 편작 이야기를 했다. 편작은 사람의 내부를 투시하는 신통력神通力을 가지고 있었다고 전해진 3천 년 전의 사람이다.

"그 편작이란 사람, 약은 어떤 것을 썼다고 하오?"

의사가 물었다.

"그건 모르겠습니다만 주로 초근목피草根木皮였지 않았나 합니다."

"식물성이군. 우리 선조의 고향 아프리카에서도 약은 주로 초근목피였지."

하고 서양의 약은 광물성을 주로 하고 식물성과 동물성이 부副가 되는데, 동양의 약은 식물성을 주로 하고 식물성과 동물성 광물성을 부로 한다는 얘기를 하고서, 동서의 의학적 지혜를 합할 수만 있으면 의술의 진보를 현저하게 이룩할 수 있을 것이라고 했다.

이런저런 잡담 끝에 의사는

"그리니치빌리지에 가는 건 좋지만 결코 과격한 운동은 말아야 합니다."

고 누누이 주의를 주었다.

할렘엔 그런대로 정이 들었다.

그러나 꼭 그곳에 가보아야겠다는 충동까진 일지 않았다.

헌데 그리니치빌리지는 다르다. 신상일은 어느덧 이곳에서 고향을 느끼게 되었다. 누구 한 사람 반겨주는 사람은 없었지만 그곳이 풍겨내는 공기가 그럴 수 없이 다정한 것이었다.

낸시의 체온이, 낸시의 눈초리가 서려 있었기 때문이 아닌가도 싶었다.

보통의 관광객은 워싱턴 스퀘어가 있는 웨스트빌리지부터 시작해서 이스트빌리지로 가지만, 신상일의 버릇은 이스트부터 시작했다. 이스트빌리지는 옛날 로와 이스트사이드라고 불리던 곳이다. 유명한 연극 〈데드엔드〉는 이곳을 무대로 하여 펼쳐진 드라마다. 유태인·폴란드인·우크라이나인들의 이민 지역이었는데, 지금은 푸에르토리코인·흑인 그리고 히피족들이 혼합상태를 이루고 있었다.

언제부터인가 웨스트 빌리지는 관광지와 상업지대로 변해갔다. 어느날 신상일은 어떤 아파트 앞에 서 있었는데 바로 그 아파트에 W·H·오덴이 살았다는 얘기를 듣고 놀랐다. 오덴은 신상일이 가장 좋아하는 문학인 가운데의 하나였기 때문이다. 신상일은 한참 동안을 그 아파트

앞에 서 있다가 다시 걸음을 옮기며 오덴의 시를 나직이 읊어 보았다.

신상일의 기억이 확실하다면 W·H·오덴은 1939년 1월, 그가 32세 때, 미국에 영주하기 위해 크리스토퍼 이샤우드와 더불어 뉴욕에 왔다. 그리고 9월 1일, 나치스 독일의 군대가 폴란드에 침입한 사실을 알았다. 그 이튿날 제 2차 세계대전이 발발한 것인데 신상일이 외우고 있는 시는 오덴이 9월 1일에 쓴 시이다.

"52번가의 어느 싸구려 술집,

거기 앉아 나는

저열하고도 부정직한 10년간을 회상하고 있었다.

불안하고 심려에 차 있는 시간,

낙천적인 희망도 꺼져버렸다.

노여움과 공포의 파도는

지상의 밝은 땅과

어두운 땅을 휩쓸어

내 생활까지 뒤흔들어놓았다.

언어도言語道가 끊어진 죽음의 내음이

이 9월의 밤을 노엽게 한다."

신상일이 기억하고 있는 것은 이 부분까지지만, 뒷 부분을 적어본다.

"만일 틀림이 없는 학문이면

루데르에서 오늘에 이르기까지

하나의 문화를 광기狂氣에 이끈

그 죄 전부를 밝힐 수가 있을 거다.

린츠에서 무슨 일이 발생했는가를,

어떤 이마고가

하나의 착란한 신神을 만들었는가를.

나도 대중들도 알고 있다.

그것은 초등학교 학생들도 알고 있다는 것을.

악을 행한 자는 악의 보복을 받아야 하는 것이다.

추방당한 투키디데스는 알고 있었다.

데모크라시에 관해서.

언론이 어느 정도까지 말할 수 있는가를,

독재자들이 무엇을 할 수 있는가를,

무감동한 무덤에 물어본다.

늙은이의 푸념으로,

그의 책은 이 모두를 분석했다.

추방된 계몽운동,

습관이 되어버린 고통,

좌절과 그 슬픔,

우리들도 역시 이것을 견디어야 하는 것이다.

집단적 인간의 위력을 과시하기 위해

맹목盲目의 마천루摩天樓가

솟아 있는

이 중립中立으로 흐린 하늘에

나라마다의 말들이 서로 다투어

공허한 변명을 지껄여댄다.

한데 어느 나라가 언제나

행복한 꿈속에서만 살아갈 수 있을 것인가.

거울 속에서 그들이 보고 있는

제국주의의 얼굴, 그리고

국제악, 세계악世界惡.

술집에 모여 있는 얼굴엔

일상의 매일이 스며들어 있다.

불을 꺼선 안 된다.

음악은 계속해야 한다.

갖가지 습성들이 얼키고 설켜

이 요새要塞를

가정의 가구처럼 꾸미고 있다.

그러면서도 우리에겐 알려주기 싫은 것이다.

우리들이 유령들 사는 숲속에서 길을 잃어,

밤을 겁내면서도 행복했던 시절을,

유쾌한 적이란 없었던 어린이였던 시절을.

전투적인 호언장담豪言壯談도

중요인물의 외침도

우리들의 소망처럼 노골적이진 않다.

광란한 니진스키가

가자기레프에 관해 쓴 것은

정상적인 인간들에게도 해당되는 사실이다.

그 까닭은 이렇다.

여자와 남자가 이 세상에 나면서

가진 뿌리 깊은 죄과罪過는

자기가 갖지 않은 것을 열망하는데 있기 때문이다.

보편적인 사랑이 아닌

자기만이 사랑을 받을 것을 열망하기 때문이다.

인습因襲의 어둠으로부터

윤리적 생활에로

통근객들이

붐비고 들어서며

아침마다 맹서를 되풀이한다.

'아내에게 거짓말 않겠다,

일에 좀 더 정성을 다 해야 하겠다'고.

그러나 뱀이 없는 남편족男便族은

의무적인 게임만을 계속할 뿐이다.

그린데 지금 누가 그들을 해방시켜 줄 수 있단 말인가.

지금 누가 그 귀머거리에게 메시지를 전달할 수 있단 말인가.

어느 누가 벙어리를 대신해서 주장한단 말인가.

우리들은 하나의 소리를 가지고 있을 뿐이다.

우리를 둘러싼 거짓말을 열어주는 소리다.

관능적인 사람의 뇌리에

자리 잡은 로맨틱한 거짓.

권위의 빌딩이 말하는 거짓.

세상엔 국가란 있을 수 없다.

아무도 자기 혼자만으로 있는 사람도 없다.

기아飢餓는 시민에게도 경찰관에게도 꼭 같이 닥친다.

우리들은 서로 사랑해야만 한다. 그렇지 않으면 죽음이다.

어두운 밤 속에 방패도 없이

우리들의 세계는 혼수상태에 있다.

그런데 아이러니컬한 빛은

가는 곳마다에 산재하여

'정당한 자들'이 그들의 메시지를

주고받는 장면을 비춰내고 있다.

그들과 마찬가지로

에로스와 재灰로써 되어 있는 나,

같은 부정否定과 절망絶望에

상처 입은 나로서 할 수 있는 일이라면

보여주고 싶구나!

어떤 긍정肯定의 불꽃을."

　첫부분 외에는 잊었다고 하나 신상일은 이 마지막 부분도 외우고 있었던 것이다.

　분수가 보이는 워싱턴 스퀘어의 벤치에 앉아 신상일은 소리내어 읊었다.

"Defenceless under the night

Our world in stupor lies；

Yet, dotted everywhere,

Ironic points of light

Flash out wherever the Just

Exchange their message；

May I, composed like them

of Eros and of dust

Beleaguered by the same

Negation and despair,

Show an affirming flame."

이때 사뿐히 곁에 와 앉은 노년의 사나이가 있었다.

"당신 지금 읊고 있는 시가 뭐죠?"

"W·H·오덴의 시입니다."

"W·H·오덴?"

하더니 그 노년의 남자는 중얼거렸다.

"오덴을 얼마 후 전미문학상全美文學賞을 받게 되어 있지."

"그래요?"

신상일이 놀라며 물었다.

"당신은 누구요?"

"나?"

그는 어름어름 말을 이었다.

"에이 맨 후 로스트 히즈 네임."

이름을 잃어버린 사람이란 것이다.

그리고 다시 그 시를 외어 보라고 신상일에게 이르고 귀를 기울이고 있더니, 억양과 발음 몇 가지를 고쳐주곤 술을 한 잔 사라고 했다.

"돈이 없는데요."

"1달러면 돼."

신상일은 50센트 두 개를 꺼내 주었다. 그걸 주고 나니 그의 호주머니엔 지하철을 탈 토큰 하나만이 남았다.

고맙다는 말도 없이 노인은 꾸부정한 허리를 하고 저편 골목으로 사라졌다. 신상일은 계속 그 자리에 앉아 분수에 부딪치는 가을 햇살을 눈부시게 보고 있었다. 그런데 옆에 와 앉는 기적이 있었다.

다시 그 노인이 온 것이다. 노인은 종이봉투에 쌓인 암녹색의 유리병을 꺼내어 신상일에게 내밀었다. 한 모금 마시라는 뜻이다.

"난 폐를 앓고 있습니다."

자기의 폐를 가리키며 신상일은 사양했다.

"폐를 앓는 게 정상이지. 인류는 모두 폐병에 걸려야 해. 그렇지 않으니까 이 세상은 위선이야."

노인은 요령부득한 소릴 중얼거리며 술병을 입에 댔다가 떼곤 했다. 관찰한 결과 노인의 눈엔 흰자위와 검은자위의 분간이 없었다. 장님이었다. 이름을 잃은 사나이라기보다 눈을 잃은 사나이라고 하는 편이 옳았다.

뉴욕에 와서 1달러의 보시布施를 그 장님인 노인에게 했다는 것이 신상일에겐 간지러운 체험이 되었다.

이스트빌리지의 중심지인 센트마크스 플레이스엔 일렉트릭 서커스가 있었다. 그 요란스러운 전기기타 소리를 듣고 있으면, 광란을 통해 겨우 생을 확인하는 심정들을 이해할 것만 같았다. 요컨대 시끄럽다는 것은 건강하다는 증거이며 건강하다는 것은 좋은 것이다.

2번가 10번지의 모서리엔 게이트 시어터가 있고, 그 극장 전면엔 센트마크스 교회가 있는데, 이 교회는 시·연극·영화 및 그 밖의 해프닝을 할 수 있도록 돈 없는 예술가들에게 개방되고 있었다.

여기뿐만 아니다. 자세히 보니 이곳저곳 자그마한 극장이 산재되어 있었다. 그리니치빌리지의 연극열은 대단하고 할 밖에 없었다. 가을이 깊어지자 워싱턴 스퀘어는 흥청거렸다. 매일처럼 야외음악회가 열렸다. 어떤 경우엔 클래식 연주회, 어떤 경우엔 재즈 연주회, 그런가 하면 어떤 땐 이외 연극·야외 무용도 있었다.

어느 날 신상일은 남녀 세 쌍이 전나체全裸體가 되어 아크로뱃 무용을 하고 있는 광경을 보았다. 그 가운데 한 쌍은 흑인이었다. 눈처럼 흰 피부를 가진 백인 두 쌍과 선명한 대조를 이루었다. 백인 두 쌍의 무용은 시메트리컬한데 흑인 한 쌍의 춤은 그 심메트릭을 배경으로 하여 독특한 무용을 이루었다. 나체춤이긴 했지만 음탕한 내음이란 전연 없는 청결한 스펙터클이었다.

이에 맞서 워싱턴 광장 남쪽에 위치한 저드슨 교회에서도 갖가지 해프닝이 있었다. 인디언 스타일로 시를 낭송하는 청년, 혼자서 팬터마임 하는 흑인 여성, 메레디스 몽크의 뉴 댄스 등, 지하의 갤러리에선 일종의 "디스트럭션 아트破壞運動의 藝術"가 펼쳐지고, 뜰에선 닭을 잡아 철철 흐르는 피를 뒤집어쓰고 광란하는 무리도 있었다.

신상일은 너무나 격렬한 구경을 일시에 소화할 수가 없어 며칠씩 그리니치빌리지에 가는 것을 쉬고, 강가 공원의 벤치에 앉아 빌리지에서 견문한 것을 재료로 허드슨강과의 대화를 즐기기도 했다.

신상일은 묻고 허드슨은 답하는 것이다.

— 흑백인이 섞인 세 쌍의 전라全裸 아크로뱃은 정말 재미가 있었다. 헌데 그것이 뜻하는 것은 무얼까?

"나르시시즘의 확대이다. 그들은 그렇게라도 하지 않고선 자기들의 존재 이유를 확인하지 못한다. 그들은 모든 체제를 부인하는 사람들이다. 그들은 그들의 생리적 질서 이외의 질서는 일체 부인한다."

— 닭을 잡아 그 피를 뿌려 피칠갑을 하는 뜻은 무엇일까?

"인생의 잔인殘忍, 생명의 잔인함을 현시함으로써 세상의 잔인에 항거하는 것이다. 누가 우리를 잔인하다고 할 것인가, 우리를 잔인하다고 하는 놈은 나서 보아라! 그들은 그렇게 외친다."

— 파괴에 예술이 있는가. 파괴가 어떻게 해서 기쁨이 될 수 있단 말인가. 예술이 될 수 있단 말인가.

"언젠가 모두들 파괴된다. 인류와 지구는 파괴될 운명에 있다. 그 운명을 선취하고자 하는 것이다."

— 나는 어느 장님 노인에게 1달러를 준 적이 있다. 그 장님 노인의 의미는 무엇일까.

'그 노인은 아마 W·H·오덴 이상의 시인일 것이다. 오덴 이상이라고 하는 것은 그 노인은 이미 시를 쓰기를 단념하고, 아니 졸업하고, 스스로 시처럼 몰락하길 원하고 있기 때문이다.'

— 허드슨이여! 그 모든 것을 긍정하는가. 뉴욕을 긍정하는가.

'긍정한다. 그 선善도 그 악도, 마천루도, 시궁창도 모두 긍정한다. 록펠러센터도 긍정하고, 월스트리트도 긍정하고, 그리니치빌리지도 긍정한다. 왜냐? 인생은 백 년을 넘지 못하는 존재들이기 때문이다. 그 짧은 시간 속에 못할 짓이 무엇이 있겠는가. 부정할 여유가 어디에 있겠는가. 나는 수천 년을 이렇게 흐르고 있다가 보니 드디어 허망을 알게 되었다. 허망은 부정의 터전이 아니라 무릇 긍정의 터전이다. W·H·오덴이 긍정의 불꽃을 보여주고 싶다라고 했다며? 사람으로선 긍정의 불꽃을 보여줄 수가 없다. 그렇게 소망하는 것 자체가 이미 오만이다. 긍정을 보여주는 것은 오직 나다, 나뿐이다. 허드슨이다.'

— 그런 사람은 무엇을 소망해야 하는가.

"서로를 사랑하라는 것이다. 사람이 원할 수 있는 건 오직 한 가지, 사랑이다……."

건강을 회복함에 따라 신상일은 신문을 읽게 되었다. 신문을 읽게 되면서부터 신상일은 자기가 미국을 얼마나 사랑하고 있는가를 알게 되었다.

다음은 그러한 어느 날에 있어서의 허드슨과의 대화이다.

— 위대한 미국. 제퍼슨과 링컨과 F·루스벨트의 미국. 이 미국은 자유를 갈망하는 사람들의 이상향이었고, 굶주린 사람들의 위안이었고, 사상적으로 상처를 받은 사람들의 최후의 거점이기도 했는데, 그러한 미국이 흔들리고 있는 것 같으니 걱정이 되지 않소?

"걱정할 건 없어. 미국이 보다 나은 미국이 되려면 좀 더 심한 시련을 겪어야만 해. 여태까지의 미국은 너무나 안이安易했다. 무슨 문제가 생기면 해결책이 저절로 나왔다. 너무나 풍부했기 때문에 더러 결핍缺乏의 현상이 있긴 해도 병으로까지 되진 않았다. 세상 어디에 이런 나라가 있을 수 있었겠나. 국가라는 것은 문제의 더미라는 것을 미국도 알아야만 할 때가 왔다."

— 이차대전에 있어서의 유일한 전승국이 아니었습니까. 미국은 금보유고金保有高만도 250억 달러, 세계관世界觀에 있어선 2백 년 계속된

정치체제와 그 아메리칸 웨이 오브 라이프에 조금도 회의를 갖지 않았던 나라. 마릴린 먼로와 제임스 딘, 로큰롤의 가수들을 통해 세계 대중문화의 연인戀人이었던 미국, 그 미국의 이미지가 점점 희미해지는 것은 어찌된 까닭일까요?

"그런 건 문제가 아니다. 대중문화야 어떻게 되었건 진정한 지적, 예술적 엘리트들이 속속 자라나고 있다. 미국은 이 시련을 통해서 참다운 인류의 고장으로 성장할 것이다."

— 베트남에서의 패전은 뭡니까. 푸에블로호號의 망신은 또 뭡니까. 국내에선 지금 인권문제가 폭동화되고 있질 않습니까. 흑인 지도자 킹 목사의 암살은 무엇을 뜻하는 것입니까. 로버트 케네디의 암살은 또 뭡니까. 마약이 범람하고 범죄는 증가일로에 있고…… 한심스러운 사건은 속출하고…….

"미스터 신, 넌 지금 무슨 소리를 하고 있는 거냐. 네 건강이 회복되었다고 하지만, 신문을 읽고 흥분할 수 있을 정도로 회복되진 않았다. W·H·오덴이나 헨리 밀러, 노맨 메일러를 읽을망정 신문이나 잡지는 읽지 마라. 미국의 문제는 정치가들에게 맡겨 두고 넌 요양에 힘쓰기나 해라. 헬렌을 더욱더욱 사랑하기나 해라. 네 힘으론 이렇게도 저렇게도 할 수 없는 일에 신경을 쓰느니보다 네가 할 수 있는 것, 그것은 즉 헬렌을 기쁘게 해주는 일이다. 너를 위해 헬렌이 얼마나 노력하고 있느냐, 쿠바인 식당에서 세 사람 몫의 일을 하고 있지 않느냐. 헬렌을 소중히 하라! 헬렌을 사랑하라!"

허드슨강에 비친 구름 위에 헬렌이 앉아 있었다. 아아, 나의 검은 천사!

이런 대화가 있은 그날 밤—.

일곱 시가 넘어서야 돌아온 헬렌을 안고 그 이마와 **뺨**에 키스하고 나서, 신상일은 허드슨이 자기에게 한 말을 전했다.

그랬더니 헬렌은 신상일의 포옹을 조용히 풀고, 창가로 가선 불빛이 명멸하고 있는 허드슨을 내다보며 속삭였다.

"허드슨! 고마워, 넌 내 마음을 아는구나!"

헬렌의 에보니를 닮은 뺨 위에 눈물이 구슬처럼 굴렀다.

식사를 시작하며 헬렌은 신상일에게 포도주를 권했다.

"닥터 헬레이가 한 잔쯤의 포도주는 대단히 좋다고 했어요."

신상일이 사양 않고 포도주를 받았다.

"나도 한 잔 하고 싶어요."

헬렌의 말이 있자 신상일은 헬렌의 잔을 포도주로 채웠다.

"자, 토스트."

하고 장난스러운 표정으로 변하더니 헬렌이 말했따.

"허드슨은 신기하죠?"

"신기해."

"허드슨도 낸시의 유언을 알고 있겠죠?"

"알고 있겠지."

"낸시의 유언이 어떤 건지 기억하세요?"

"기억하고 말고."

"한 번 말해보세요."

"헬렌을 소중히 하라."

"그것뿐?"

"헬렌을 사랑하라."

"미스터 신."

"응?"

"어떻게 하는 게 사랑하는 건지 미스터 신은 아시겠죠?"

"물론."

"그럼 어떻게?"

"그저 사랑하는 거지."

"사랑하는 사람의 뜻을 받드는 게 사랑이 아닐까요?"

"그럴 테지."

"그럴 테지?"

"아냐 그렇지."

"그럼 내 뜻을 알겠어요?"

"……."

"알면 그대로 하겠죠?"

"물론."

"프로포즈는 남자가 하는 거예요."

"……."

"닥터 헬레이가 말했어요."

"……."

"아프리카에 사자 사냥을 갈 수는 없어도 결혼할 수는 있대요. 내가 조심해야 한다는 전제 조건을 붙이고요."

신상일은 일어서서 세면장으로 갔다. 손을 정성껏 씻었다. 그리고는 돌아와 와이셔츠를 갈아입고 넥타이를 매었다.

헬렌 가까이로 갔다.

"미스 헬렌……."

"내 성은 킨스버그예요."

"미스 헬렌 킨스버그, 당신을 나의 아내로 맞이했으면 합니다. 당신의 의향은 어떠신지요?"

금시 헬렌의 눈에 눈물이 차오르더니 울음소리를 터뜨리고 이마를 탁자 위에 댔다.

"미스 헬렌 킨스버그, 왜 대답이 없으십니까?"

헬렌이 고개를 숙인 채 말했다.

"허드슨이 대신 답을 할 거예요."

신상일이 창문을 열었다.

허드슨강으로부터 웅장한 코러스가 실르러의 〈환희歡喜의 송가頌歌〉를 베토벤의 위대한 가락에 담아 밤바람에 실어 보내왔다. 천상의 성좌는 고요히 그 합창에 귀를 기울이고 있었다.

"답을 들었다, 허드슨으로부터! 허드슨이 O. K. 했어, 베토벤의 합창으로!"

어느새 옆에 와 선 헬렌이

"이젠 내 입으로 말하죠. O. K."

하며 입술을 신상일의 입술에 맞추었다.

20

그 해의 겨울은 단란한 시간의 연속이었다. 신상일은 희랍어를 공부하기 시작했다. 메리 집에서 가지고 온 열 권의 책을 읽기 위해서였다. 희랍어 공부를 시작한 얼마 뒤, 그 책이 플라톤과 아리스토텔레스의 전작품을 합쳐 놓은 것이란 사실을 알았다.

신상일은 봄이 되면 컬럼비아 대학엘 가기로 했다. 헬렌의 도움이 있고, 파트타임으로 일하면 불가능할 것이 없었다. 40세이니 늦기는 하지만 대학교수가 되어 볼 목표를 세우고 한 편 소설을 쓸 꿈을 가꾸었다. 소설의 재료는 허드슨강이 얼마든지 제공해줄 것이었다.

신상일은 헬렌에게 다음과 같이 설명했다.

"시간적으로는 허드슨강을 거슬러 5백 년 전까지 가보는 스토리 하나, 공간적으로는 허드슨의 원류源流에까지 거슬러 오르며 지리학적 바탕에 인생을 섞어 쓴 스토리 하나, 상류에서 뉴욕으로 내려오며 더듬는 로맨틱 스토리 하나, 허드슨 강가에 사는 가난한 연인의 러브스토리 하나, 관광객의 시점에 의한 동서와 신구 대륙의 강을 비교하는 기행적記行的 스토리 하나. 이렇게 해서 합계 다섯 개로 된 스토리의 집대성集大成. 그 제목은 더 스토리 오브 허드슨."

헬렌은 눈을 반짝거리면서 듣곤, 돌연 얼굴을 흐리며 말했다.

"그렇게 해서 그게 베스트셀러가 되어 우리가 돈방석에 나앉게 되면 어떻게 하죠? 아아, 겁나!"

행복할 때의 헬렌의 모습은 한없이 우아하고 매력적이다. 그 동작 하나하나가 무용을 닮고, 단어 하나하나가 보석처럼 빛난다. 헬렌을 통해, 초등학교初等學校에서 배운 지식만으로도 창발력과 상상력이 보태지기만 하면 하나의 숙녀를 빛내고도 남음이 있는 광원光源이 될 수 있다는 것을 알 수가 있었다. 그런데 무엇보다도 헬렌의 특질을 이룬 것은 유머 센스였다.

유머는 지옥을 천국으로 바꾸고 사死를 생生으로 돌이킬 순 없지만, 리버사이드의 암울한 방을 웃음의 꽃밭으로 만드는 기적은 낳는다. 허드슨강의 그 육중하고 초월적인 언어를 인간의 말로 번역하는 재질을 부여한다.

"미스터 신! 허드슨의 스토리를 쓰는 것은 무방하지만 베스트셀러가 안 되도록 조심할 필요는 있어요. 우린 그다지 많은 돈을 필요로 하지 않잖아요?"

라고 일렀다.

그리고는 다음과 같은 말을 해서 신상일을 놀라게 했다.

"허드슨이란 이름은 맨해튼 섬을 처음 발견한 헨리 허드슨의 이름에서 비롯된 것입니다. 헌데 발견했다는 말은 무엇을 뜻하는 말이죠? 헨리 허드슨이 없었더라면 맨해튼이 없었단 말인가요? 허드슨이 오기 전에도 사람들이 살고 있었어요. 그런데 발견이란 무슨 뜻이지요? 백인白人들이 있다고 말하지 않은 것이면 있어도 없다로 된다는 얘긴가요? 그러니 우리는 앞으로 허드슨강이라고 하지 말고 더 리버The River라고 합시다. 더 리버! 좋잖아요? 더 리버 스토리면 돼요. 그렇잖아요?"

신상일은 헬렌의 의견을 좋다고 했다.

"우리는 더 리버라고 하자."

고 동의까지 했다.

"그러나"

하고 신상일은 이렇게 말했다.

"영광스럽게 붙여진 이름이나 불행하게 붙여진 이름이나 이름은 이름이야. 이름은 전달傳達의 필요에 의해 생겨난 것이다. 그런데 내가 글을 쓸 때 더 리버라고 해 놓으면 반드시 주註를 달아야 한다. 주를 달 필요가 있는 것이라면 그냥 허드슨강으로 해두자. 나와 헬렌은 더 리버라고 부르고, 더 리버가 허드슨이란 이름을 가졌기 때문에 비극적 색채가 있는 것이지만, 지금 저 허드슨은 헨리 허드슨과는 완전히 무연無緣하게 흐르고 있지 않는가."

납득하면 주저 없이 승복하는 것이 또한 헬렌의 특색이다.

"당신의 말엔 진실이 있어요. 당신 뜻대로 해요."

헬렌은 관대한 여왕이 신하의 건의를 받아들이듯 승복했다. 신상일이 구상한 허느슨 스토리는 상일과 헬렌 사이의 끊임없는 대화의 화제로 되었는데, 특히 성애性愛의 전후를 장식했다.

헬렌의 육체, 그 오묘한 부분은 동양 여성의 그것보단 줄잡아 섭씨 1도는 높다는 인식을 상일은 어느덧 갖게 되었다. 그것은 아프리카인들이 지닌 생명력의 강도를 말하는 것인지도 모른다고 신상일은 생각하기까지 했다.

성애가 그 완벽한 뜻으로서 황홀경일 수 있다는 신상일의 발견은 헬렌을 통한 것이었다.

상일은 헬렌과의 결혼을 결단했을 때, 섹스는 일단 도외시하고 있었다. 거리에서 색을 팔았다고 해서 그 사실이 잠재의식으로 남아 있었기 때문이 아니라, 섹스를 초월한 순수한 사랑의 장소와 시간을 상정할 수 있었기 때문이었다. 그런데 그것이 아니었다. 헬렌의 육체는 결코 황폐해 있지 않았다. 그녀는 순일한 순정과 젊은 생명력으로 해서 어느덧 탄력과 신선도를 되찾고 있었던 것이다.

언젠가 낸시가 했던 말

"성애性愛는 같은 인종, 특히 동족끼리 해야 되는 것인가 봐요. 이민족, 이인종異人種끼리의 성애엔, 정신적인 사랑으로 메꾸어야 할 틈서리가 꼭, 이라고 할 만큼 있는 것인데 당신과의 사이엔 그런 게 없으니까요."

이 말을 기억하고 있는 신상일은 헬렌과의 경험에 의해 전연 반대되는 결론을 만들고 있었다.

"성애의 황홀경은 정신적인 사랑이 충만했을 경우, 이인종끼리라야만 비로소 달성할 수 있는 것이 아닐까……."

신상일에 있어서 헬렌을 안는 것은 하나의 천사를 안고 있는 기분이며, 지극한 사랑을 안고 있는 기분이며, 기막힌 섹스 오르간을 안고 있는 기분이며, 그 무궁한 과거와 더불어 있는 아프리카 대륙을 안고 있는 기분이었다.

그런 까닭에 자연 생활의 절도를 잃었다. 신상일에게 절제를 강요할 만큼 헬렌은 어른이 아니었다. 일단 관능官能에 불이 붙자 그들의 단란과 행복은 육체의 희락으로서 보다 강하게 확인할 수 있는 것으로 되었다.

모처럼 겨울을 순탄히 지내고, 허드슨강이 다시 봄의 도래를 노래하는 흐름으로 되었을 때, 신상일의 건강은 퇴락하기 시작했다. 그러나 그것은 서서한 퇴락이었기 때문에 상일의 의지력으로서 커버할 수가 있어, 아직은 적신호赤信號가 켜지진 않았는데 돌연 헬렌이 쓰러졌다.

낸시의 죽음에서 오는 타격을 딛고 1년 여를 세 사람 몫의 일을 했다는 데서 오는 과로, 신상일을 간병看病하기 위해 쏟은 헌신적인 노력과 심로心勞, 수십년 만에 처음이라고 한 뉴욕의 겨울을 신상일에게 안락하게 만들어주기 위해 소비한 정신적 물질적 부담…….

헬렌에게 절대안정을 선언하고 나서 닥터 헬레이는

"헬렌의 발병은 당연하다. 청동靑銅으로 된 인간이라도 그가 강행强行한 노고에 지치지 않을 수 없을 것이다."

고 했다.

신상일은 자기 병세에 관한 충분한 자각이 있었지만, 그것을 표면에 나타낼 수가 없었다.

혼수상태에 빠진 헬렌의 이마에 가벼운 키스를 하곤 창가에 섰다.

밤이었다.

오월의 밤바람이 신록의 내음을 날아왔다. 약간의 먼지 냄새를 동반한 신록의 내음은 리버사이드에서가 아니면 맡을 수 없는 뉴욕 5월의 체취라고나 할 수 있을까.

소음도 같이 흘러들어오고 있었지만 신상일의 귀엔 여과장치가 되어 있어 듣지 않는 거나 마찬가지였다. 만선滿船의 전등불을 싣고 유람선이 눈 아래를 지나갔다. 뉴욕의 야경을 보이기 위한 상술商術이겠지만 그 유람선은 예술로서의 품위를 지니고 있었다.

유람선이 지나가고 난 뒤의 고요 속에서 허드슨이 속삭이기 시작했다.

"미스터 신, 너는 헬렌을 위해 너 스스로를 희생할 각오를 해야 한다. 헬렌은 네가 봉사한 그 지성에 대한 보상이라고 하기보다 헬렌이 존귀한 생명이다. 너의 사랑이다. 헬렌의 사랑을 얻을 수 있었다는 것은 네가 이 세상에서 향유할 수 있는 최고의 은총이다. 클레오파트라의 사랑을 얻기란 혹시 쉬운 일일지 모른다. 그레이스 켈리의 사랑을 얻기도 혹시 쉬운 일일지 모른다. 그러나 거리에 쓰레기처럼 굴던 흑인 소녀, 이미 그 마음이 메말라 10년 가뭄 끝의 논바닥처럼 되어 있었던 거지의 마음에 순정을 가꾸고, 그 순정이 모여져 사랑의 샘물처럼 되었는데, 비로 그 사랑의 샘물을 마시고 네가 기사회생起死回生 할 수 있었다는 것은 기적에 가까운 일, 아니 바로 기적 그것이다. 그런 사랑을 소중히 할 줄 모를 때, 넌 인간이 아니다. 너의 고국 서울에서 친구들에게 폐를 끼친 따위의 실수는 아무것도 아니다. 너는 네 병을 헬렌에게 숨겨라. 그리고 헬렌이 네게 한 만큼의 정성을 다하라. 허드슨은 네 마음을 안다. 허드슨은 너의 지성至誠을 기억하리라. 헬렌은 네가 인간으로서의 진실을 다할 최후의 기회를 네게 준 것이다. 그런 뜻으로서도 헬렌은 네게 있어서 결정적인 은총이다."

신상일은 허드슨을 향해 경건히 맹서했다.

— 나는 헬렌을 위해 내 생명을 바치리라. 헬렌을 살려 놓은 연후에 나는 죽으리라. 헬렌을 살리기 전엔 결단코, 결단코 죽지 않으리라!

이튿날 아침 헬렌을 돌봐놓고 신상일은 쿠바인 식당으로 카르로스를 찾아갔다.

"세뇨르 카르로스, 헬렌이 병들었습니다. 중태입니다."

"세뇨르 신, 나도 그 얘긴 들었소. 아름다운 꽃에 벌레가 붙기 쉽다지만, 어찌 헬렌과 같은 착한 사람에게 그런 불행이 닥칠 수 있겠소."

카르로스의 말도 침통했다.

카르로스는 이어 헬렌이 식당의 꽃이었다고 했다. 쿠바 동포 가운데서 종업원을 채용하지 않고 헬렌을 채용한 것을 처음엔 핀잔하는 사람이 있었는데, 어느덧 그런 핀잔이 없어졌을 뿐 아니라 쿠바인들이 배워야 할 교훈적 여성이 되었다는 말까지 했다.

"세뇨르 카르로스, 내가 헬렌이 하던 일을 하겠습니다. 나를 여기서 일하도록 헤주십시오."

신상일이 두 손을 모았다.

"당신이 어찌 헬렌이 했던 일을 할 수 있겠소만, 우리가 어찌 헬렌을 버릴 수가 있겠소. 내일부터라도 나오도록 하시오."

카르로스의 말이었다.

돌아와 신상일은 헬렌에게 전했다. 겨우 정신을 차린 헬렌은

"더 리버 스토리는 언제 쓰지?"

하고 울먹였다.

"걱정 없어. 더 리버 스토리를 우리들의 러브 스토리로 하면 될 게 아닌가. 우리의 매일매일이 스토리로 되는 거지. 헬렌이 건강을 회복하는 날, 그 리버 스토리, 즉 우리의 러브 스토리는 그 제1부를 완성하게 되는 거야."

"내 건강이 회복될 날이 있을까?"

"무슨 소리, 여기에 그 예가 있지 않나."

하고 그 언젠가 헬렌이 하던 말을 신상일이 되풀이 했다.

의지력을 발동하라고, 용기를 갖자고.

헬렌의 병도 폐결핵이었다. 화가 알렉스의 병이 낸시에게로 옮아가고, 낸시의 병이 신상일에게로 옮아, 다시 그것이 헬렌의 병으로 된 것이다.

병을 통한 유대, 병으로 엮어진 인연, 거기 숙명이 있는 듯했다.

"나는 기어이 건강을 회복할 거야, 이렇게 말해봐!"

신상일이 명령했다.

"나는 기어코 건강을 회복할 거다."

하고 헬렌은 손을 신상일에게 뻗어왔다.

아침 열 시에 출근.

한 시간 동안 청소.

다음 두 시간 반 동안은 손님들에게 음식을 나르고, 다음 한 시간은 접시 닦기, 청소.

세 시에 아파트로 돌아와 헬렌에게 식사를 챙겨 먹이고, 다섯 시에 나가 다시 일을 시작, 일곱시에 집으로 돌아온다.

이런 일과가 되풀이되었다.

고마운 것은 닥터 헬레이였다. 닥터 헬레이는 자기 딸처럼 헬렌을 돌보아 주었다.

카르로스는 신선한 고기, 신선한 생선, 신선한 채소를 공급해주고, 헬렌을 아는 과일가게에서는 헬렌에게 필요할 만큼의 과일을 무상으로 공급해주었다.

그런데 최대의 난사難事는 헬렌의 식욕을 돋우는 일이었다. 헬렌처럼 구변이 좋지 못한 신상일은 헬렌의 식욕 돋우기가 서툴렀다.

"이것을 먹지 않는다는 건 의지력의 부족을 뜻하는 것이야."

"이것을 먹지 않는 것은 용기의 부족이야."

"이것을 먹지 않는 것은 내게 대한 사랑의 부족이야."

기껏 이런 협박조의 말밖엔 할 수 없었는데, 때론 허드슨을 원용할 때도 있었다.

"디 리버가 노하고 있어. 오늘도 헬렌은 식사를 제대로 하지 않았지,

하고."

　병세는 일진일퇴였는데 조금 소강상태가 되기만 하면 헬렌은 섹스를 요구했다. 그것을 피하는 것이 힘들었다. 그럴 때의 헬렌은 대단히 소피스트케이트하게 대들었다.

　"환자에게 중요한 건, 마음을 기쁘게 하는 일이죠? 내 마음을 기쁘게 해줘요. 그렇게만 하면 병이 나을 것 같아요."

　그러면 낸시의 예를 들어

　"헬렌은 낸시가 자살한 거나 마찬가지라고 하잖았어? 의지력이 부족했다고 말하지 않았어?"

　하고 신상일이 반대하면 헬렌은 버럭 화를 냈다.

　"낸시와 나와는 달라. 나이가 다르고 신체의 구조가 달라요. 그리고 낸시의 병은 오래 된 거고 내 병은 그렇지 않아요. 낸시와 나는 다르단 말예요."

　신상일은 하는 수 없이 타이른다.

　"닥터 헬레이의 엄명이야! 닥터 헬레이의 말에 의하면 섹스를 하면 죽는다고 했어!"

　"의사가 뭘 알아? 내 병, 내 육체는 내가 가장 잘 알아."

　하며 안달을 했다.

　그러나 신상일은 어떤 일이 있어도 헬렌의 그 요구에만은 응하지 않았다. 신상일 자신의 체력을 유지할 수 없었기 때문도 있었다.

　그 대신 신상일은 갖가지 얘기를 함으로써 헬렌의 욕망을 진정시키려고 애썼다. 그 재료는 신상일이 기억해 낼 수 있는 대로의 전역에 걸

쳤다.

《이솝 이야기》로부터 《아라비안나이트》, 중국의 《삼국지》,《수호지》
로부터 한국의 《고금소총古今笑叢》, 그리고 이것저것 주워 읽은 단편집
가운데서의 몇 가지.

그 가운데 헬렌을 가장 유쾌하게 한 것은 모나코의 사형수死刑囚 얘기
였다.

"모나코는 조그만 나라 아냐? 인구가 만 명 될까 말까 한…… 이 얘
기는 그레이스 켈리가 모나코의 왕비로 가기 전의 얘기야. 모나코에 살
인사건이 생겼어. 헌데 그 살인사건은 너무나 잔인했다. 범인은 곧 붙
잡을 수가 있었다. 대신들이 모여 법정을 구성해서 재판한 결과 범인에
게 사형선고가 내려졌다. 처음엔 총살형銃殺刑이었다. 총살형을 집행하
려 하자 국방대신이 국왕께 아뢰었다. 모나코의 군인들은 사격훈련을
받고 있지 않았기 때문에 범인에게 굳이 총살형을 시행하려면 교관을
외국에서 불러와서 일정기간 훈련을 시켜야 하겠고, 녹이 쓴 총 대신
새로운 총도 구입해야 합니다, 하고. 국방장관 말대로 하려고 하면 비
용이 엄청나게 들 것이라서 국무회의를 열어 총살형을 교수형으로 변
경했다.

교수형을 시행하려고 하자 또 난관이 생겼다. 모나코엔 교수대가 없
었기 때문이다. 별 도리 없이 다시 국무회의를 열어 교수형을 단두형
斷頭刑으로 고쳤다. 그러나 모나코에 길로틴이 있을 까닭이 없다. 프랑
스에서 빌려오기로 했는데, 그 사용료와 수송료, 전문가의 인건비人件
費 등이 엄청났다. 노름판에서 세금을 더 거두어야 할 판국이었다. 다시

국무회의를 소집해서 사형을 무기형無期刑으로 고쳤다. 그런데 또 문제가 생겼다. 모나코엔 감옥시설이 없었기 때문이다.

궁여지책으로 호텔의 방 하나를 빌려 감시병 둘을 특별 채용하기로 했다. 식사는 호텔의 레스토랑에서 가져오기로 했다. 이렇게 해서 난문제를 해결한 셈인데, 그런 상태로 10년을 지냈다. 10년을 지내서 계산해 보니 호텔비, 식사비, 감시병의 월급 등, 엄청난 비용이 쓰였다. 다시 회의를 열어 감시병을 1명으로 줄이고 식사는 왕궁王宮에서 가져오기로 했다. 그렇게 하는 동안 도주의 염려가 없다는 것을 알고 식사를 왕궁에서 갖다 주는 폐단을 없애고 본인이 왕궁에 가서 먹기로 했다.

범인은 왕궁엘 왔다 갔다 하는 시간을 넉넉하게 잡곤 거리에서 빈둥거렸다. 다시 회의가 열렸다. 범인의 나이는 아직도 30대 초이고 건강상태도 양호한 것으로 보아 앞으로 50년은 더 살지 모른다는 결론을 얻었다. 그렇게 되면 앞으로 계속 비용이 들기만 할 것이었다. 그럴 바에야 추방해 버리자는 제안이 있었다. 국왕은 그 제안을 타당하다고 보고 재가를 내렸다. 그 결정을 내리자 범인은 분연 반발했다. 그자는 말했다. 나는 총살형을 교수형으로 바꿀 때도 반대하지 않았다. 교수형이 단두형으로 고쳐질 때도 가만있었다. 이윽고 사형이 무기형으로 되었는데 이때도 나는 잠자코 있었다. 감시병을 하나로 줄일 때도 반발하지 않았다. 호텔의 식사를 못하게 되었을 때도 불평하지 않았다. 그러나 이번의 결정엔 승복할 수 없다. 나를 석방하여 국외추방으로 한다고 하니 언어도단이다. 세상 어디에 이처럼 조령모개朝令暮改하는 나라가 있느냐 말이다. 나는 이 나라의 체면을 위해서도 이번 결정만은 승복할 수가 없다. 뿐만 아니라 지금 나를 나가라고 하면 나는 앞으로 이렇게 살아야 한단 말인가. 들어보니 일리가 있는 말이었다. 범인은, 나를 국외 추방하려면 앞으로 50년간 살아갈 수 있는 돈을 내라고 대들었다. 결국 옥신각신 교섭이 있은 후 25년간의 생활비를 받고 범인은 자기의 국외 추방에 동의했다. 모나코에서 국외추방이라고 해보았자 몬테카를로에서 자전거를 타고 십 분 동안 걸리는 곳에 나앉으면 되는 것이다. 범인은 모나코 정부에서 받은 돈으로 몬테카를로에서 불과 15킬로쯤의 지점에 집을 마련하여 살며, 매일처럼 카지노에 와서 노름을 하게 되었다……."

이 얘기를 듣고 헬렌을 깔깔대며 웃었다.

태산을 안아 넘기듯 여름을 안아 넘긴 9월초 어느 날 신상일이 각혈했다. 재발한 폐결핵이 급격하게 심해진 것이다.

신상일의 각혈은 화장실에서 있었다. 그는 다행한 일이라고 생각했다. 헬렌이 눈치채지 못하게 할 수 있었던 까닭이다. 이때 그는 체력의 한계를 느꼈다. 그러나 신상일은 끝까지 버틸 작정으로 했다.

헬렌의 병세에 차도가 보이는 것이 그에게 용기를 주었다.

나는 죽어도 헬렌은 산다는 신념이 한줄기의 희망이 되있다. 그릴수록 최후의 목적을 위해 최선을 다해야겠다고 마음을 먹었다.

어느 날 밤의 일이다.

헬렌이 잠들기를 기다려 신상일은 자리에 들려고 하다가 소스라치게 공포감을 느꼈다.

'이대로 자리에 누우면 나는 내일 아침 일어나지 못할 것이다.' 하는 예감이 든 것이다.

신상일은 기진맥진한 몸을 창가로 옮겼다. 차가운 밤바람이 두려워 창은 열지 못하고 창의 유리에 이마를 대고 허드슨을 바라보았다.

— 내가 내일 아침 일어나지 못하면 어떻게 하지?

허드슨의 답은 이랬다.

"죽어 있지 않는 한, 넌 일어나야 한다. 헬렌의 건강 회복은 앞으로 3 보쯤 남겨놓고 있다. 네가 일어나지 못하면 헬렌도 끝장이다."

— 그렇다면 내일은 일어난다고 하자. 그런데 모레 내가 죽는다면 헬렌은 어떻게 되겠는가.

"그래도 버텨보는 거다. 끝까지 버티어보는 거다. 그러면서 생각하라. 궁하면 통한다는 말은 너의 나라의 격언이 아니냐?"

이때 신상일의 뇌리를 스친 것이 방 한구석에 먼지를 쓰고 쌓여 있는 알렉스의 그림이었다.

"저것이 혹시 돈이 될 수 없을까. 나와 헬렌을 함께 구할 수 있는 돈으로 될 수 없을까."

그런데 그 그림은 낸시의 뜻에 의해 언터처블不可觸한 것으로 되어 있었다. 낸시의 말이 귓가에 쟁쟁했다.

"나는 알렉스의 그림이 무시당하는 것을 견딜 수가 없어. 알렉스가 존경을 받을 때까진 절대로 저 그림에 손을 대선 안 돼!"

그때 신상일이 한 말이 있었다.

"그림이 세상에 나타나야만 존경 받을 만하다든가 아니라든가 하는 평가가 있을 수 있지 않겠는가?"

"알렉스의 그림 몇 장은 화상畵商들 손에 들어가 있어요. 정당한 평가를 받게 되면 반드시 신문이나 잡지에 대서특필될 것이니 그때까지 기다려야 해요."

그러면서 낸시는 날짜가 낡은 미술회보美術會報를 어디에선가 구해 와서 훑어보는 것을 일종의 과업처럼 하고 있었던 것이다.

낸시가 죽고 어언 1년 반. 그 후에 신상일은 미술회보를 본 적이 없었다.

신상일은 마음을 다지고 기어가듯 그림의 더미 있는 곳으로 가서 묶어 놓은 끄나풀을 가위로 끊었다. 엎어 놓은 맨 위의 한 장을 집어 들고 불 밝은 곳으로 왔다.

신상일의 가슴이 쿵 하고 소리를 냈다. 거기 펼쳐진 그림은 사람의 눈을 번쩍 뜨게 하는 작품이었다. 신상일은 잡지를 편집하고 있었던 관계로 그림에 대한 얼마간의 소양이 있었다.

신상일의 눈앞에 있는 그림은 1961년이란 날짜가 오른쪽 귀에 기입되어 있는 풍경화, 좀 더 정확하게 말하면 쉬르리얼리즘 스타일의 풍경이었다. 암청색의 산허리를 칼로서 자른 듯한 골짜기에 거대한 식물植物이 꽃을 피우고 있는데 그 녹색의 잎사귀 사이로 하얀 방울 모양의 꽃들이 점철되어 있었다. 거기엔 강렬한 이미지가 뭐라고 형용할 수 없는 상징의 의미로서 나타나 있었다.

"걸작이다!"

신상일은 저도 모르게 중얼거렸다. 스스로의 병도 잊었다. 그다음의 동작은 병자답지 않게 민첩했다. 그림 있는 구석으로 가서 손에 잡히는 대로 몇 개의 그림을 가지고 왔다.

20호쯤으로 가늠되는 그림은 회백색灰白色 거품 위에 떠있는 엠파이어스테이트 빌딩이었다. 빌딩의 벽면은 붉은 색, 창틀은 검은 색, 붕괴 직전의 인상으로 위태위태한 느낌이 화면에 가득 차있었다. 자세히 보니 창 하나하나에 사람의 귀·손가락·발가락·눈·코 등이 희미한 빛깔의 터치로 그려져 있었다. 전체의 컴포지션이 쉬르리얼리즘인데 그러한 세부는 어디까지나 정교하고 리얼했다. 신상일은 문득 달리를 연상했다.

또 하나 20호쯤의 화면은 부서진 유리창에 유리의 파편이 남아있는 구도構圖 위에 은백색銀白色의 산파山婆가 있고, 그 산파 위에 히틀러를 닮은 사나이의 얼굴이 떠 있었다. 이것 역시 구도는 쉬르리얼리즘이지만, 하나하나의 묘사는 강철로 만들어 놓은 조각처럼 구체적이며 실사적實寫的이었다.

신상일은 다음다음으로 그림을 보아가는 동안 완전히 매료되었다. 거기엔 천재가 있었다. 동시에 알렉스 페드콕이 괄시를 받은 사정을 이해할 것 같기도 했다.

쉬르리얼리스틱한 구도 위에 사진寫眞과 겨눌 만큼, 아니 사진 이상의 실사를 배합한 그림이 애호가들의 호감을 사려면 이미 명성名聲을 가지고 있던가, 혁명적인 이벤트가 있던가 해야 하는 것이다. 무명화가의 이같은 대담성은 좀처럼 인정을 받기가 힘든 것이다.

신상일은 알렉스 페드콕의 미래에 있을 명성을 믿어 의심치 않았던 낸시의 신념을 비로소 납득했다.

알렉스 페드콕의 그림은 전부 83점이었다. 신상일은 자기도 이해할 수 없는 감동에 이끌려 밤새워 그 그림들을 감상했다. 그 때문에 피로가 심했다. 그러나 그 피로는 감미롭기조차 했다.

새벽에 잠을 깬 헬렌이 그림 보기에 열중하고 있는 신상일에게 말을 걸었다.

"당신 거기서 뭐하는 거죠?"

신상일의 첫말이

"낸시의 남편은 천재였어!"

하자, 헬렌은

"낸시의 남편이면, 당신?"

하고 되물었다.

"아냐 알렉스 페드콕을 말하고 있는 거야. 언젠가 낸시가 자기는 알렉스 페드콕의 아내로서 남아있고 싶다고 한 말은 겉치레로 한 말이 아니었어!"

신상일은 몇 개의 그림을 들고 헬렌의 침대로 가서 그곳의 스위치를 틀었다.

"난 잘 모르겠어."

헬렌의 말이었다.

"잘은 몰라도 이 그림에 뭣이 있다는 것만은 알겠지?"

"그래요. 뭣이 있는 것 같애요."

헬렌노 수긍하는 눈빛이 되었다.

이튿날 신상일은 점심시간과 저녁시간 시간의 사이를 이용해서 알렉스의 그림 한 장을 들고 이스트빌리지의 어느 화랑을 찾았다.

화랑의 주인인 중년의 사나이는 알렉스의 그림을 보자 깜짝 놀랐다.

"당신 어디서 이것을 입수한 거요?"

하는 질문이 잇달았다.

질문에 답하는 대신 신상일이 물었다.

"알렉스 페드콕의 전람회를 했으면 하는데 어떻겠소?"

"몇 장이나 가지고 있는데요?"

"약 스무 장."

하자 화랑의 주인은 더욱 더 놀래는 눈치더니, 단번에 태도를 정중하게 바꾸고 설합에서 신문의 스크랩을 꺼내놓았다.

어느 스크랩엔

〈달리를 닮아 달리를 넘어선 알렉스 페드콕〉

이란 제목이 달린 기사가 있었고

어느 스크랩엔

'르네 마그리트의 계통이라고 할 수 있으나 르네 마그리트가 이르지 못한 경지에 이른 이 화가의 불행은, 생전의 불우한 환경 때문이기도 하지만 그 유작이 너무나 적은 데 있다'는 기사가 있었다.

또 다른 스크랩엔

"어떤 경로로 왔는진 몰라도 난데없이 파리의 미술시장에 나타난 알렉스 페드콕의 그림은 격렬한 경쟁을 불러일으킨 결과 일본의 미술상美術商의 손에 낙찰되었다. 20호짜리의 그림값은 25만 달러. 평생을 무명으로 지낸 화가의 작품으로선 이례異例에 속하는 일이다. 그러나 그 희소가치를 아울러 생각할 때 리즈너블한 가격이라고 할 수도 있다……."

신상일이 어리둥절하고 있는데 화랑주인의 말이 있었다.

"알렉스 페드콕의 전람회를 우리 화랑에서 할 수 있다면 그보다 더한 영광이 없습니다. 미국의 화가로서 프랑스의 미술시장을 뒤흔들어 놓은 사람은 여태까진 알렉스 페드콕 밖엔 없을 겁니다."

신상일은 화랑주인의 질문엔 극도로 말을 절약하여 답했다. 알렉스의 그림을 소장하고 있는 사람은 알렉스의 부인 낸시 성이라는 것과, 알렉스의 사후에 낸시 성과 자기가 결혼하게 되었다는 사정 설명을 했을 뿐이다.

"그래서 그의 그림을 20점이나 가지고 있는 겁니까?"

"그렇소."

"그렇다면 당신은 이미 백만장자가 된 셈이오."

화랑 주인은 그림을 소장하고 있는 영광보다 그 그림의 금전적 가치에 특히 중점을 두는 것 같았다.

아플레 리스뜨와르

소설가 이나림 씨가 신상일의 편지를 받은 것은 70년대의 어느 해가 저물어갈 무렵이었다. 이나림 씨는 신상일에게 얼만가의 돈을 빌려수기노 하고, 신상일의 도미渡美를 권하고 알선한 사람 가운데의 한 사람이다.

이나림 씨가 받은 편지의 내용은 다음과 같았다.

"너무나 적조했습니다. 미국으로 온 지 어언 5년, 그 동안 편지 한
장 쓰지 못했던 것은 어찌할 수 없었던 사정 때문이었습니다. 용서 있
기를 빕니다. 돈 3만 달러를 미국은행을 통해 보내겠습니다. 이자를 쳐
서 보내 드릴 당초의 작정이었습니다만, 그렇게 하는 것도 쑥스러워 소
생이 빌린 돈의 3배 가량의 액수는 되리라고 짐작하고 보내는 바입니
다. 소생이 진 빚 총액은 당시 미화로 15만 달러 상당이었는데, 그것을
45만 달러로 갚을 작정을 하고 신세를 끼친 분들에게 빠짐없이 보냈습
니다. 이것으로써 은혜를 갚았다는 생각은 추호도 없습니다. 다만 사람
구실을 했다는 안심이 드는 기분일 뿐입니다. 어떻게 해서 돈을 갚을
수 있었느냐에 관해선 복잡한 얘기가 되겠기에 지금은 생략하겠습니
다. 뉴욕에 오시는 기회가 있으면 표기의 주소로 연락이 있으시길 바랍
니다. 소생은 아마 죽을 때까지 그 주소에서 다른 데로 옮기진 않을 것
입니다……."

이 편지를 받은 얼마 후, 이나림 씨는 신상일에 대한 채권자 전원이
빌려준 돈의 3배에 해당하는 액수의 돈을 받았다는 사실을 확인했다.

더러는 신상일을 장하다는 사람도 있었고, 고마운 사람이라고도 했
는데, 그 가운데 몇몇은 그때의 화폐가치로 따지고 복리계산複利計算을
한다면 액면금액 3배로도 손해라고 투덜대기도 했다.

아무튼 이나림은 신상일이 건재하다는 사실을 알고 다소 성공을 한

것 같다는 짐작을 함으로써 유쾌할 밖에 없었다.

그의 기분으로선 당장에라도 뉴욕엘 가서 신상일을 만나보고 싶은 생각이 있었지만 여의치 않았다.

이나림이 신상일을 찾아간 것은 그로부터 편지를 받은 지 3년 후의 일이었다. 출발 직전 편지를 보내놓고 뉴욕에 도착하자마자 전화를 걸었지만, 왠지 연결이 잘 안 되어 이나림은 리버사이드의 아파트로 찾아간 것인데 ㅡ

초인종을 누르자 나타난 것은 흑인 여성이었다. 그는

"신상일씨 댁입니까?"

하고 물었다.

"그렇습니다."

하는 대답이 돌아왔다.

"신상일씨 계십니까?"

"안 계십니다."

"어디엘 갔습니까?"

흑인 여자는 큰 눈에 눈물을 가득 채우고 손가락으로 천정을 가리켰다.

"이 위층에 있어요?"

"돌아가셨습니다."

이나림은 감전된 사람처럼 몸을 떨었다.

"실례입니다만 성함은?"

흑인 여성이 물었다.

"내 이름은 이나림입니다."

"미스터 이나림?"

히더니 흑인 여성이 고쳐 물었다.

"그럼 소설가?"

"그렇습니다만……."

이나림의 그 말에 흑인 여성의 슬픈 얼굴이 순간 화색을 띠고 말했다.

"들어오십시오."

방안으로 들어가 좌정을 하고 나서 이나림이 물었다.

"언제 돌아가셨습니까?"

"석달이 조금 지났습니다."

"어떻게, 무슨 병으로?"

"내가 죽였습니다."

흑인 여성의 말은 너무나 충격적이었다. 이나림은 멍청히 그녀를 바라보았다.

"사람은 병으로 죽는 것은 아네요. 누군가가 죽이든지 자살하든지 해야만 죽는 것입니다."

흑인 여성의 말은 침통하고 조용했다.

그리고는 비로소 자기소개를 했다.

"나는 헬렌 킨스버그 신입니다."

"신상일 군의 부인이시구먼요."

"네, 그렇습니다."

"총망중에 죄송하지만, 신군에 관한 얘기를 들었으면 하는데요."

헬렌은 바로 옆에 놓인 화분 속의 용설란 잎사귀에 묻은 먼지를 손가락으로 툭툭 털더니 조용하게 말하기 시작했다.

그 대강을 간추리면 —

헬렌의 병이 소강상태에 들었을 때 신상일의 폐결핵은 재발하여 병상에 눕게 되었다. 헬렌을 위해 전심전력을 기울여 탈진한 때문이었다. 그런데 그때 알렉스 페드콕의 그림 덕분으로 많은 돈이 생겼다. 고국 친지들에게 빚을 갚고도 상당한 돈이 남았다. 부부는 좋은 곳만을 골라 전지요양을 할 수가 있었다. 플로리다·콜로라도·자메이카·에콰도르의 빌카밤바 등.

"그래서 나는 이렇게 건강을 되찾았어요. 그러나 남편은 병상에서 일어나지 못하고 죽었답니다. 그는 내가 죽인 거나 다름이 없어요."

"그런 자학은 하실 필요가 없다고 보는데요. 모든 것이 운명 아니겠습니까?"

"더 리버가 그렇게 말하긴 해요."

더 리버라는 말에 망설이는 눈치를 보이자 헬렌이 고쳐 말했다.

"더 리버란 허드슨강을 말합니다. 남편은 허드슨강을 무척이나 좋아했죠. 허드슨강도 남편을 좋아했고요."

얘기하는 동안 커피는 식어 있었다. 식은 커피를 마시고 이나림이 일어섰다. 그러자 헬렌이 만류했다.

"드릴 말씀이 있습니다."

하고.

이나림은 도로 자리에 앉았다.

"미스터 신은 선생님 말씀을 많이 했습니다. 도저히 잊지 못할 분이라고요. 임종 때에도 선생님 말씀이 있었는데, 언제 선생님을 만날 기회가 있으면 자기의 일기책을 선생님께 전달해달라고 했어요. 그리고 그는 허드슨 스토리를 쓰는 게 소원이었는데, 끝내 그것을 쓰지 못하고 여기 이렇게 몇 권의 메모만 남겨놓고 죽었습니다. 선생님께서 그를 대신해서 허드슨 스토리를 써줄 수 없겠습니까?"

이나림은 헬렌이 내 놓은 신상일의 일기장과 메모장을 만지작거리며 그 촉감에 이어지는 신상일의 체온을 느꼈다. 조심스러운 성격, 겸손한 미소, 양식良識으로서만 만들어진 것 같은 인품이 눈앞에 선하게 나타났다.

"메모와 일기로 미진한 부분을 제가 보충해드리겠어요."

헬렌의 말소리로 회상에서 깨어난 이나림은 그 제안을 거절할 수 없는 심정이 되었다.

"한번 해보죠."

하는 말이 나왔다.

"그러시다면…"

하고 헬렌이 말했다.

"얼마 동안을 머무르실지 모르지만 뉴욕에 계시는 동안엔 이 아파트에서 지내시도록 하시죠. 불편 없이 해드리겠습니다."

옛날엔 어떤 양상이었는지 알 수 없었지만, 이나림이 둘러보고 있는 그 아파트는 월도프 아스토리아호텔의 귀빈실을 능가할 만큼 잘 꾸며져 있었다.

그러나 이나림은 망설이지 않을 수 없었다.

헬렌이 말을 보탰다.

"허드슨 리버사이드 스토리를 쓰는 데 있어서 가장 중요한 것은, 허드슨이 하는 얘기를 들을 줄 알아야 한다는 데 있습니다. 지금 선생님이 앉아 계시는 그 자리에 앉아 남편은 밤낮으로 허드슨과 대화하고 있었으니까요."

"좋습니다."

하고 이나림은 그날 안으로 짐을 리버사이드의 아파트로 옮겼다.

뉴욕에 1주일 머물 예정이. 두 달 동안을 넘는 체류가 되었다.

이나림은 신상일의 일기장과 메모를 뒤적이다가는 허드슨을 내려다보곤 했다. 그러는 동안 이나림은 헬렌으로부터도 많은 얘기를 들었다.

낸시의 얘기, 그리니치빌리지의 얘기, 쿠바 망명인들의 얘기, 할렘의 아라비안나이트, 메리 빈센트의 얘기…….

— 미국엔 흑인 문제란 없고 백인 문제만 있을 뿐이다,

고 한 리처드 라이트의 이른바 백인 문제에 관한 이야기. 남부의 얘기. 아프리카에 사자 사냥을 가려다가 좌절한 신상일의 한(恨).

그 가운덴 알렉스 페드콕의 그림 20점을 전람회에서 팔아 1천만 달러를 넘는 돈을 만들었다는 얘기며, 나머지 57점을 보험을 붙여 은행 창고에 보관하고 있어, 미국의 미술상美術商을 비롯해 유럽·일본의 미술상늘로 하여금 조바심을 내게 하고 있다는 얘기도 섞여 있었다.

"그러나 미스터 신을 위해 꼭 해야 할 일을 결정짓지 못하는 동안엔 한 장의 그림도 팔지 않을 것입니다."

히고 헬렌은 힘주어 말했다.

이나림은 신상일도 신상일이려니와 알렉스 페드콕이란 인생을 중시해야 한다고 느꼈다.

사실 리버사이드에 있어서의 이나림의 생활은 신상일에 관한 추억 때문보다도 알렉스 페드콕의 예술에 직접 접촉할 수 있었다는 데 큰 의미가 있었다고 해도 과언이 아니었다.

아파트의 동쪽 벽과 서쪽 벽에 각각 30호 크기로 된 알렉스의 그림이 걸려 있었는데 이나림은 매일매일 새로운 의미와 감동을 발견해 나갔다. 동쪽 벽에 걸린 그림은 대양大洋을 그린 풍경화였다. 보통의 풍경화와 다른 것은 그림의 좌하左下에 독수리의 머리를 하고 하반신이 남성 나체인 동물이, 날카로운 주둥이를 옆으로 보이고 사람 눈을 닮은 눈으로 아득한 수평선을 보고 있는 구도였다. 마음은 창공을 날아 수평선 저편으로 갔는데 인체人體로서의 육체는 해안에 주박呪縛되어 있다는 뜻인지 몰랐다. 그러나 중요한 건 그런 우의寓意에 있는 것이 아니다. 섬세하고 웅장한 바다의 묘사가 기막힌 것이다. 파악하기 어려운 그 신비로운 빛깔의 정확, 굽이치면서 쭉 바로 뻗는 파도의 쉴 새 없는 율동律動, 그 무궁무진한 변화, 명암明暗이 미묘하게 엮어지는 폴므形, 그 오필을 닮은 유백색乳白色의 분위기, 다이아몬드가 산란散亂하는 것 같이 빛나는 파두波頭, 사파이어를 깔아 놓은 듯한 해면, 거치른 양상의 파도 저편에 지평선의 부드러운 빛깔로 수렴되는 마술 같은 원근

법······.

　서쪽 벽에 걸린 그림은 알렉스의 예술적 의식이 공간과 시간의 테두리에 일체 구애 받지 않는 분방한 상상력이란 사실을 보여 주는 독특한 작품이다. 자물쇠의 금구金具가 싸늘하고, 결연한 방문인 도어가 어느덧 타원형으로 도려져 나가 옥외의 풍경이 거기 완연히 나타나 있다. 해변으로 기울어진 언덕의 사면斜面에 한 그루 나무가 무성한 잎을 드리운 채 서 있고, 그 곁엔 엷은 복숭아 빛깔의 2층 집, 그 인기척 없는 건물의 지붕엔 보일까 말까 놓여 있는 구체球體를 닮은 물체가 두 개 대우對偶를 이루고 있다. 그런데 나무는 수목인 동시에 전체가 하나의 잎인양 도안화圖案化 되어 있다. 도어 이편의 마룻바닥에 스며든 음영陰影은 일광이 왼편에서 비치고 있는 것을 암시하고 있는데, 집 밖에 있는 나무의 그늘은 다른 각도에서 비치고 있는 태양을 암시하고 있다.

　말하자면 채택된 화제畵題는 모두가 다 비현실적非現實的인데도 그 비현실적인 요소가 일체화하여, 유니크한 리얼리티를 형성하고 있는 것이다. 그것은 마력魔力이라고 할 밖엔 달리 표현할 도리가 없는 알렉스 페드콕의 세계였다.

　이나림은 알렉스의 천재가 신상일의 운명과 결부된 그 오묘한 인연을 생각했다. 허드슨의 스토리는 알렉스를 빼놓을 수 없다는 결론을 얻었다. 그 감회가

　"알렉스 페드콕을 위해서도 무언가 해야 할 것이 아니냐?"

는 말로 되었다. 헬렌이 대답했다.

"물론이죠. 전 미스터 신을 위하는 일이 알렉스 페드콕을 위하는 일, 따라서 낸시를 위하는 일이 될 것으로 믿어요."

이나림은 동서이 벽에 걸려 있는 알렉스의 그림에 번갈아 시선을 보내며

"나는 알렉스 페드콕을 위하는 일이 신상일 군을 위하는 일도 될 것으로 안다."

는 말을 솔직하게 털어놓았다.

리버사이드 아파트에 로맨스가 있다면 그 로맨스에 활기를 주는 광원光源은 알렉스 페드콕이라고 생각한 때문이었다. 그렇다고 해서 이나림의 신상일에 대한 우정友情이 줄어들 까닭은 없을 것이라고 믿었다.

헬렌은 그 사실을 솔직하게 승인했다. 앞으로는 생각을 그런 방향으로 집중하겠다고도 했다.

9월에 접어든 어느 날, 이나림은 헬렌과 쿠바인 카르로스와 더불어 신상일의 무덤을 찾았다. 신상일의 무덤은 낸시의 무덤 왼편에 있었는데, 낸시의 무덤 오른편엔 알렉스 페드콕이란 이름이 새겨진 비가 써 있었다. 그 비의 내력을 헬렌은 이렇게 설명했다.

"미스터 신의 유언이 있었어요. 내가 죽거든 내 무덤은 낸시의 왼편으로 하고, 낸시의 오른편엔 알렉스 페드콕의 비를 세우라고요. 그래 놓고 말하길, 낸시 성은 낸시 페드콕으로서 남았어야 했다고 탄식을 했습니다."

헬렌은 이 말 끝에 신상일의 무덤 왼편의 지소地所를 가리키며 자랑

스럽게 말했다.

"나는 이곳에 묻힐 거예요."

무덤에서 돌아오는 길, 헬렌은 쿠바인 카르로스를 만찬에 초대했다. 장소는 리버사이드의 그 아파트였다.

카르로스는 알렉스 페드콕에 관해 꽤 많은 것을 알고 있었다.

"그는 그림을 그리기 위해 이 세상에 나온 사람이었습니다. 한 번 하바나로 데리고 갈까 했는데 내 정치적 입장 때문에 실현할 수가 없었죠. 내가 낸시를 알게 된 것은 알렉스 때문입니다. 알렉스는 특히 쿠바 음식을 좋아했지요. 아니, 쿠바 음식의 값이 쌌으니까 내 식당의 단골이 된 거겠지만. 아무튼 나는 알렉스를 위해 낸시에게 일자리를 준 겁니다. 뒤에 낸시와 더 친해진 거지만……. 그러나 저러나 난 거북한 느낌입니다. 외상 식사 얼마간을 시켜준 덕분에 50만 달러란 거대한 재산을 얻었으니까요……."

하고 카르로스는 흐뭇해하며 쾌활하게 알렉스의 일화를 엮어나갔다. 신상일이 카르로스에게 알렉스의 그림을 선사했다는 것이다.

그 만찬회는 결국 이나림의 송별연이 되기도 했는데, 그날 밤 쿠바인이 돌아가고 난 뒤, 이나림은 창가에 서서 비로소 허드슨의 얘기를 들을 수 있었다.

"신상일의 생애는 슬프긴 하지만 한 토막의 에피소드에 불과하다. 그러나 알렉스 페드콕의 생애는 인류의 역사에 합류된다. 알렉스 없는 리버사이드 스토리는 에피소드의 집합이 될 뿐이다. 알렉스가 중심으로 뇌였을 때 비로소 리버사이드 스토리는 한 편의 서사시敍事詩가 될 것이니라."

　허드슨강의 이 말로써 이나림은 비로소 리버사이드 스토리를 쓸 수
있을 것이란 가냘픈 자시 같은 것을 얻게 되었다. 이나림은 다시 후일
을 기해 알렉스 페드콕의 행적을 살필 요량을 하고, 신상일이 남긴 일
기장과 메모만을 챙겨 들고 그 이튿날 비행기를 탔다.

　이나림은 잠을 이루지 못한 채 신상일의 메모를 뒤적이다가 태평양
상공에서 다음의 구절을 그 메모 속에서 발견하고, 자기의 기도가 신
상일의 마음에 어긋나지 않는다는 것을 짐작할 수가 있어 반가웠다. 그
구절이란―

　"오늘밤도 나는 허드슨의 소리를 들었다. 허드슨은 언제나와 같이
부드럽고 정중한 소리로 나에게 속삭였다. 신상일! 너는 한 편의 에피
소드에 불과하다. 그런데 알렉스 페드콕은 역사歷史이다. 에피소드에
의미가 있으려면 역사에 겸손하게 자리 잡아야 한다. 역사 속에서만 에
피소드가 빛날 수 있다는 걸 잊어선 안 된다. 천재는 곧 역사이며 천재
는 존중되어야 한다. 나, 허드슨이 부르는 노래는 결코 허무의 노래가
아니다. 허무의 가락과 리듬을 타고 부르는, 천재天才에 대한 송가頌歌
인 것이다."

(1982년 1월 25日, 밤)

제4막

흔히들 소설을 가장 자유스러운 형식이라고 한다. 그런데 그 자유스럽다는 것이 비자유 이상으로 어렵다는 것을 써보지 않은 사람으로선 상상도 못할 것이다.

그 많은 자유 속에서 하나의 자유를 선택했다는 것이 '내다 내다 죽을 꾀를 냈다'는 것일 수도 있는 것이다.

'누보로망'이니 '앙티로망'이니 하는 말과 움직임이 예사로운 데서 생겨났을까.

나는 뉴욕을 소재로 한 몇 개의 단편을 앞으로 쓸 작정인데 이 〈제4막〉은 그 첫 작품이 된다. 그런데 나로선 부득불 이른바 '뉴저널리즘'의 방법을 빌리지 않을 수 없었다. 시사성과 보고성, 그리고 객관성으로써 이루어진 몇 개의 에피소드가 엮어내는 일종의 분위기를 나타냄으로써 소설의 영역을 좀 더 넓혀보고 싶었던 것이다.

이것이 무슨 소설이냐고 반문한다면 반소설反小說도 결국은 소설일 수밖에 없다고 대답할밖엔 없고, 소설이라면 하여간 로마네스크한 부분이 있어야 하지 않느냐고 지적하면 설혹 본문에선 찾아볼 수 없더라도 제목 '제4막'만은 로마네스크하지 않느냐고 변명할 참이다.

군이 변명을 해야만 소설로서 통하는 소설을 쓴다는 것은 슬픈 일이지만 도리가 없다. 소설도 나 자신도 어쨌건 성장해야 한다.

뉴욕은 세계의 메트로폴리스, 지상 최대, 최고, 최상의 도시다. 미국의 부가 문명의 정수를 다해 엮어놓은 장대한 규모의 낙원! 그것이 뉴욕이다.

이건 어느 여행 안내서의 문면이다. 그런데 문학가를 비롯한 사상가들은 그렇게 말하지 않는다.

소돔과 고모라의 현대판! 뉴욕!

어느 종교가는 이렇게 단죄했다.

그 빌딩의 정글엔 어떤 원시적인 정글에서도 발견할 수 없는 암흑과 공포가 있다.

어떤 사회과학자의 말이다.

장 폴 사르트르는 다음과 같이 썼다.

추운 하늘 밑을 나는 하염없이 걸었다. 나는 뉴욕을 찾았지만 끝내 뉴욕을 발견할 수 없었다. 차갑고 비개성적인, 독창성이란 전연 없는 거리를 걷고 있으니 뉴욕은 환상의 도시처럼 나를 원경에 둔 채 밀려나갔다.

헨리 밀러는 표현이라기보다 익살을 퍼부었다.

뉴욕의 밤거리는 그리스도의 죽음을 연상케 한다. 눈이 깔리고 거리가 고요에 싸이면 추괴醜怪한 빌딩으로부터 소름을 끼치게 하는 절망과 파멸의 음향이 스며나온다. 어느 돌 한 개, 사랑과 존경으로서 다른 돌과 어울려 있지 않다. 어느 거리도 춤과 환락을 위해 있지 않다. 배를 채우기 위해 물건들이 쌓이고 옮겨지고 하는 거리일 뿐이다. 사랑과는 아무런 관련도 없는 굶주림의 냄새, 만복한 돼지의 냄새가 풍기고 있는 거리다.

흑인 작가 볼드윈의 말도 들어볼 만하다.

여름이 왔다. 어느 곳과도 비교할 수 없는 뉴욕의 여름이다. 더위가 소란을 곁들여 신경에, 정신에, 사생활에, 정사에 그 파괴적인 흉포성을 나타내기 시작한다. 공기 속엔 흥보가 달착지근한 노랫소리와 더불어 충만해 있고 거리와 술집엔 더위로 해서 더욱 광포해진 사람들이 범람하고 있다. 이곳은 오아시스도 없는 거리다. 사람의 감각이 파악할 수 있는 한 돈 때문에 돈만으로 만들어진 거리다.

기록에 의하면 헨리 허드슨이 맨해튼을 발견한 것은 1609년. 불과 24달러란 돈으로 인디언으로부터 페터 미노이트가 이 맨해튼을 사들인 것은 1626년의 일이다. 그리고 오늘의 뉴욕은 맨해튼으로도 토지세 50억 달러, 건물 세 60억 달러로 평가되는 재산이 되었다. 돈 때문에 돈만으로 된 곳이란 뜻은 볼드윈의 감각과는 전연 다른 각도로도 성립된다. 그러니 돈의 힘이란 뉴욕을 만들 만큼 크다고 할 수도 있겠으나 돈만으로 이런 도시가 가능하리라곤 믿어지지 않는다.

여행 안내서는 지상의 낙원이라고 칭송하고, 학자들은 저주하고 …… 수월하게 풀 수 없는 아포리아 뉴욕! 그러나 축복이 큰 곳에 저주 또한 크다. 화려하지 못한 곳에 본래 비극은 없다. 비극이 크려면 이에 맞먹는 규모의 행복이 있어야 하는 것이다. 뉴욕은 그 규모만 한 비극을 빛에 대한 그늘의 이치로서 지니고 있는 곳이다.

1971년 2월, 나는 처음으로 이 도시를 찾았다. 그때 나는 20세 때에 이곳을 찾지 못했던 것을 후회했다. 동시에 다음과 같이 느꼈다―귀빈으로서 귀빈 대접을 받으면서가 아니면 갈 필요가 없는 곳이 '워싱턴'이라면, 이 뉴욕은 비천한 인간일수록 와봐야 할 곳이라고.

그 까닭은 이렇다. 뉴욕은 철저하게 사람을 위압한다. 뉴욕은 사람으로 하여금 곤충인 스스로를 인식케 한다. 어떠한 귀현 공자도 뉴욕의 거리에 세워놓으면 초라한 나그네일 수밖에 없다. 뉴욕에서의 궁사窮死는 수치가 아니다.

사람이, 사람이 만든 도시에 의해 이처럼 철저하게 모욕을 받을 수 있다는 건 그 사실만으로도 대단한 일이다. 뉴욕에 상식과 윤리가 통하지 않는 것은 본래 상식과 윤리엔 외면하고 만들어진 이 도시의 생리에 그 원인이 있다. 아무튼 나는 뉴욕의 미력에 사로잡혔다. 한 해 동안만이라도 나는 이 도시에 살아보고 싶었다. 1973년의 여름, 내가 다시 뉴욕을 찾은 건 그러한 애착 때문이다.

1973년 6월 26일, 뉴욕 시간 오후 다섯 시. 나는 케네디 공항에 도착했다.

택시를 타자 라디오에서 흘러나오는 말소리에 신경이 쏠렸다. '워터게이트'사건을 둘러싼 상원 청문회의 중계 방송이었다. 누군가가 묻고, 딘이 대답하고 있는 상황이었는데 붐비고 있는 교통 때문에 자동차가 서행하고 있어 문답의 내용을 비교적 소상하게 들을 수 있었다.

"…… 당신의 진술과 닉슨 대통령의 성명 내용과는 모순되는 점이 많은데 어떻게 당신의 진술을 정당한 것이라고 믿을 수 있겠는가?"

이에 대해 딘의 대답은

'나는 내가 보고 듣고 확인한 바를 말하기 위해 이 자리에 나왔을 뿐'이란 것이었다.

나는 지금 묻고 있는 사람이 누구냐고 운전사에게 물었다.

"뉴멕시코 선출의 상원 의원 몬토야."

라고 하곤 그는

"당신은 워터게이트 사건을 어떻게 생각하느냐?"

고 물었다.

"나는 그 사건에 흥미를 느끼곤 있지만 외국인이기 때문에 코멘트하지 않겠다."

고 했더니 그는 싱겁게 웃곤

"어제 나온 《타임》의 기사를 보라."

고 하며, 이어

"그 기사는 50대 50의 가능으로 닉슨은 사임해야 할 것이라고 돼 있소."

하고 닉슨 대통령을 맹렬히 비난했다. 심지어는 아주 상스러운 어휘조차 쓰길 삼가지 않았다.

나는 잠자코 듣고만 있을 수밖에 없었다. 미국인은 자기들끼리는 무슨 소릴 하더라도 외국인 앞에선 자기 나라 대통령의 욕은 하지 않는다고 들은 적이 있어 닉슨의 사건은 그런 관계조차 깨뜨릴 정도로 심각하게 되었구나 하는 느낌을 가졌다.

여장을 푼 곳은 코모도 호텔. 이 호텔은 렉싱턴 애비뉴와 42번지가 교차되는 곳에 있어 여러 가지로 편리한 곳이다. 그랜드 센트럴 정거장이 바로 이웃에 있는 데다 네 블록만 걸으면 타임스 스퀘어, 브로드웨이로 나갈 수 있고 현대 미술관이 있는 록펠러 센터는 걸어서 십 분쯤이면 갈 수 있다.

그런 점으로 해서 이 호텔을 택한 것인데 트렁크를 풀어놓고 물건을 챙기려고 하다가 문득 코모도 호텔과 닉슨 대통령과의 사이엔 인연이 있다는 사실이 기억 속에 떠올랐다.

내 기억에 틀림이 없다면 제2차 세계대전 직후, 당시 하원 의원이며 비미非美 행동 조사 위원이었던 닉슨 씨가 루스벨트 대통령의 보좌관이었던 앨저 히스 씨를 이 호텔의 어느 방에서 체임버스란 밀고자와 대질시켜 사문查問한 일이 있는 것이다.

그 사건으로 인해 앨지 히스 씨는 실각했을 뿐 아니라 5년간의 감옥살이를 하게 되었고, 한편 닉슨 씨는 일약 명성을 올려 상원 의원이 되고 이어 부통령으로 영진했으며, 그러한 바탕으로 해서 대통령의 지위를 획득했다고 볼 수가 있다. 앨저 히스 사건으로 각광을 받을 기회가 없었더라면 캘리포니아 출신의 일개 무명의 하원 의원이 그로부터 불과 수년 동안에 상원 의원→부통령이란 이례적인 출세 코스를 밟을 순 없었을 것이었다.

그런 뜻으로 코모도 호텔은 대통령으로서의 닉슨의 산실이라고 할 수가 있다. 나는 그와 같은 정세 속에서 코모도 호텔에 들게 된 나 자신의 우연을 기이한 것으로 느끼고 25년 전에 있었던 앨저 히스 사건을 조명의 수단으로 해서 워터게이트 사건을 해명해보면 퍽 흥미가 있을 것이란 생각을 해보았다. 동시에 가벼운 흥분을 느끼곤 짐을 챙기다 말고 책점을 찾아 호텔을 나섰다.

호텔 문을 나서는데 허술한 옷을 입은 백인 청년이 성큼성큼 내 앞에 다가서더니 쑥 손을 내밀었다. 영문을 몰라 당황하고 있는데 들릴 듯 말 듯한 낮은 소리로 청년은 말했다.

"10센트만 주십시오."

아까 운전사로부터 거스름돈을 받아놓은 게 다행이었다. 나는 얼른 그 청년의 손바닥 위에 10센트 한 닢을 얹어주었다. 그랜드 센트럴 입구 앞을 지날 무렵엔 흑인 청년이 나와 역시 손을 내밀며 담배 한 개비만 달란다. 한 개비를 끄집어 내주기가 민망해서 갑째 주어버렸더니 그것을 보고 있었던 모양으로 근처에 있던 흑인들이 주르르 그 청년의 주변에 모여들었다.

가난한 나라의 가난한 작가가 세계에서 제일 부유한 나라에 와서 돈과 담배를 희사해야 한다는 건 어떤 뜻일까 하고 생각해보지 않을 수 없었다. 가장 부유한 나라의 가난은 가장 가난한 나라의 가난보다 더욱 비참한 것이란 생각이 든다.

구태여 책점을 찾고 싶은 생각이 시들어갔는데 눈앞에 책점이 나타났다. 내가 구하려는 앨저 히스의 저서《여론의 법정에서》란 책은 곧 발견할 수가 있었다. 산더미처럼 그 책이 쌓여 있었기 때문이다. 초판 1957년 이래 거의 절판되다시피 되어 있었던 모양인데, 워터게이트의 붐을 타고 닉슨의 적이 쓴 책이 이처럼 재판된 것이로구나 싶으니 야릇한 심정이었다.

나는 그 책을 수년 전에 읽은 적이 있고 지금도 내 서가 어디엔가 꽂혀 있을 것이지만 기억을 새롭게 하기 위해 현지에서 다시 읽을 양으로 그 책을 샀다. 그리고 그 책과 더불어 게리 윌스의《투쟁자 닉슨》, 노스본의《닉슨을 지켜보며》란 책도 샀다.

책 꾸러미를 들고 나오려는데 점두에 진열해놓은 워터게이트 게임이라고 쓰인 검은 상자가 눈에 띄었다. 그 설명서에 이르길

워터게이트 게임은 전 가족이 함께 즐길 수 있는 멋진 놀이다. 이 게임에선 승리자란 있을 수 없다. 모두가 패자다. 당신이 속이려다가 들키면 벌

점을 먹어야 한다. 속이려고 하고 안 속으려고 하는 데 이 게임의 본질이 있다……

고 되어 있다. 물으나마나 지금 진행 중에 있는 사건에 대한 국민의 반발을 이용한 그 자체 풍자의 뜻을 지니고 있다.

뿐만 아니라 워터게이트 사건을 빈정댄 코미디와 노래의 디스크가 날개 돋친 듯 팔리고 있다. 《워싱턴 포스트》, 《뉴욕 타임스》를 비롯한 대신문들이 나날이 선동 기사를 쓰고 텔레비전과 라디오가 시간을 가리지 않고 떠들어대니 대중 사이에 워터게이트의 열풍이 일지 않을 수 없는 것이다.

호텔로 돌아와 앨저 히스의 책을 읽으며 지금 이 사람의 심정이 어떨까 싶어졌다. 그 두꺼운 전화번호부를 들춰 앨저 히스의 전화번호를 찾아내선 전화를 걸었다. 몇 번을 걸어도 신호만 가고 받는 사람은 없다는 교환수의 얘기였다. 앨저 히스와 그 가족은 피서를 떠난 모양으로 보였다.

뉴욕의 여름은 덥다. 그러나 볼드윈이 흉포하다고까지 표현한 건 납득이 안 간다. 사르트르도 《자유에의 길》 어느 장면에서 뉴욕의 더위를 단순한 더위가 아니고 '공기의 병'이라고까지 했는데 아무래도 그런 정도는 아니다.

뉴욕에 도착한 이튿날 나는 모던 아트 미술관을 향해 5번가를 걷고 있었는데 이상스러운 행렬이 눈에 띄어 걸음을 멈췄다.

행렬의 선두에 있는 플래카드에 다음과 같은 글자가 보였다.

'남색男色은 자랑이다'

이상한 문자도 다 있구나 했는데 또 다른 플래카드엔 이렇게 쓰여 있었다.

'사랑엔 성性이 없다'

행렬에 참가한 사람들의 복장은 다채 다양했다. 빨강·파랑 갖가지의 옷을 입고 카우보이가 쓰는 모자를 쓰고 분명히 남자들인데도 여자들처럼 모두 궁둥이를 흔들고 야단들이다.

무슨 목적의 어떠한 사람들의 행렬인지 알 수가 없어 내 곁에 서서 역시 구경하고 있는 노부인에게 물었다.

"무슨 행렬입니까?"

"갓뎀."

하고 그 노부인은 노골적인 혐오를 나타내며 혀를 찼다.

"저 플래카드를 봐도 몰라?"

그때 눈앞에 지나가는 플래카드엔 '우리를 따르면 인구 과잉의 걱정이 없다'고 돼 있었다. 그래도 나는 무슨 영문인지를 알 수가 없었다.

노부인 곁을 떠나 어떤 흑인 청년 곁으로 가서 아까와 같은 질문을 했다.

"게이 피플 데몬스트레이션!"

그는 짤막하게 답했다.

게이 피플이란 남색 애호가란 뜻이다.

듣고 보니 납득이 갔다. '남색은 자랑이다', '사랑엔 성이 없다', '우리를 따르면 인구 과잉의 걱정이 없다'는 등의 플래카드의 의미도 알아 차릴 수 있었다. 그런데 또 놀라지 않을 수 없었다. 7, 8명으로 보이는 노부부들이 그 대열 속에 끼어 있었는데 그들의 손에 들려 있는 판자엔 '우리들은 남색가의 부모'라고 쓰여 있고, 어떤 사람은 '우리는 남색을 좋아하는 아들을 가진 것을 자랑으로 안다'는 푯말을 들고 있었다.

망측하다고 말해버리면 그만이지만 그런 망측함을 감당하고 초월할 수 있는 곳이 뉴욕이란 곳일지 모른다는 생각이 들어, 나는 모던 아트 미술관에 갈 생각을 포기하고 그들의 행렬을 따라 발을 옮겼다. 행진의 목적지는 콜럼버스의 광장이었다. 거기엔 또 얄궂은 광경이 벌어지고 있었다.

레즈비언동성연애를 즐기는 여자들의 음악대가 남색가들의 행진을 위해 행 진곡을 연주하고 있었다. 남자들이 남색에 몰두하면 레즈비언으로서의 그들의 생활이 그만큼 안전한 것으로 될 테니까 남색 운동을 도울 만하 다고 생각하니 웃음이 저절로 터졌다.

자세히 보니 그 행사를 위해 미국 각지에서 남색가들이 참가한 모양 이었다.

워싱턴, 필라델피아, 피츠버그 등등의 깃발이 행렬의 선두에 있었 다.

어떤 중년 신사를 보고 물었다.

"이걸 보는 당신의 감상은 어떻습니까?"

"그들이 누굴 해칩니까? 자기들 하고 싶은 것을 하고 있을 뿐 아닙 니까. 누가 그들이 나쁘고 우리들이 옳다고 할 수 있겠소. 풍기의 문제를 말하면 브로드웨이의 영화관엔 섹스 영화가 범람하고 있는 판인데요. 도의 문제로 말하면 워싱턴의 한복판에서 워터게이트의 음모가 있는 세상인데, 그런 것에 비하면 이 행렬은 천사들의 행진이오."

남색가들의 데모를 '천사들의 행진'이라고 한 것은 좀 맹랑한 느낌이 없진 않다. 그러나 뉴욕을 어느 의미에서의 낙원이라면 동성연애를 주장하는 그들의 행진이 천사들의 행진일 수 있을 것이었다. 하여간 그 천사들의 행진을 구경하고 돌아오는 그날 밤 나는 '제4막'을 발견했다.

45번지와 8번가가 교차되는 지점에 그 '제4막'은 있었다. 그 근처는 백수십 개 극장이 있다는 브로드웨이다. 화려한 극장의 네온사인, 각양각색의 레스토랑, 바가 그 사이사이에 끼어 있는 번화한 지대에 그 집은 'ACT4'라는 다소곳한 간판을 걸어놓고 맥주를 팔고 버번을 팔고 배고픈 사람에겐 햄버거와 감자를 팔고 있었다.

'ACT4'니까 우리말로 번역하면 '제4막'일 수밖에 없는데, 그런 간판을 건 그 집이 음식점이었다는 데 와락 호기심을 느꼈다.

밤 열두 시쯤 되었을까. 그런 시각에 그런 장소의 술집에 동양의 군자가 혼자 들어간다는 건 짜릿한 모험이다. 천사들의 행진을 구경한 흥분이 일종의 용기로 변했을지도 모른다. 내가 그 집에 들어섰을 때는 카운터, 홀 할 것 없이 입추의 여지가 없을 만큼 꽉 차 있었다. 그랬는데 카운터 맨 가에 앉아 있던 흑인 청년이 서성거리고 있는 나를 보자 앞에 놓인 맥주잔을 단숨에 들이켜곤 '플리즈' 하는 말과 동시에 그 자리를 내게 내어주고 훌쩍 떠나버렸다.

나는 그 자리에 앉아 버번을 청했다. 이웃에서 말이 있었다.

"이제 당신에게 자리를 양보하고 나간 사람이 누군질 아느냐?"

"알 까닭이 있느냐."

고 답하고 그를 보았다. 호인으로 생긴 백인 청년이었다. 그 백인 청년은 웃으며 이와 같은 말을 했다.

"그 사람은 이 브로드웨이에선 제일가는 조명가요."

"조명가가 그렇게 대단한가?"

했더니 그는 단번에 경멸하는 눈초리가 되었다.

"연극의 생명은 조명에 있는 거요. 조명이 없어봐요, 연극이 되는가. 그런 뜻에서 그는 브로드웨이 최고의 예술가란 말요."

"태양이 제일 중요하다는 논리와 통하는군요."

그는 내 말에 묻어 있는 빈정대는 투엔 아랑곳없이 그것을 액면 그대로 받아들이곤 자기는 컬럼비아 대학교의 학생인데 아르바이트로 조명 조수 노릇을 하고 있지만 장차 본격적인 조명가가 될 것이란 기염을 토했다.

나는 이 집 옥호가 '제4막'인데 그 '제4막'이란 뜻이 뭣이겠느냐고 물었다. 그 청년의 설명은 친절했다.

"뮤지컬을 빼곤 브로드웨이에서 하는 연극은 대강 3막으로 끝나거든요. 그러니 제3막까진 극장에서 하고 제4막의 연극은 여기서 시작된다는 뜻이죠. 제3막까지의 무대에 등장하는 건 배우들이지만 이 제4막의 무대에 주역을 맡는 사람은 우리들이지. 조명가, 효과가, 대도구, 소도구 일을 말아보는 우리들이란 말요. 이를테면 진짜 연극은 이 제4막에 있는 것 아니겠소?"

윌리엄 사로얀을 가장 존경한다는 그 청년은 아르메니아계의 인종이었다. 나는 그날 밤 그 청년과 더불어 기분 좋게 취했다. 우선 그 '제4막'이란 이름에 취했다.

그날 밤 이래로 '제4막'은 나의 단골집이 되었다. 45번지니까 42번지에 있는 코모도 호텔과는 가장 알맞은 거리였고 그 거리는 메인 스트리트라 할 수 있어 아무리 깊은 밤에라도 뉴욕에선 가장 위험이 적은 길이었다. 게다가 술값이 싸고 특별히 체면을 생각할 필요도 없는 곳이며 모이는 사람들이 극장 관계의 사람들이라 손쉽게 말을 주고받고 할 수 있는 분위기이기도 했다.

그래 거의 매일 밤 그 집에 들르는 게 버릇처럼 되었는데 코모도에서 나와 리버사이드 드라이브의 아파트로 옮기고 나서도 그 버릇은 그냥 지속되었다. 밤 열한 시쯤 되면 공연히 마음이 들떠 지하철을 타고 '제4막'으로 나오곤 했다.

어느 날 밤, 그 이웃의 극장에서 〈파리에서의 마지막 탱고〉란 영화를 보고 '제4막'에 들렀다.

밖엔 부슬비가 내리고 있었다. 그런 까닭인지 손님은 그다지 붐비지 않았다. 구석진 곳에서 버번 잔을 앞에 놓고 이제 막 보고 온 영화의, 특히 그 마지막 부분인 탱고 춤을 추는 장면을 해석해보려 하고 있었다. 탱고란 춤은 원래 애인끼리가 아니면 출 수 없는 농밀한 강도를 만

들어내는 그런 춤이다. 그런 춤을 그 영화에선 극도로 희화화함으로써 형편없이 망쳐놓아버렸다. 아마 그 영화를 본 사람이면 전과 같은 감정으로선 탱고를 출 수 없지 않을까 하는 생각마저 들었다. 그런 생각을 하고 있는데 내 앞자리에 초로의 백인이 털썩 하고 앉았다. 그는 전작이 있는 모양으로 "버번" 하고 고함을 질렀다. 그런데 그의 말 가운데 알아들을 수 있는 말이란 그 '버번'이란 단어가 유일한 것이었다.

그는 도대체 어느 나라의 말인지조차 알아들을 수 없는 말을 내게 향해 지껄이기 시작했다. 일방적으로 알아들을 수 없는 말을 듣고만 있기는 거북한 노릇이라서 나도 한국말을 했다.

"이 머저리 같은 녀석아, 상대방이 알아듣는가 못 알아듣는가를 알고 나서 얘기를 하건 말건 해야 할 것 아닌가."

하는 내용의 말이다.

그랬더니 그 친구 내 말을 알아듣기나 한 것처럼 덥석 내 손을 잡아 흔들곤 다시 지껄이기 시작했다. 스페인 말인가 했지만 스페인 말이라도 어감으로서 몇 마디쯤은 알아들을 수 있을 텐데 그것도 아니었다.

"세상엔 참으로 별놈도 다 있지. 너 혹시 정신병자 아냐?"

나는 다시 이렇게 말하고 버번을 비웠다. 그러나 그는 버번이라고 소릴 지르곤 가져온 술을 내 잔에 따르게 하곤 다시 알 수 없는 말을 계속 지껄였다.

그렇게 되니 나는 우리말을 씨부렁거리고 그는 그의 말을 씨부렁거리는, 이를테면 말을 하되 서로 통하지도 않는 대화가 시작된 셈이다. 서로의 취기가 높아감에 따라 그 장면도 괴상망측하게 되어만 갔다. 이를테면 다음과 같다.

그: 힐라릿당, 칠라릿당, 프로개밍쿨쿨.

나: 힐라릿당이 아니고, 이 사람아, 칠랑팔랑이다.

그: 니물킬랑 흐로치랄펑 운테문테.

나: 확실히 넌 정신 병원에서 빠져나온 놈인데 도대체 어느 나라 놈
인지 그거나 알고 싶구나.

그: 말라카이 잇트그리타.

나: 됐어, 넌 말라카이 놈으로 치자.

주위의 사람들은 우리들이 서로 모르는 말을 갖고 엉뚱한 소리만 내
고 있는 줄을 알 까닭이 없다. 다정한 술친구가 권커니 받거니 하고 있
는 줄만 알았을 것이다. 나는 드디어 이렇게 말했다. 그에게 하는 말이
아니고 내가 나 자신에게 타이르는 그런 말이다.

"제4막이란 이 술집의 주인이 지금 우리가 연출하고 있는 이 드라
마를 이해할 수만 있었더라면 자기가 지은 제4막이란 이름에 잘 어울
리는 것이라고 반갑게 여길 것이다. 제3막까지가 정통적인 연극이라면
지금 너와 나는 확실히 제4막적 등장 인물이다. 지금 닉슨 씨의 운명도
제4막적인 고비에 이른 모양이고 동성연애를 찬양하는 데모가 있는 미
국도 제4막의 단계에 들어섰다고 할 수 있을지 모르겠다. 하여간 제4
막에서 당신을 만난 것을 나는 기쁘게 생각한다."

그랬는데 이상도 하지, 그는 내 말을 다 알아들은 것처럼 고개를 끄
덕이더니 이젠 자기의 차례다 하는 요량으로 그도 긴 얘기를 시작했다.
무슨 내용인진 몰라도 자기가 하고 싶은 얘길 하고 있는 것이 분명했

다. 그런데 그 말은 처음에 들었을 때처럼 어색하지도 않고 억양과 엘러큐션에 음악적인 빛깔마저 있었다. 그건 흡사 다음과 같은 호소로 번역할 수 있을 것 같았다.

'나는 화성 근처로부터 이 지구에 온 사람입니다. 어느 누구 내 말을 이해하는 사람이 없습니다. 사람이라면 말하지 않곤 살 수가 없는 것인데 이 이상 딱한 일이 있습니까. 그래 나는 마음이 내키면 누구이건 붙들고 이렇게 지껄입니다. 양해해주시오. 생리가 달라 이 지구의 말을 배울 수도 없구요. 기껏 미국 술 이름, 버번이란 말 한 개만 마스터했지요.

그런데 당신은 친절하게도 내 얘길 들어주는 척이라도 하니 이렇게 고마울 수가 없소.'

이렇게 번역하며 듣고 있으니 그가 말하는 내용이 꼭 이럴 수밖에 없다는 착각이 들기도 하고 그 마음의 리듬에 따라 고개를 끄덕거리게도 되었다.

그러는 동안 내 잔이 비면 그가 사서 술을 채우고 그의 잔이 비면 내가 사서 술을 채우고 해선 새벽 세 시까지 터무니없는 대화는 계속되었던 것인데 나는 어떻게 아파트로 돌아왔는지도 모를 지경으로 취한 나머지, 그날 오후 세 시쯤에야 잠을 깼다.

그런데 불현듯 뇌리를 스친 생각이 있었다. '워싱턴 스퀘어. 개선문 옆. 오후 다섯 시'에 어젯밤의 그 친구와 만나기로 했다는 생각이었다.

이상도 한 일이구나. 나는 그의 말을 한마디도 알아들을 수 없고 그도 나의 말을 알아들었을 까닭이 없는데 언제, 어떻게 그런 약속을 할 수 있었을까 말이다. 둘이 다 완전히 취한 나머지 혹시 영어로 주고받았을까. 그러나 어젯밤 나는 몇 번이고 영어로 그의 말을 유도해보기도 했으나 허탕이었다. 전연 그는 영어를 몰랐던 것이다. 어젯밤부터 새벽까지의 일이 꿈만 같이 생각되기도 하고 '제4막'이란 술집까지 환상의 장소처럼 여겨지기조차 했다.

그런데도 '워싱턴 스퀘어', '개선문', '오후 다섯 시'란 관념만은 또렷또렷한 것이다. 나는 침대에서 일어났다. 후줄근하게 땀에 밴 파자마를 벗어젖히고 샤워를 했다. 옷을 갈아입고 지하철 정거장 근처에 있는 쿠바인 식당에서 밥을 먹고 시간을 재어보곤 워싱턴 스퀘어로 가보았다.

기적과 같은 일이다. 그 사나이는 반백의 장발 위에 베레모를 얹고 그 자리에 서 있었다. 텁수룩한 수염과 구레나룻에 덮인 그 사나이의 눈은 밝은 빛에서 보았을 때 더욱 부드러웠다.

그런데 그의 옆에 그와 같은 나이 또래의 부인이 서 있었다.

"서로 말을 모르는 우리가 어떻게 이런 약속을 할 수 있었는지 우선 그것부터 알고 싶습니다."

내가 영어로 이렇게 말했더니 부인이 통역을 했다.

"말로써가 아니고 마음으로 했답니다."

나는 그리니치빌리지의 일각에 있는 그들의 아파트로 안내받았다.

세르기 프라토란 이름을 가진 그는 육십 세에 가까우면서도 무명으로 있는 에스토니아 출신의 화가였다. 에스토니아, 그들의 말로는 '에스티'라고 한다는데 조국이 러시아에 의해 강점당했을 때 수많은 피난민에 섞여 미국으로 건너왔다. 미국엘 왔는데도 그는 미국말을 배우려

하지 않았다. 생활의 방편상 부인만은 미국말을 배웠다.

차를 마신 후 나는 그의 화실에 들렀는데 그가 무명으로 있을 수밖에 없는 까닭을 알았다. 그의 그림은 정밀 사진을 방불게 하는 구상화였다. 돌 하나, 풀 한 포기를 대수롭게 하지 않은 풍경화였다. 부인의 말에 의하면 에스토니아의 해변, 에스토니아의 산, 에스토니아의 들, 에스토니아의 도시, 에스토니아의 바위…… 모두가 두고온 고향을 기억 속에 정착시키려는 노력인가 보았다. 그러나 그 그림들엔 신운神韻이라고 할 수 있는 기품이 있었다. 그런 뜻과 무명으로 있을 수밖에 없겠다는 사정을 말했더니 부인은

"무명의 예술가가 천주님과 가장 가까운 곳에 있다"며, 오 년 전만 해도 부인이 병원의 잡역부 노릇을 해야만 했는데 지금은 남편의 그림을 병원 환자들에게 팔아 편하게 살아갈 수 있다고 남편의 머리를 안고 키스를 했다.

에어컨디셔너가 있는 핀란드 요릿집으로 나를 초대하고 나서는 그들은 에스토니아의 얘길 끊이지 않았다. 에스토니아는 작은 나라이긴 하지만 네덜란드·덴마크·벨기에·스위스보다는 크다는 것이며, 그 아름다운 풍경으로 해서 발트의 공주님이라고 했다. 문화와 예술의 전통에 대한 자랑도 있었다.

나는 몇 해 전 스톡홀름에서 에스토니아의 망명 정부 요인들과 만난 이야기를 했다. 그랬더니 그들은 다정하게 나를 끌어안았다. 세르기 프라토가 뭐라고 하는 것을 그 부인이 통역했다.

"망명 정부라고 하지 않습니다. 우리는 밖에 있는 정부라고 합니다.

안에 있는 에스토니아, 밖에 있는 에스토니아. 밖에 있는 정부는 십만 이상의 국민을 가지고 있지요. 나도 열심히 세금을 냅니다. 그것은 등불과도 같습니다. 언젠가는 그 등불이 안에 있는 에스토니아에 광명을 주는 불씨가 될 겁니다."

세르기 프라토 부부에겐, 뉴욕은 하느님이 점지한 그들의 피난처였다. 워터게이트를 알려고 하지도 않고 게이 피플의 데모 같은 사태를 이래저래 해석해볼 필요도 없었다. 그들에겐 조국 에스토니아에의 향수만 있었다.

"그림을 달리 그릴 수도 있죠. 현대의 화풍을 닮아볼 수도 있죠. 그러나 내겐 에스토니아의 풍경을 단 한 조각이라도 더 많이 미국 사람들에게 알리고 싶어요. 그러자면 나는 지금처럼 그림을 그릴 수밖에 없지 않소? 나는 에스토니아만을 그리고, 에스토니아 말만을 하는 순수한 에스티 사람으로서 살고 죽으렵니다."

그리니치 빌리지의 밤은 깊었다.

나는 자리에서 일어서며 마지막 인사를 겸해 이처럼 말했다.

"또 제4막에서 만납시다."

그랬더니 부인이 웃으며 말했다.

"세르기는 일 년에 한 번꼴로밖엔 나들이를 안 한답니다."

나는 고쳐 말했다.

"그럼 삼 년쯤 후에 제4막에서 만나 제4막적인 대화를 나누기로 합시다."

세르기 프라토는 뭐라고 외쳤다.

"아주 좋은 아이디어랍니다."

그렇다. 아주 좋은 아이디어디. 나는 아주 좋은 아이디어 하나를 뉴욕에 심어놓고 있다. 이런데도 뉴욕에 애착하지 않을 수 있겠는가 말이다.

* 출전: 《주간조선》, 1975.

이병주 소설, 한국 대중문학의 한 정점

김종회 문학평론가

1. 대중문학의 운명과 미래의 전망

대중문학은 그 내부에 부정과 긍정의 논리를 함께 끌어안고 있으며 그러한 대중문학 논의의 대척적인 자리에는 항상 순수문학이라는 고상한(?) 품격의 적수가 자리하고 있다. 서구의 경우에는 대중문학과 순수문학의 구분이 실제 문학의 현실에서 별반 차이가 없어서, 알렉산드르 뒤마나 프랑소아즈 사강의 작품이 작품 자체의 완성도로서 평가 받았다. 그러나 우리의 경우는 아직도 이와 매우 다르다. 아무리 많은 독자를 가졌다 할지라도 좀 멀리로는 방인근이, 더 가까이로는 이병주가 각기 걸출한 작가임에도 그 생전에 본격적인 평단의 주목을 유발하지 못했던 것이다.

이 순수문학 지향의 결백성은, 특히 대중문학의 상업적 경도를 도무지 견딜 수 없는 것으로 평가절하 해야 예의 그 '고상한' 자태를 잃지 않는 것으로 여기게 하는 동인動因이다. 대중문화를 연구한 중요한 이론가 중의 한 사람인 강현두가 그의 저서 《한국의 대중문화》에서, "상업주의와 대중문학은 분간되어야 한나. 시상 또한 대중사회의 중요한 현장 가운데 하나이지만, 목적이 문학을 통한 문화 창조에 있지 않고 화폐의 획득에만 있다면 상업주의 운운의 비난 이전에 작가라는 이름을 스스로 내놓아야 할 것이다"라고 신랄하게 적고 있는 것은, 대중문학과 상업주의 문학의 차별성이 전제 되고서야 대중문학의 존립 기반이 다져질 수 있다는 인식을 나타내고 있다.

비록 논리적 규범으로서가 아니라 현상학적 실상으로서 그 세력을 확장했으며 부정적인 가치평가의 대상이 된다 해도, 상업주의 문학이 대중문학의 한 분파로서 무시할 수 없는 부피를 이루고 있는 것이 현실이다. 이를 부정적으로 정죄할 수 있으되 그 실체의 저력과 부피를 외면할 수는 없다. 이를테면 이는 '미운 오리새끼'이면서 동시에 '뜨거운 감자'이다. 문제는 그것이 아무리 뜨겁다 할지라도 금전적 이익이 된다면 가차 없이 삼키려는 황금광들, 미운 오리가 나중에는 창공을 나는 백조가 될 것이라는 결과제일주의자들에게 있다. 그들은 자신의 얼굴을 대중문학의 긍정적 측면이라는 유약으로 덧칠하려 한다. 그 강작強作된, 그러나 현대적이고 도회적으로 세련된 화장술을 간파하기에 현대 대중소비사회의 독자들은 너무 유약하다.

우리 문학에 문학이 의미 그대로의 대중을 독자로 확보하기 시작한 것은 산업화 시대가 본격적인 궤도에 들어선 1970년대 후반 이후다. 이는 1960년대에 대중적 잡지, 상업성의 라디오, TV 중앙사들이 등장

했으며 이를 통해서 성장하기 시작한 문화 욕구들이 더욱 크게 팽창하고 수용되는 이른바 문화폭발culture explosion 현상이 사회적 조류를 이룬 점과 관련이 있다. 이를테면 대량생산의 물질적 증폭이 문화소비에까지 영향을 파급하는 산업화 시대의 개막이었다. 이러한 1970년대적 현상은 1980년대의 정치적 통치 체제와 마주치면서 상당한 변모의 양상을 보일 수밖에 없었고, 한국문학이 추수한 1980년대의 대중문학은 곧 이념의 이름에 지사적 풍모의 작품들이 주류를 이루었다.

이때까지만 해도 문학과 대중은 모양 좋은 관계 속에 있었고, 여기서 언급한 상업주의적 결탁의 나락으로 떨어지는 일과는 거리가 있었다. 그러나 다변화 또는 다원주의의 시대라 호명되는 1990년대 이후, 그리고 21세기의 초입에 들어서서는 벌써 그 시대적 의미가 다르다. 전 시대와 같이 이념적 쟁투의 대상이 될 만한 정치체제도 사라져버렸고, 전자매체와 컴퓨터의 진보가 공동체적 의식의 개별적 분리를 촉진하며, '무엇을 말하는가'라는 내용보다는 '어떻게 쓰는가'라는 기법이 더 위주가 됨으로써, 문학은 전통적인 창작방법에 비추어 볼 때 바야흐로 격심한 위기의 국면으로 접어들게 되었다.

2. 대중적 상업주의문학의 재인식

이와 같은 정체성의 위기 또는 자아형성의 고정성 파탈擺脫, 그리고 쉽게 변동하는 시대를 응대하는 불안감 등이 문학에 여러 가닥의 진로를 예비해준 형국이 된다. 이 시기의 특징적 성격을 딛고 일어선 포스트모더니즘도 그러한 불확실성·비정형성·탈일상성과 악수한 혐의가 짙다. 이러한 동시대 현실 그리고 문학의 다기한 움직임들이 유발한 우리 문학의 부정적 면모, 경박하기 이를 데 없어서 그 개선을 위한 진지한 노력이 지속적으로 요구되는 현상의 유형을 간추려 보면, 다음과 같은 여러 논점을 제시할 수 있을 것이다.

이념의 부재로 인한 문학의 방향성 상실과 문학이라는 예술형식에 관한 흥미의 퇴화를 들 수 있다. 역사적이고 시대적인 전망을 상실한 문학이 당대적 합의에 의한 진로를 설정하지 못하고 표류한다. 그리고 따분하고 전통적인 형식의 문학보다 영상매체나 만화 및 공포·괴기스러운 이야기를 더 선호하는 경향을 나타낸다. 예술성과 오락성 사이의 경계가 와해되고 전문창작자의 권위와 자위력 약화를 들 수 있다. 문학의 대중취향적 기반이 강화되고 순수문학 문인들의 대중문학 참여가 확산된다. 그 경계의 와해에 대한 경각심이 더 이상 예민하게 작동하지 않는다. 작가들도 고통스러운 창작과정을 기피하며 심지어 표절·혼성모방·패러디 등을 하나의 문학형식으로 내세운다.

소비적·실용주의적 독서욕구가 증대하고 에로티시즘의 확산과 외설의 조장에 문제의식을 느끼지 않는 상황을 들 수 있다. 문학을 통한 영혼의 울림보다는 주식·증권 투자나 비문학적 사회관계에서 활용할 수 있는 지식의 축적을 선택한다. 에로티시즘에 있어서는 문학·연극·영화 등 예술 장르 전반에 걸친 옷 벗기기 추세와 그 분위기에 편승한 관능적 흥미 유발을 노리는 세태에 이르렀다. 복고적 취향의 저급한 소설들이 양산되는 등 순수문학의 명패를 과감히 내던지고, 이제는 이를 부끄러워 하지 않는 문학 매체들의 이기적 집단주의를 들 수 있다. 창작현장의 고통스러운 고민보다 손쉬운, 역사적 사건이나 인물을 소재로 극적인 구성을 동원한 흥미 위주의 독서를 노리기도 한다.

문학계의 판도도 문학적 의식의 동류와 관계없이 상업 출판사 중심으로 집단화·세력화하는 배타적 문화집단으로 재편된다. 등단·출간방식 및 문학상 제도의 상업주의화와 출판광고의 상업성 극대화를 들 수 있다. 베스트셀러를 겨냥한 작위적인 기획 도서의 전작 출간 및 과다한 상금을 내걸고 그 반대급부를 기대하는 상업주의적 문학상 시상 등이 시도된다. 또한 상업적 광고가 상품, 곧 문학작품의 본질을 대신해버리는 부작용과 과대포장으로 인한 독자들의 판단력 마비를 조장한다.

여기서 몇 가지 예를 든 이 논의 체계의 문학 현장 적용은, 앞서 언급한 바와 마찬가지로 우리에게 여전히 '뜨거운 감자'의 존재양식으로 남아 있다. 그러므로 우리 문학이 이러한 폐해를 극복하고 문학이 문학다운 체모를 유지하기 위한 논의는, 신실한 효용성을 인정받을 수 있을 것이다. 그 방안이 무슨 장엄한 정자관 따위를 쓰고 나타날 일은 아니다. 우리가 앞서 논의한바 우리 문학에 나타난 부정적 면모들을 대칭적으로 뒤집어 보면, 거기에 이미 구체적인 극복의 방안이 마련되어 있는 셈이다. 물론 문제는 그것을 알아차리는 데 있는 것이 아니라 현실적으로 실천하는 데 있다는 점이다.

미상불 오늘날과 같은 이념적 방향성 부재의 시대에, 우리가 구체적으로 적시摘示해 보인 우리 문학의 '경박성' 문제를 쉽사리 해소할 수 있는 길과 그 가능성을 찾기는 어려워 보인다. 문학의 보편적 정서와 감각의 연장선상에서 내다보자면 그 앞날의 전망은 결코 밝지 않다. 황금만능주의의 잔영이 우리 삶의 미세한 뿌리에까지 침투에 있는 이 물질 문명의 시대에, 정신이나 영혼의 영역이 아닌 한에서는 그야말로 '문약文弱'하기 그지없는 문학의 힘으로 실제적 현상 변화의 거센 바람을 막아내기가 어려워 보이기 때문이다.

이러한 상황에 있어서 문학이 가진 대처의 방략이란 그다지 신통한 것이 있기 어렵다. 다만 문학이 인간의 내면세계를 소중하게 받아들이고 그것을 통어하는 정신의 질서에 경의를 표하는 그 신뢰의 힘, 요컨대 판도라의 상자 맨 밑바닥에 남은 '희망'과 같은 그러한 힘에 기댈 수밖에 없다. 문학의 '정신주의'가 이 그로테스크한 대중소비사회 속에서 성한 데 없이 상처입고 패배와 멸절의 예감으로 황량한 불모의 광장에 나선다 할지라도, 오히려 그 상황으로 인하여 활기찬 반탄력과 새로운 기력을 섭생하는 것이 정신주의의 개가凱歌일 수 있다는 말이다.

3. 이병주 소설의 대중문학적 요소들

여기에 우리가 문학에 거는 마지막 기대가 있다. 미약하지만 확고하게 존재하는 힘이다. 문학이 그 내부에 본능적으로 끌어안고 있는 이 반동적인 힘이 죽지 않았다면, 문학은 죽은 것이 아니다. 단정하여 말하건대 그럴 때의 문학은 희망이 있다. 아무리 전자매체·영상문화가

활자매체·문자문화를 압도하는 시대라 할지라도, 끝까지 문학을 고집하는 독자군은 비록 소수가 된다 할지라도 견고하게 남아 있다. 문학의 본질을 향한 그 꺼지지 않는 믿음의 열망, 그것을 각기의 창작실에서, 책 읽는 서재에서, 그리고 펼쳐진 논의의 마당에서 어떻게 살려가야 할 것인가라는 과제도 거기에 함께 남아 있다. 이병주 문학을 바라보는 시각은 바로 이러한 논의의 연장선상에 놓인다.

이제껏 살펴본 대중문학 또는 상업주의 문학의 논리들은, 기실 본격적인 이병주 문학론 곧 대중성의 특장을 지닌 이병주 소설을 주의 깊게 살펴보기 위한 시론試論에 해당한다. 이병주는 그가 작품 활동을 하던 시기에 가장 많은 독자를 가진 베스트셀러 작가였다. 많이 읽히는 소설이 꼭 좋은 소설은 아니지만, 좋은 소설이 많이 읽히는 것은 자연스러운 일이다. 그만큼 많은 대중적 수용성을 가지고 있었다는 것이 칭찬의 소재가 될 수 있을지언정 흠결이 될 수는 없는 것이다. 이러한 수용의 성과는 기본적으로 그의 소설이 가진 탁발한 '재미'와 중량 있는 '교훈'에서 말미암았다. 특히 《관부연락선》·《지리산》·《산하》로 이어진 한국 근대사 소재의 3부작을 비롯하여 역사 소재의 작품들이 이 영역에 있어서 제 몫을 가지고 있다.

그의 소설을 통한 역사 해석 또는 재해석은, '문학을 통해 정치적 토론이 가능한 거의 유일한 작가'라는 평가를 불러왔다. 이승만의 제1공화국, 박정희의 제3공화국을 비롯하여 역사상의 좌우 대립에 이르기까지 독특한 균형감각을 갖고 서로 대립된 양측 모두를 함께 조명하는 판단력을 보여주었기 때문이다. 동시에 이를 단순한 이야기의 자원에서가 아니라 박학다식한 기량을 활용하여 설득력 있는 서사를 전개했다. 그래서 그를 두고 '문文·사史·철哲에 두루 능통한 거의 유일한 작가'라는 평판이 가능했던 것이다. 이처럼 작품의 수준과 그 운동 범주의 확장을 함께 가진 작가는 어느 나라에서나 어느 시대에서나 결코 흔하지 않다.

그런데 우리 문학은 이 작가 이병주를 그렇게 잘 끌어안지 못했다. 역사 소재의 작품 이외에 현대사회의 애정 문제를 다룬 작품들로 시각의 초점을 바꾸고 보면, 작품의 수준이 하락한다는 것이 주된 이유였다. 물론 그 지점에서 동어 반복 곧 동일한 이야기의 중복이나 전체적인 하향평준의 경향이 없는 것은 아니다. 하지만 순수문학의 편협한 잣대를 버리고 이미 우리 주변에 풍성하게 펼쳐져 있는 대중문학의 정점이라는 관점을 활용하면 이 문제는 오히려 강점이 될 수 있다. 여기서 굳이 대중문학의 수용성과 이병주 소설을 함께 결부하여 살펴보는 이유도 거기에 있다.

한 시대의 중심을 뜻 깊은 화제를 안고 관통한 작품은 어느 모로나 그 시대의 문화적 자산이다. 그와 같은 생각을 바탕으로 오늘에 이르러 여전히 강력한 대중 친화의 위력을 가진 이병주의 소설 몇 편을 검토하는 일을 매우 중요한 시사점을 가진다. 역사 소재의 장편, 그리고 시대적 성격을 가진 예리한 관점의 중·단편들을 제외하고 대중문학적 성격을 가진 그의 소설들을 본격적으로 논의하는 자리 자체가 거의 없었던 까닭에서도 그렇다. 여기서는 그러한 그의 장편소설 가운데 일품이라고 할 만한 작품들, 《허상과 장미》·《풍설》·《허드슨 강이 말하는 강변 이야기》 등을 거론해 보기로 한다. 이 작품들은 모두 많은 판매 부수를 기록했고 그 만큼의 재미와 유익을 함께 가진 경우에 해당한다.

4. 작품의 실제를 통해본 소설적 성취

《허상과 장미》는 1979년에 범우사에서 간행되었고, 1990년에 이르러 서당에서 《그대를 위한 종소리》로 개명되어 상·하 2권으로 다시 나왔다. 독립운동가였던 노인 '형산 선생'을 중심으로 올곧고 평범하게 살아가는 교사 '전호', 평범을 혐오하며 극적인 삶을 추구하는 형산 선생의 손녀 '민윤숙' 등의 인물이 등장한다. 인생이 어떻게 한 순간의 허상과 같으며 그 종막에 바치는 장미꽃의 의미가 무엇인가를 묻는다. 그런데 그 재미있고 박진감 있는 이야기의 펼쳐짐에 4·19의 진중한 의미가 배경에 깔려 있고 나라를 위해 헌신한 독립운동가의 쓸쓸한 후일담이 함께 맞물려 있다. 한국문학의 어떤 대중소설이 이러한 구색을 모두 갖추었을까를 질문하지 않을 수 없다.

《풍설》은 1981년 문음사에서 상·하 2권으로 초판이 나왔고 1987년 문예출판사에서 《운명의 덫》으로 개명 출간되었다. 그리고 2018년 나남에서 다시 같은 제목으로 재출간 되었다. 이 소설은 작가 자신의 수감체험을 활용하여 부당한 압제에 대한 인간의 반응을 여실히 그리고 참으로 흥미진진하게 보여준다. 20년 간 억울한 옥살이를 한 인물 '남상두'를 등장시키고 그가 누명을 벗는 과정에 개재된 여러 이야기들을 이병주가 아니면 가능하지 않은 방식으로 서술해 나간다. 한 지역사회의 소읍 전체가 이 사건과 연관이 되고, 그 와중에 주 인물과 '김순애'라는 여성의 만남이 세대를 넘어서는 사랑의 한 전범으로 제시된다.

《허드슨 강이 말하는 강변 이야기》는 1982년 국문에서 간행되었다가 1985년 심지에서 다시 《강물이 내 가슴을 쳐도》라는 제목으로 나왔다. 소설의 무대는 뉴욕. 한국에서 사기를 당하여 가족을 모두 잃고 미국으로 건너간 '신상일'이라는 인물이 그 낯선 땅에서 기묘한 인연들을 만난다. 그것이 인생과 예술의 존재양식에 어떤 의미를 갖는 것인가를 묻는 소설이다. 다른 작품들과 마찬가지로 매우 재미있고 드라마틱하다. 이는 작가의 뉴욕 체험과 관련이 있고 작가는 후속편의 뉴욕이야기를 쓰고자 했으나 그 꿈은 이루어지지 않았다.

이 책에 수록된 장편 《허드슨 강이 말하는 강변 이야기》와 단편 〈제4막〉은 이병주 소설 가운데 뉴욕이라는 거대 도시를 직접적인 배경으로 한 작품이다. 작가 자신이 꽤 오랜 뉴욕 체류 경험을 가지고 있고, 이 세계 최대의 도시가 가진 속성과 그 가운데서의 인간 군상을 여러 모로 목도한 사실이 이 작품들을 창작하게 한 원동력이 되었을 것이다. 그의 전체 작품세계를 관류하여 살펴보면 창작이 지속될수록 그 무대를 점진적으로 확대해 가는 형용을 볼 수 있다. H읍이라는 이름으로 표기된 향리 하동, C시라는 이름으로 표기된 일시 거주지 진주, P시라는 이름으로 표기된 부산을 넘어 일본, 동남아, 미국, 유럽 등 종횡무진의 지경으로 내닫는다. 동시에 박학다식과 박람강기를 자랑하는 문학적 호활豪活을 자신의 전매특허처럼 과시한다.

그와 같이 범주가 넓고 규모가 큰 서사적 형상력 속에서 중심인물

또한 기구한 운명과 맞서서 온갖 간난신고를 헤쳐 나가는 모습을 보인다. 《허드슨 강이 말하는 강변 이야기》의 신상일이 하나의 표본이다. 일찍이 이 작가가 데뷔작 〈소설·알렉산드리아〉에서 선보인 기상천외한 이야기와 그것이 유발하는 재미가 여기에서도 유사하다. 이 서사성의 확장과 증폭이 가능하자면 중심인물이 일반적이고 선량한 캐릭터로 출발하는 것이 보다 효율적이다. 그러한 측면은 〈제4막〉의 주인공 '나'의 경우에도 동일하게 적용된다. 뉴욕이라는 소설의 무대가 천의무봉의 필력을 행사하는 작가와 만나고, 그것이 대중적 수용성이라는 방향성과 결합한 곳에 이 작품들이 놓여 있다. 그러할 때 등장인물들의 고통조차 가치 있게 느껴진다. 작가는 〈제4막〉의 말미에서 "이런데도 뉴욕에 애착하지 않을 수 있겠는가"라고 반문한다.

여기서 개관해 본 대중 성향의 이병주 장편소설들은 한결같이 재미있고 극적이며 인생에 대한 교훈을 함께 남긴다. 더욱이 출간 당시 뜨거운 대중적 수용을 받았던 작품들이다. 모두 80여 편에 달하는 그의 작품 가운데 이 외에도 《망향》(경미문화사, 1978), 《그들의 향연》(기린원, 1988), 《비창》(문예출판사, 1988), 《지오콘다의 미소》(신기원사, 1985) 등 주목할 만한 소설적 성과가 많다. 그 중 《망향》은 《여로의 끝》(창작예술사, 1984)으로 개명 출간되었고 《비창》은 같은 제목으로 재출간(나남, 2017)되었다. 이 재출간 현상 역시 여전한 독자 친화력을 말하는 것이기도 하다. 이와 같은 사실을 토대로 앞으로, 또 점진적으로 이병주 소설 전반에 걸쳐 대중 친화력 확장의 요소와 방향에 대해 살펴보는 일은 그 수고에 값할 터이다.

1921   3월 16일 경남 하동군 북천면에서 아버지 이세식과 어머니 김
        수조 사이에서 태어남.

1933   양보공립보통학교 13회 졸업.

1940   진주공립농업학교 27회 졸업.

1943   일본 메이지 대학 전문부 문예과 졸업.

1944   와세다 대학 불문과에 재학 중 학병으로 동원되어 중국 쑤저
        우蘇州에서 지냄.

1948   진주농과대학과 해인대학(현 경남대학)에서 영어, 불어, 철학을
        강의.

1954   문단에 등단하기 전 《부산일보》에 소설 《내일 없는 그날》 연재.

1955   《국제신보》에 입사, 편집국장 및 주필로 언론계에서 활동.

1961   5·16 때 필화사건으로 혁명재판소에서 10년 선고를 받고 복
        역 중 2년 7개월 후에 출감. 한국외국어대학, 이화여자대학 강
        사를 역임.

1965   중편 〈소설·알렉산드리아〉를 《세대》에 발표함으로써 문단에
        등단.

1966   〈매화나무의 인과〉를 《신동아》에 발표.

1968   〈마술사〉를 《현대문학》에 발표. 《관부연락선》을 《월간중앙》에
        연재(1968. 4.~1970. 3.), 작품집 《마술사》(아폴로사) 간행.

1969	〈쥘부채〉를《세대》에, 〈배신의 강〉을《부산일보》에 발표.
1970	《망향》을《새농민》에 연재, 장편《여인의 백야》(문음사) 간행.
1971	〈패자의 관〉(《정경연구》) 등 중단편을 발표하는 한편,《화원의 사상》을《국제신보》,《언제나 은하를》을《주간여성》에 연재.
1972	단편 〈변명〉을《문학사상》에, 중편 〈예낭 풍물지〉를《세대》에, 〈목격자〉를《신동아》에 발표. 장편《지리산》을《세대》에 연재. 장편《관부연락선》(신구문화사) 간행. 영문판 〈예낭 풍물지〉, 장편《망각의 화원》 간행.
1973	수필집《백지의 유혹》(강남출판사) 간행.
1974	중편 〈겨울밤〉을《문학사상》에, 〈낙엽〉을《한국문학》에 발표. 작품집《예낭 풍물지》 영문판(세대사) 간행.
1976	중편 〈여사록〉을《현대문학》에, 단편 〈철학적 살인〉과 중편 〈망명의 늪〉을《한국문학》에 발표, 창작집《철학적 살인》(한국문학),《망명의 늪》(서음출판사) 간행.
1977	중편 〈낙엽〉과 〈망명의 늪〉으로 한국문학작가상과 한국창작문학상 수상, 창작집《삐에로와 국화》(일신서적공사), 수필집《성-그 빛과 그늘》(서울물결사),《바람과 구름과 비》(동아일보사) 간행.
1978	중편 〈계절은 그때 끝났다〉, 단편 〈추풍사〉를《한국문학》에 발표.《바람과 구름과 비》를《조선일보》에 넌새, 장작집《늬엽》

(태창문화사) 간행, 장편 《망향》(경미문화사), 《허상과 장미》(범우사), 《조선일보》에 연재되었던 《미와 진실의 그림자》(대광출판사), 《바람과 구름과 비》(물결출판사) 간행. 수필집 《사랑받는 이브의 초상》(문학예술사), 《허상과 장미》(범우사), 칼럼 《1979년》(세운문화사) 간행.

1979   장편 《황백의 문》을 《신동아》에 연재, 장편 《여인의 백야》(문음사), 《배신의 강》(범우사), 《허망과 진실》(기린원) 간행, 수필집 《사랑을 위한 독백》(회현사), 《바람소리, 발소리, 목소리》(한진출판사) 간행.

1980   중편 〈세우지 않은 비명〉, 단편 〈8월의 사상〉을 《한국문학》에 발표. 작품집 《서울의 천국》(태창문화사), 소설 《코스모스 시첩》(어문각), 《행복어사전》(문학사상사) 간행.

1981   단편 〈피려다 만 꽃〉을 《소설문학》에, 중편 〈거년의 곡〉을 《월간조선》에, 중편 〈허망의 정열〉을 《한국문학》에 발표. 장편 《풍설》(문음사), 《서울 버마재비》(집현전), 《당신의 성좌》(주우) 간행.

1982   단편 〈빈영출〉을 《현대문학》에 발표. 《그해 5월》을 《신동아》에 연재. 작품집 《허망의 정열》(문예출판사), 장편 《무지개 연구》(두레출판사), 《미완의 극》(소설문학사), 《공산주의의 허상과 실상》(신기원사), 수필집 《나 모두 용서하리라》(대덕인쇄사), 《용서합시다》(집현전), 소설 《역성의 풍·화산의 월》(신기원사), 《행복어사전》(문학사상사), 《현대를 살기 위한 사색》(정음사), 《강변 이야기》(국문) 간행.

1983   중편 〈그 테러리스트를 위한 만사〉를 《한국문학》에, 〈소설 이
        용구〉와 〈우아한 집념〉을 《문학사상》에, 〈박사상회〉를 《현대문
        학》에 발표, 작품집 《그 테러리스트를 위한 만사》(홍성사), 고
        백록 《자아와 세계의 만남》(기린원), 《황백의 문》(동아일보사)
        간행.

1984   장편 《비창》을 문예출판사에서 간행, 한국펜문학상 수상, 장편
        《그해 5월》(기린원), 《황혼》(기린원), 《여로의 끝》(창작문예사) 간
        행. 《주간조선》에 연재되었던 역사 기행 《길 따라 발 따라》(행
        림출판사), 번역집 《불모지대》(신원문화사) 간행.

1985   장편 《니르바나의 꽃》을 《문학사상》에 연재, 장편 《강물이 내
        가슴을 쳐도》와 《꽃의 이름을 물었더니》, 《무지개 사냥》(심지
        출판사), 《샘》(청한), 수필집 《생각을 가다듬고》(정암), 《지리산》
        (기린원), 《지오콘다의 미소》(신기원사), 《청사에 얽힌 홍사》(원
        음사), 《악녀를 위하여》(창작예술사), 《산하》(동아일보사), 《무지
        개 사냥》(문지사) 간행.

1986   〈그들의 향연〉과 〈산무덤〉을 《한국문학》에, 〈어느 익일〉을 《동
        서문학》에 발표, 《사상의 빛과 그늘》(신기원사) 간행.

1987   장편 《소설 일본제국》(문학생활사), 《운명의 덫》(문예출판사),
        《니르바나의 꽃》(행림출판사), 《남과 여-에로스 문화사》(원음
        사), 《남로당》(청계), 《소설 장자》(문학사상사), 《박사상회》(이조
        출판사), 《처와 실익 인간학》(중앙문화사) 간행.

1988   《유성의 부》(서당) 간행. 대하소설 《그해 5월》을 《신동아》에,
        역사소설 《허균》을 《샘터》에, 《그를 버린 여인》을 《매일경제신
        문》에, 문화적 자서전 《잃어버린 시간을 위한 메모》를 《문학정
        신》에 연재, 《행복한 이브의 초상》(원음사), 《산을 생각한다》(서
        당), 《황금의 탑》(기린원) 간행.

1989   《민족과 문학》에 《별이 차가운 밤이면》 연재. 장편 《허균》, 《포
        은 정몽주》, 《유성의 부》(서당), 장편 《내일 없는 그날》(문이당)
        간행.

1990   장편 《그를 버린 여인》(서당) 간행, 《꽃이 된 여인의 그늘에서》
        (서당), 《그대를 위한 종소리》(서당) 간행.

1991   인물 평전 《대통령들의 초상》(서당), 《달빛 서울》(민족과문학사)
        간행, 《삼국지》(금호서관) 간행.

1992   《세우지 않은 비명》(서당) 간행. 4월 3일 오후 4시 지병으로 타
        계. 향년 72세.

1993   《소설 정도전》(큰산), 《타인의 숲》(지성과사상) 간행.

2009   《소설·알렉산드리아》(바이북스) 간행.

2009   중편 《겉부채》(바이북스) 간행.

2009   단편집 《박사상회 | 빈영출》(바이북스) 간행.

2010   단편집 《변명》(바이북스) 간행.

2010   수필 《문학을 위한 변명》(바이북스) 간행.

2011	중편《그 테러리스트를 위한 만사》(바이북스) 간행.

2011   중편《그 테러리스트를 위한 만사》(바이북스) 간행.

2011   단편집《마술사|겨울밤》(바이북스) 간행.

2011   《소설·알렉산드리아》 중국어 번역본《小说·亚历山大》(바이북스) 간행.

2012   수필《잃어버린 시간을 위한 문학 기행》(바이북스) 간행.

2012   단편집《패자의 관》(바이북스) 간행.

2012   《소설·알렉산드리아》 영어 번역본《Alexandria》(바이북스) 간행.

2013   단편집《예낭 풍물지》(바이북스) 간행.

2013   수필《스페인 내전의 비극》(바이북스) 간행.

2013   단편집《예낭 풍물지》 영어 번역본《The Wind and Landscape of Yenang》(바이북스) 간행.

2014   소설《여사록》(바이북스) 간행.

2014   수필《이병주 역사 기행》(바이북스) 간행.

2015   소설《망명의 늪》(바이북스) 간행.

2015   수필《긴 밤을 어떻게 새울까》(바이북스) 간행.

2016   소설《세우지 않은 비명》(바이북스) 간행.

2018   장편《운명의 덫》(나남) 간행.

2019   소설《허드슨강이 말하는 강변 이야기/제4막》(바이북스) 간행.